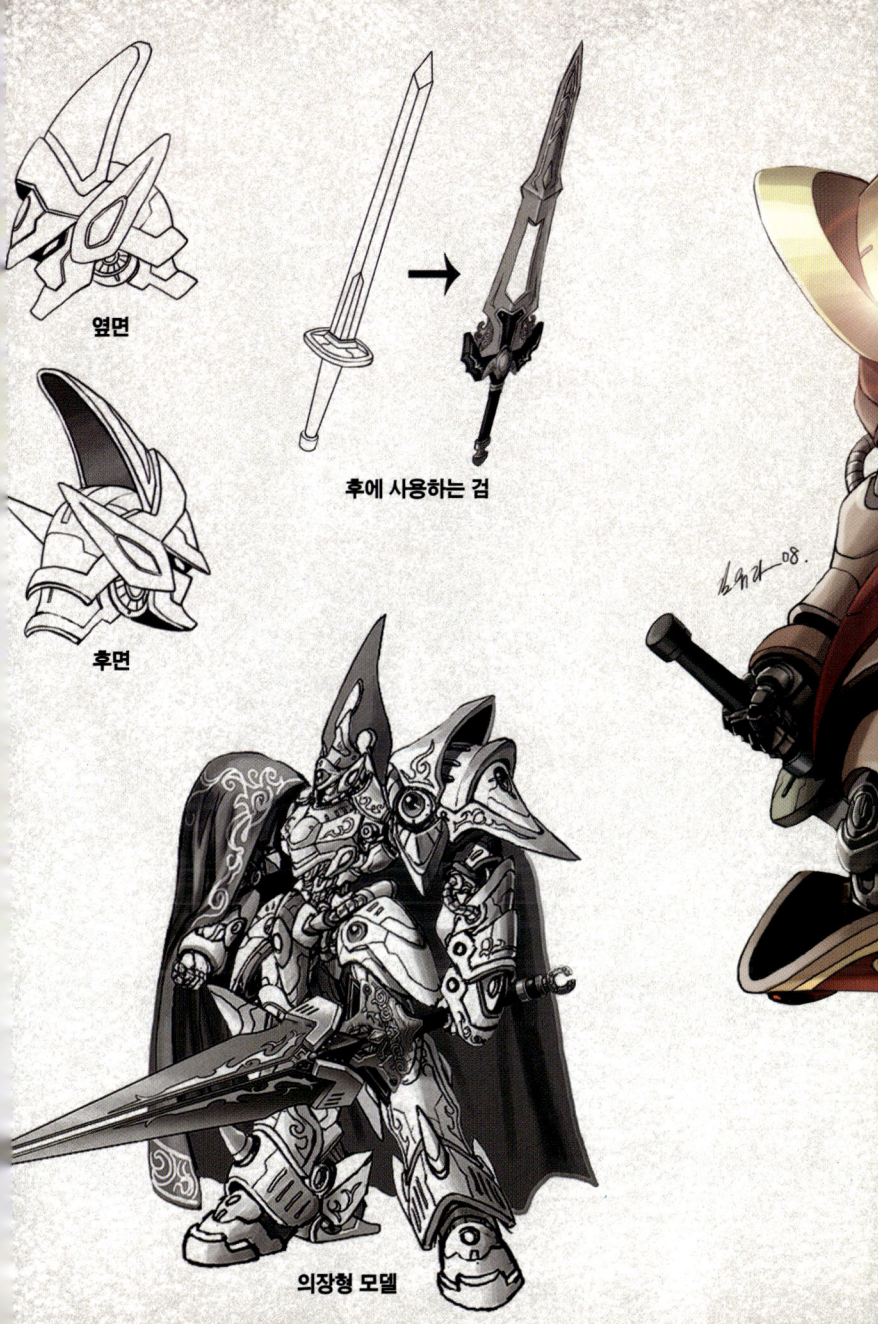

옆면

후면

후에 사용하는 검

의장형 모델

엘리시온계 유물조합
[외뿔형 나이트 골렘]

권경묵 게임 판타지 소설

기갑
전기 매서커

GAME FANTASY STORY

기갑전기 매서커 2

권경목 게임 판타지 소설

초판 1쇄 찍은 날 § 2008년 4월 18일
초판 1쇄 펴낸 날 § 2008년 4월 28일

지은이 § 권경목
펴낸이 § 서경석

편집장 § 문혜영
편집책임 § 문정흠

펴낸곳 § 도서출판 청어람
등록번호 § 제1081-1-89호
등록일자 § 1999. 5. 31
어람번호 § 제1-0964호

주소 § 경기도 부천시 원미구 심곡1동 350-1 남성B/D 3F (우) 420-011
전화 § 032-656-4452 팩스 § 032-656-4453
http://www.chungeoram.com
E-mail § eoram99@chollian.net

ISBN 978-89-251-1287-9 04810
ISBN 978-89-251-1285-5 (세트)

권경목 게임 판타지 소설

기갑전기 매서커

GAME FANTASY STORY

7인의 지오 편

Contents

Act 00
미국전

機甲戰記
Massacre
기갑전기 매서커

[자세를 낮추고, 방패 앞으로!!]

M0의 명령엔 자심감이 넘쳤다.

콰작!

콰콰콰콱—!!

패권의 평원 곳곳에서 대열과 대열이 충돌했다. 아니, 대열
과 무리가 충돌했다.

대열은 작지만 견고했고, 무리는 거대했지만 그냥 무리였
다.

저 거대한 집단이 왜 무리로 전락했을까?

10분 전만 해도 이 무리는 1,200기의 골렘이 결집한 거대 집단으로서 사기가 해일을 뒤엎을 정도로 대단했었다.

하나 거대 집단이 단순한 무리로의 추락은 단 한 번의 겨룸이 만들어낸 결과물이다.

단 한 번의 팀 배틀을 겪은 뒤로 미국 측이 동원한 1,200기의 골렘 집단은 그냥 김 빠진 맥주마냥 흐지부지 엉성한 무리로 전락하고 말았다.

왜?

한 기였다. 단 한 기, 그것도 솔져 급!

한국 측에서 튀어나온 단 한 기의 솔져 급 골렘이 그렇게 만들었다. 단 한 기의 골렘이 11기의 골렘을 쓸어버렸다.

그리고 그 그림을 전 세계인이 모두 지켜보았다.

충격!!

마비!!

공포!!

이 세 단어가 미국 측 골렘 오너들에게 엄습했다.

어깨는 무거워졌고, 골렘을 운용하는 동화율은 급속도로 내려앉았다. 움직이지 못하는 골렘이 있을 정도로 그 여파는 엄중했다.

반면, 이 한 기의 활약은 한국 측의 사기를 급반전시켰다.

10분 전 한국 측은 얼마나 버텨낼까만 생각할 따름이었다.

그런데 그 세계적으로 명성이 자자한 아머드 스와트가 단 한 기의 골렘에게 일방적으로 도살당했다.

그리고 그 사변을 만든 골렘 오너는 아무것도 아니라는 듯이 유유히 속한 대열에 복귀해 자신들과 어깨를 나란히 한 것이다. M군단의 M17로 돌아온 것이다.

뭐야? 아머드 스와트라더니 별거 아니잖아?

할 수 있다.

이길 수 있다!

한국 측 골렘 오너들의 가슴이 뜨겁게 달아올랐다.

적은 수만 많을 뿐 별거 아니다.

그렇다. 한국 측 골렘 오너들의 사기가 급속도로 올라가며 맥빠진 동화율이 급속도로 상승했다.

할 수 있다, 우리니까 가능하다. 우리니까 이길 수 있다!

적을 대하는 마음가짐이 그렇게 달라졌다.

M0의 명령에는 자신감이 넘쳤고, 그 자신감은 M군단을 넘어서 모든 한국 측 골렘 오너의 가슴에 활활 타오르고 있다.

이 차이는 극명하다.

한국 측이 이룬 장방형 대열은 견고했고, 차돌처럼 뭉쳐 엉성한 무리가 가하는 압박을 견뎌냈다. 어떤 곳에서는 견뎌내는 것 이상 압도하기도 했다.

그렇게 대열은 두 배나 되는 무리를 상대로 옹골차게 견디고 버텼다.

끈기!

끈기와 확신으로 한국 측 골렘 오너들은 반전의 시간을 헤아렸다.

그렇게 30분이 지났다.

미국 측 골렘 오너들의 피로와 무기력이 맞붙은 쇠를 통해 충분히 전해져 왔다. 드디어 기다리던 시간이 되었다.

장방형 대열이 조금씩 움직이기 시작했다.

[반보 전진!]

앞으로 나아가는 대열, 시작은 한 발자국.

그다음은 반보를 밀어냈다. 그리고 한 걸음씩 밀쳐 냈다.

끄그등, 와당탕!!

밀리기 시작하자 무리의 당황함은 극도로 커졌고, 혼란으로 번져 나갔다.

그 혼란의 중심엔 대열의 꼭지점에 위치한 M군단이 있었고, 그 중심엔 M17이 있었다.

M17은 여전히 파문의 중심이었다.

＊　　　　＊　　　　＊

"우와압ー! 새 둥지를 터는 살모사!"

스킬을 발동하자 지오의 거검 끝이 붉게 물들었다. 순간, 붉은 뱀으로 화한 거검이 적 골렘의 장갑 이음새 사이로 물이 스며들어 가듯 은밀하게 파고들었다.

스각, 콰자작—!!

다시 빼낸 거검 끝엔 붉은 잔상이 맺혔다가 이내 사라졌다.

순간적으로 동작이 멎어버린 적 골렘을 발로 걸어차 털어
냈다.

츳광—!

쿠덩덩—!

> **워 포인트 1을 추가 획득했습니다.**

> **킬 포인트 1을 추가 획득했습니다.**

지오의 골렘이 미국 측 골렘을 또 한 기 대파시켰다. 상대
는 10분간 엉긴 실력자였지만 전진 명령이 떨어지자마자 참
고 있던 비기를 드러내 단 한 번에 데드!

전투 시작 후 30분간 지오를 상대로 미국 측은 나이트 골렘
두 기에 솔져 급 골렘 세 기를 차례대로 투입하며 집요하게
엉겨 붙었었다. 지치게 하려는 것이다.

"후우, 후우—"

지오는 그제야 가쁜 숨을 고를 수 있었다.

지치지는 않았다. 단지 적보다 좌우로 버벅거리는 아군까
지 신경 써야 했기에.

'단체 보조 맞추기가 더 어렵군.'

그랬다.

혼자서 튈 수 없는 상황이기에 자리 지키기가 더 힘든 지오였다.

그렇지만 30분간 대열을 유지하면서 튀지 않으면서 견뎌냈다. M군단과 단체 기동 호흡을 맞춘 적이 단 한 번도 없지만 대열을 유지하며 쇄도하는 적들의 공격을 흘리고 뿌리쳤다.

그로 인해 왼손에 부착된 라운드 쉴드는 걸레가 된 지 오래.

지오는 라운드 쉴드를 흘낏 보고는 남의 일처럼 중얼거렸다.

"훗, 덤까지 붙었네."

라운드 쉴드엔 날렵한 워엑스가 깊숙이 박혀 있었다. 물론 워엑스의 주인은 데드시켜 버렸다.

다섯 기를 연속해서 대파시키자 더 이상 엉겨 붙는 미국 측 골렘은 없었다. 그 덕에 자신의 골렘을 중심으로 부채꼴 모양의 공간이 생겨났다.

콰자작—!!

오른 편 M18의 골렘이 라운드 쉴드의 돌기 부위로 미국 측 골렘을 후려쳤다.

부채꼴 빈 공간으로 미국 측 골렘이 휘청거리며 물러났다.

'빨리 배우는군.'

지오는 눈앞에 비틀거리는 적 골렘에게 가차없이 거검을 먹였다.

스커컹―!

워 포인트 1을 추가 획득했습니다.

킬 포인트 1을 추가 획득했습니다.

난전 상태에서는 니 거 내 거 구분이 없다. 눈앞에 적이 있으면 처치하는 사람이 임자다. 이에 대해서 M18도 아무 말 없었다.

M18이 있는 힘껏 방패로 적을 밀칠 수 있도록 공간을 확보한 게 M17이기에. 게다가 전투 초반에 M17 덕에 두세 차례나 되는 위기를 벗어날 수 있었다.

그 덕에 M18은 30분이라는 그 짧은 시간 안에 난전 요령을 깨쳤다.

요령?

간단하다.

상대가 질기고 버거우면 M17에게 넘긴다. 그것으로 끝.

그렇게 M17을 중심으로 침범 불가의 공간이 자리 잡았고, 이 공간에서 일어나는 모든 그림이 전 세계인들의 눈과 귀로 전달되어졌다.

현재 M군단에서 30분간의 밀착 전투 중 후위와 교체하지 않고 버티고 있는 것은 M17을 중심으로 M16과 M18이 유일했다.

모진 놈 옆에 서 있다 벼락 맞는 것 같으면서도 기적적으로 안전한 것이다.

한국 측 선두 열은 만신창이가 되었지만 전체적인 분위기는 절대적으로 유리했다.

미국 측 골렘 오너들의 움직임이 기민하지 못할 뿐 아니라 대응이 버벅거리는 게 눈에 띌 정도. 30분간의 힘겨루기에서 지친 쪽은 미국 측이었다.

이게 바로 사기 문제.

그만큼 사기가 오른 한국 측의 수비벽은 견고했다.

30분간의 격돌에서 미국 측의 피해는 완파된 골렘이 수십 기에 반파된 골렘만 백여 기에 달했다. 그에 비해 한국 측의 피해는 미국 측의 삼분지 일에도 미치지 않았다.

미국의 지휘부는 처진 사기에 속절없이 밀리자 돌파구를 마련하려는지 전 전선에 걸쳐 이탈 명령을 내렸다.

우구구구궁—!

미국 측 골렘들이 빠른 뒷걸음질로 거리를 벌리며 물러났고, 한국 측은 대열을 유지하며 이를 추격하지 않았다.

양측 간 거리가 30미터로 벌어졌다.

이어 미국 측에선 둔중한 중병기를 뺀 든 나이트 골렘을 위주로 선두에 배치하며 자리 교체가 이루어졌다.

다시금 힘으로 밀어붙이려는가?

아니었다.

선두에 배치된 나이트 골렘들이 준비한 중병기는 메이스 머리 무게만 5톤에 달하는 기형 메이스와 거대한 배틀 엑스들로, 출력이 월등한 나이트 골렘이라도 두 손으로 들기 버거운 무기들이었다. 무기의 길이는 골렘의 키 높이와 마찬가지로 7미터에 달했다.

이와 같은 골렘 일백여 기가 전선 중심을 따라 일직선으로 늘어섰다. 한쪽 어깨만 두툼한 기형 장갑엔 큰 뿔 달린 양이 그려져 있었다. 자유분방한 미국 측에서 보기엔 통일성이 느껴지는 부대로, 가히 위용이 넘쳤다.

이들은 일명!!

충차전대(衝車戰隊)!!

미국이 독일의 중장기갑군단의 두터운 장갑을 유린하기 위한 목적으로 조직한 비장의 전투부대, 그 특수전대를 대독일전이 아닌 한국전에 출동시킨 것이다.

이는 미국으로선 자존심 문제였다. 이대로 시간이 종료되면 미국 측의 패배가 자명했으니, 어떻게 하든지 한국 측의 밀집 대형을 유린하고 피해를 입혀야 했던 것이다.

방송을 통해 미국 측이 조련하는 충차전대의 훈련 모습이 소개된 적이 있다. 미국은 자신들의 전력을 과장되게 선전해 심리전의 효과 누리기를 선호하기에 전력 공개를 서슴치 않았다.

여하튼 한 방이다.

그다음은 전혀 고려하지 않은 일격필살의 공격법만 구사했다. 한 방에 어지간한 골렘의 장갑이며 방패가 부서지거나 뜯겨져 나갔고 골렘까지 주저앉았다.

이를 가능하게 만들기 위해 중차전대의 나이트 골렘들은 운전 중량을 대폭 줄였다. 방패는 없고, 장갑도 가벼운 내장갑만 살짝 둘렀다.

그리고 충차전대를 구성하는 대부분의 골렘은 미국만의 양산형 골렘인 '록키'였다.

던전에서 출토한 골렘 부품으로 조립한 솔져 급에 비해 모든 성능을 개선해서 내놓은 미국 E&T 유저들의 역작이라 할 수 있다.

이 미국의 자랑인 '록키'들을 전선 중앙에 이들을 배치했다 함은 M군단을 필두로 한 한국 측의 가장 견고한 부위를 가만두지 않겠다는 의지가 분명했다.

그렇게 미국 측은 양손에 거대한 둔기를 들고 돌진할 자세를 잡아나갔다.

"……."

한국 측은 이에 아무런 대응 없이 자리를 지킬 따름. 저 정도 크기의 무기가 한국 측 선두 열에 작렬한다면 피해가 막심할 것은 자명했다.

한국 측 선두 열을 중심으로 다시금 동요가 일었다.

일대일 대결 같으면 간단히 회피할 수 있는 중병기, 하나 지금은 밀착되어 피할 수 있는 여력이 제한되어 있는 상황.

한국 지휘부는 다시금 선두열의 희생을 강요하려는가?

[뭐야, 군단장! 나이트 급으로 대열을 교체해야 되는 거 아냐?]

[제, 제길, 조금전 추격해 들어가 난전을 벌였어야 하는 건데……]

[지휘부는 뭐 하는 지휘부야? 지휘부엔 벙어리만 있는 거야?!]

한국 측 내부 통신에 푸념이 한가득 터져 나왔다.

그럼에도 한국 측 지휘부는 선두 열의 희생을 당연한 계산으로 생각하는지 대응이 없었다.

그러다 군단장들의 요청이 쇄도하자 마지못해,

[지휘부 전선 통제관입니다. 이후 전투는 각 군단별로 전투를 수행합니다. 각 군단장의 지휘를 따르십시오.]

[……!!]

이제는 각 군단장에게 책임을 떠밀었다.

지휘부에 대한 욕들이 뿜어져 나오기 직전, 그때였다.

한국 측의 통신이 일시에 숨을 죽였다.

'충차전대'를 필두로 돌진 자세를 가다듬은 미국 측을 향해 한 기의 골렘이 나섰다.

"M17, 잠시 이탈합니다."

지오의 골렘이다.

＊　　　＊　　　＊

골렘 한 기가 단지 대열에서 5미터 앞으로 나섰을 뿐이다.

그것뿐이었다.

방채도 없이 짧은 검 하나만 들고서…….

기세가 오르던 미국 측의 맥이 뚝 끊어졌다.

충차전대의 저돌적인 기세가 사그라들더니 미국 측 통신관이 불을 뿜었다.

[돌진!]

[충차전대, 출격하란 말이다.]

[돌진, 돌격!!]

그럼에도 일백여 기에 달하는 충차전대는 움직일 줄을 몰랐다.

단 한 기의 돌출에 명령이 먹통이 되어버리다니…….

아무리 자유분방한 미국이라지만 유일하게 특별히 조련한 전대인데 이럴 수는 없는 것이다.

미국 측 지휘부의 독촉이 충차전대의 구성원 전원에게 떨어졌다.

[놈도 지쳤다. 한 방만 먹이면 된다.]

[그러자!]

[좋아, 우리 역할은 몸으로 때우는 것! 저놈만 잡으면 된다.
가자!!]

쿠우우우―!!

충차전대에서 4기의 나이트 골렘이 뛰쳐나와 지오의 골렘
을 향해 돌진했다. 이들은 처음부터 지오의 골렘을 타격하기
위해 차출된 정예들, 전부 최신예 양산형 나이트 골렘인 '록
키'를 소유한 골렘 오너들이다.

이들은 지오에게 전멸한 아머드 스와트완 전혀 다른 훈련
을 쌓은 골렘 오너들이다.

살을 내어주고 뼈를 자른다!

미국을 상대로 이 같은 소모전을 감당할 나라는 중국이 유
일하다.

[놈은 혼자. 한 방이다, 한 방. 난 다리!]

[난, 왼팔!]

[오른팔.]

[머리!!]

4기의 나이트 골렘 오너들은 뛰쳐나가며 타격 부위를 나누
었다. 그들은 목표한 부위에 확실히 메이스를 먹일 자신이 있
었다.

그 뒤는 모른다.

이에, 지오는 1미터 앞으로 걸어나와 왼발을 앞으로, 검끝을 무릎 아래 뒤쪽으로 내리는 자세를 취하며 상대의 시야에서 검을 감추었다. 완벽하게 가렸다.

4기의 록키는 자신들이 목표로 한 타격 포인트 중 반이 사라지자 달려오던 기세가 주춤 멈추어지며 목표를 노리며 넓게 퍼졌다.

지오는 숨을 가다듬으며 동화율을 최고조로 끌어올렸다.

"4기라, 좀 더 많았으면 싶었는데… 쩨쩨하군. '록키'를 컬렉션에 넣는 것으로 만족할 수밖에. 와라!!"

동화율이 급속히 오릅니다. 비정상적입니다.

경고! 동화율이 88퍼센트에 달합니다. 더 이상 끌어올리면 당신의 건강에 심대한 영향을 미칠 수 있습니다. 이 이상은 각 기관이 견뎌내지 못합니다.

지오는 경고를 무시했다.

4기의 록키가 자신을 노리고 둔기를 치켜들 때까지 고요하게 자세를 유지했다.

지오의 골렘은 고요했지만 내부는 부글부글 끓어오르고 있었다. 장갑 틈새로 폭주하는 마법진의 잔광이 삐져나와 골렘을 따라 붉은 실루엣이 잡혔다.

고오오오오―

> 경고! 경고!! 동화율이 88퍼센트에 달합니다. 이 상태에서 타격을 입을 시 당신은 쇼크 상태에 빠질 수 있습니다. 1㎜초 안에 동화율이 떨어지지 않을 시는 강제 종료에 들어갑니다.

강제 종료?

"겁주지 마, 알았어!"

거리는 절대적으로 록키들 편이다. 거체의 팔 길이에 무기 길이까지 합하면 무려 9미터. 록키들에 비하면 지오의 무기 길이는 검끝까지 6미터. 장병기의 장점이 극명하게 드러났다.

보오오옥―

록키들의 중병기가 대기를 가르는 파공음은 평원이 잠길 정도로 웅장하게 퍼져 나갔다.

그에 비해 지오의 골렘은 검을 소리없이 치켜올리며 길죽하게 허공에 뿌렸다. 3미터 차이를 알지 못한단 말인가?

"타르타로스의 선율!"

쓰오오오오―

검끝에서 붉은빛이 실처럼 뿜어져 나왔다.

그 빛의 횡선이 길게 번지며 지오의 골렘을 타격하기 위해

치켜든 록키들의 해머와 팔다리를 휘감았다. 그렇게 보였다.

쓰컹―!!

한 번의 미려한 절단음이 전장에 울렸다.

그 소리는 금속을 가르는 소리치고는 너무도 경쾌하고 깨끗했다.

퉁―!!

무지막지한 크기를 자랑하던 해머의 머리가 땅에 툭, 떨어졌다.

잘려진 팔과 함께 해머째로 떨구기도.

[앗―! 이럴 수가!]

[오러를 실처럼 뽑다니……]

[이탈해야 합니다!]

[치터!!]

록키들의 통신에선 다급함이 넘쳤다.

그것으로 끝이 아니었다.

지오의 골렘이 무기가 잘려 아연실색한 록키들 속으로 파고들어 검을 쑤셔 박았다.

파슷―!

[크헉―!]

록키들의 장갑을 한 기당 일 검씩, 단 한 번에 관통시켜 버렸다.

데드, 데드, 데드…….

네 기의 록키가 뒤틀린 각도로 널브러졌다.

지오는 보란 듯이 과장되게 쓰러진 골렘을 한 다리로 밟고 자세를 잡았다.

아직 회수 작업을 하지 않았다.

킬 포인트, 워 포인트의 추가 메시지도 무시했다.

M군단 쪽을 돌아보는 자세에서 군단장인 M0에게 말했다.

"M17, 건의합니다. 미국 측 선두의 방어력이 이와 같이 약합니다. M군단만이라도 뭉쳐서 전진합시다."

M군단 전원이 들었다. 이에,

[M0입니다. 저도 같은 생각입니다. 지휘부에선 이미 군단별로 각개전투를 개시하라는 명령이 있었습니다. 우리 M군단은 지금부터 적을 향해 전진합니다. M군단, 앞으로!]

[앞으로—!]

[오—!]

통신관의 호응이 뜨거웠다.

쿵쿵 척, 쿵쿵 척!

M군단의 골렘들이 평소의 훈련대로 열과 오를 맞추어 전진했다.

선두 열은 후위에서 넘겨받은 깨끗한 방패를 앞세워 나아갔다. 지오의 골렘이 다시금 자리하자 깨끗한 방패가 건네졌다.

지오는 마다하지 않고 새 방패를 받았다.

어깨를 맞추고 록키들을 향해 전진했다.

M군단이 전진하자 보조를 맞추어 좌우의 L군단과 N군단이 그 전진 대열에 합류했다.

그러자 최전선에 방치되었던 군단들이 호응을 하며 차례차례 진격의 대열에 동참했다.

한국 측 지휘부는 이미 각 군단별로 전투를 위임했기에 이제 와 나서보았자 소용없었다. 절로 쐐기 모양이 만들어지며 무리로 화한 미국 측과 격돌했다.

콰자자자작!!

백여 기에 달하던 '충차전대'가 제일 먼저 맥없이 녹아내렸다.

휘두른 해머질에 한국 측 골렘도 피해를 입었지만, 후속 공격이 이어지기 힘든 충차전대의 특성상 솔져 급 골렘이 내지른 검격에 치명적인 피해를 입고 대파당했다.

달려들어 중량체를 내려치지 못하면 아무 의미 없는 것이 충자전대였다.

M군단을 중심으로 골렘전 사상 파격적인 전과가 번져 나갔다.

M군단 골렘 오너들의 통신관이 흥분으로 뜨거웠다.

[한 기, 나도 한 기 잡았다!]

[난 지금 세 기째다. 살살 녹는다. 녹아.]

[므하하. 된다. 적의 움직임이 무뎌. 끝까지 가자.]

이는 M군단의 상황만이 아니다.

전선 곳곳에서 일방적인 앞도가 이루어졌다.

600여 기의 한국 측 골렘이 1,200여 기나 되는 미국 측 골렘을 착실하게 사냥했다.

[세 기째 잡았다! 날이 무뎌졌다. M18, 후위와 교체합니다.]

그럴듯한 자세만 잡던 M18도 이 전투에서 세 기나 되는 골렘을 대파시켰다.

[M16, 후위와 교체합니다. 전 다섯 기째 처치했습니다.]

까탈스러운 M16의 전과는 그녀 자신도 믿지 못할 정도로 대단했다. 통신관 곳곳에서 환호성이 울려 퍼졌다.

이처럼 한국 측의 통신관은 축가로 넘쳐 나는 반면, 미국 측의 통신관은 엉망이었다.

[비켜, 비켜. 자세를 잡을 수가 없잖아. 으으…….]

[물러나지 마라! 맞서라! 후위는 선두를 지원하라!]

[백업, 백업! 나에게 두 기의 골렘이 붙었다. 누가 한 기라도 맡아줘!]

[왼팔 대파, 작동 불능. 후위와 교체 요망… 크윽!]

미국 측의 통신관은 통신을 닫는 게 오히려 나을 뻔했다.

전장의 공포가 빠르게 통신관을 통해 번져 나가더니 까마득한 후위까지 전해지고 말았다.

개인주의가 눈을 떴다.

자신들의 골렘을 지키기 위해 후위부터 떨어져 나가며 전장의 평원을 이탈하기 시작했다.

[달아나지 마! 달아나지 말란 말이다! 아직 우리 전력이 우세하다!]

[버티란 말이다! 버텨서 비기기라도 해야지!]

패권의 평원은 흩어져 달아나는 미국 측 골렘들의 혼란스러운 모습으로 넘쳐 났다.

거대한 무리가 흩어지자 한국 측 골렘 오너들은 뒤를 추격해 전과를 확대시키기 위해 같이 흩어졌다.

여전히 미국 측의 골렘 수가 많았지만 이미 무너져 내린 모래 둑이다.

전장 곳곳에서 골렘 오너 대 골렘 오너 간의 대결로 이어졌다.

여기서부터는 완벽하게 한국 골렘 오너들의 잔치였다.

개인 운용 능력이 미국 측 골렘 오너를 압도하고도 넘쳤다.

지오는 전장 곳곳에 흩어져 벌어지는 골렘 오너 간의 전투를 지켜보며 안도의 한숨을 내쉬었다.

자신의 생각이 적중했기에.

그때, 군단장인 M0의 통신이 들어왔다.

[M0입니다, 추격에 동참하지 않으십니까?]

"음, 더 이상은 가동 시간이 받쳐 주지 못합니다. 솔져 골렘으로 두 번의 오버 플로를 감당할 수 없습니다."

[…그렇군요.]

M0는 그렇게 이해하듯이 말했지만 그 말을 믿지는 않았다.

M17의 움직임은 여전히 부드럽고 지친 흔적이 보이지 않아서다. 아마도 양보하는 것이리라.

[오늘 승리는 매서커님의 공입니다. 잊지 않겠습니다.]

"돌출 행동을 이해해 주셔서 감사합니다."

[별말씀을…….]

"군단장님도 즐기셔야죠. 파티 타임입니다."

[…그럼.]

M0의 골렘이 낙오한 적을 찾아 먼지를 일으키며 사라졌다.

맞았다.

패권의 평원은 한국 유저들의 파티가 벌어지고 있었다.

지오는 골렘 내부에서 외부 정보창을 열어 미국과의 축구 경기 결과를 알아보았다.

전반전 0:2로 지던 한국이 후반전에 연속골을 밀어 넣어 2:2 무승부를 만들어놓았다. 기세가 오른 게, 질 것 같지는 않았다.

"웬일이야?! 2년 전 평가전에선 0:4로 지더니만. 이젠 축구 좀 하잖아. 뉴질랜드 공기가 확실히 좋긴 좋구나."

지오는 다시금 시선을 어지러운 전장으로 돌렸다.

"다들 배가 고팠어, 승리에 굶주린 거야. 다음은 아르헨티나인가? 안데스 급이지… 록키에 이어 안데스. 뷔페를 즐겨주겠어. 하하."

Act 01
메인 클래스

機甲戰記
Massacre
기갑전기 매서커

　—오늘 새벽 미국 LA 현지에서 벌어진 국가대표 평가전에
서 한국은 미국을 상대로 시종일관 선전했지만 조직력에 밀
려 0:4로 패하고 말았습니다.

　공원 대형 전광판에 한국 대표팀이 골을 먹는 장면이 연속
적으로 보여졌다.

　선전했으면 최소 비겨야 되는 게 아닌가?

　머리에 열이 오르는 게 더위 때문인지 축구 패배 소식 때문
인지 모르겠군. 공원 전광판에서 눈을 뗐다.

　전광판 그늘에 숨었는데 오히려 더 열만 받았다.

　릴렉스—

불쑥 떠오른 해는 올여름의 기세가 심상치 않음을 뒷꼭지 온도계를 통해 그렇게 전해왔다.

여하튼 아이스크림이 무지 팔릴 것 같은 날.

공원 내에 위치한 유일한 아이스크림 매장이 앞으로 내가 5개월간 일할 아르바이트 업체다.

공원 입구에서 걸어오며 벤치나 돌난간 같은 곳에 버려진 아이스크림 컵이나 커피컵 등을 봉투에 담아 매장으로 향하는 게 아르바이트의 시작이다.

근무 시간은 오후 1시부터 저녁 10시까지다.

아이스크림 매장의 커다란 조형물이 보이기 시작하면서 어제 들뜬 마음은 땅바닥에 떨어진 아이스크림처럼 녹아내렸다.

현실.

그리 나쁘지는 않다.

집 근처로 시급 4,200원이면 적당했고, 창문 너머로 냐옹군이 어슬렁거리는 것도 숨은그림찾기처럼 할 수 있는 장소라 만족한다.

매장 뒷편의 창고와 탈의실로 쓰는 공간에 입장했다.

"어, 왔냐?"

"예, 안녕하세요."

반백의 신사가 넥타이를 맨 와이셔츠에 매장 광고가 큼지막한 유니폼인 조끼를 걸치고 나를 반겼다.

쩝, 나도 저 유치한 조끼를 걸쳐야 한다.

아참, 그는 이 매장의 사장이다.

구청 청소과에서 20년간 재직하면서 퇴직 시 이 공원의 매장을 10년 임대라는 파격적인 조건으로 불하받은 장본인.

10수 끝에 33살이란 나이의 9급 공무원으로 시작해 은퇴 후 이권이라면 이권을 잡았으니 이 근동의 입지전적인 인물로 정평이 나 있다.

공무원 출신 사장이 입지전적인 인물이라… 우리 시대엔 이렇듯 인물이 없단 말인가!

쓰레기를 수거하면서 다니는 이유도 그가 청소과 출신이기에 구청 공원과와의 마찰을 최대한 줄여보기 위한 최소한의 몸부림인 것이다.

공원과의 이권을 청소과 출신이 덥석 꿰어차 앉았으니 심심찮은 알력에 노출되어 있었다.

공무원들의 파워 게임은 상상을 불허한다.

여하튼 그는 내가 들고 들어온 분리수거 봉지에 담긴 쓰레기 양을 가늠하더니 고개를 끄덕였다.

'으휴, 1개월 만인데 들고 있는 봉투를 더 반기는군.'

그는 공무원 출신다운 사무적인 어투로 통보해 왔다.

"시급은 종전처럼 4,200원, 근로 시간은 오후 1시부터 10시까지, 중간 휴식은 한 시간, 무급! 고용 기간은 한 달, 고용 해지 통보는 24시간 이전 개인 단말기로, 식사는 자비로 해결할 것. 휴일은 매주 월요일. 질문 있나?"

"없습니다."

매달 초 출근하면 꼭 읊어주는 복무 규정이다.

저게 듣기 싫다고 그만둔 감성 예민한 친구도 있다.

사람들에게 즐거움을 선사하는 부드러운 아이스크림을 정나미 떨어지게 팔 순 없다나.

그런 감수성을 가진 그 친구가 부럽다.

"나에겐 왜 그런 감수성이 찾아오지 않는 걸까?"

메마른 게야. 툴툴.

사장이 떠난 탈의실에서 매장 조끼를 걸치고 군모를 개조한 일자 천 모자를 썼다.

방탄 조끼를 걸친 것같이 비장한 자세가 나왔다.

거울을 보며 씨익 감수성 최고조의 미소를 만들어보았다.

"아, 아찔해!"

내가 봐도 반하는 샤이닝—슈가—스마일!

자기 최면을 걸었다. 이건 절대로 썩소가 아니다. 여중생들의 눈에 하트가 떠오르게 하는 매력의 발산이다!

"마인드 트레이닝 끝. 일하자!"

매장은 한 달 전과 달라진 게 없었다.

그리 나쁘지 않는 위치의 아르바이트 자리지만 이직률이 높은 것은 카운터를 맡고 있는 이 매장 유일의 정직원인 사장 딸이 있기 때문이다.

즉, 이 매장은 사장이 둘이다. 아가씨의 직함은 부점장이지만.

아는 이웃이라고 조금이라도 더 담아주었다가는 확연히 느껴지는 불편한 아우라를 발산해 부담을 백배로 느끼게 하는 아가씨다.

나이는 내 나이쯤, 한가하면 공무원 수험서를 펼쳤다.

대화할 일이 없으니 1년이 넘어도 나이도 모르고 이름도 생각나지 않는다.

관심있는데 일부러 그러냐고? 단연코 아니다.

그녀가 나에게 관심 없듯이 나도 그녀에게 관심이 없다.

그렇다, 서로 관심없다.

그러기에 1년 넘게 아르바이트를 할 수 있는 거다.

게다가 계산대의 위치가 얼굴을 맞댈 필요가 없는 절묘한 위치라는 것.

이 매장에서 그녀를 무시하고 마구마구 퍼 담아줄 수 있는 알바는 내가 유일하다. 그따위 눈치에 불편해하는가.

어라, 그 명당자리를 낯선 주근깨 아가씨가 차지하고 있네.

눈치를 슬금슬금 보는 게 비켜줄 의향이 전혀 없어 보였다.

어쩌나… 명당임을 알고 있는 눈치다.

할 수 없이 계산대 옆 자리, 자리하기만 하면 이직률 100퍼센트인 매대 옆에 서야 했다.

계산대의 그녀와 간단히 눈인사를 하고는 일을 시작했다.

알바 첫 손님은 아르바이트 휴직기를 맞아 공원을 무료하게 어슬렁거리는 30초반의 형이었다. 안면이 있다.

먹고 힘내세요!!

곱배기로 듬뿍 담아주었다.

"아!"

옆에서 입속으로 파리 입장하는 소리가 터져 나왔다. 부점장 아가씨, 뭘 그리 노골적으로 놀라슈.

퍼 주는 사람 마음이다.

무시.

날씨가 더워지자 아이스크림 매장은 활기가 넘쳤다.

그럭저럭 팔고 있는데 단체 손님이 들이닥쳤다.

단체 손님이란, 야외 학습을 나온 여중생이나 여고생들을 말한다. 이들을 화장실을 가도 우르르 몰려다니고 밥 먹을 때도 우르르 몰려다닌다.

귀여운 노란 부리 새끼 오리들을 연상시킨다.

저 속에서 우아한 백조가 나온다, 진짜다!

"앗, 지오 오빠다!"

"지오 오빠한테 퍼 달래야징—"

재잘재잘.

들었는가!

나의 인기는 이렇듯 열광적이다.

내가 늘씬한 기럭지의 소유자임에는 맞다. 하나 다운타운의 호스트 같은 끼의 소유자는 아니다.

그럼 왜?

오로지 아이스크림을 무지막지하게 퍽퍽 퍼 담아줄 수 있는 손아귀 힘 때문이지. '남자는 힘!' 이 아니라 이 일에 오래 종사하여 숙련공이 되었다는 소리다.

가상에서 그 무지막지한 연속 둔기질이 가능한 이유이기도.

이 손아귀 힘으로 다른 사람이 두 명의 손님을 처리하는 동안 세 명을 처리한다. 당연히 빠르게 아이스크림을 제공하는 나의 이름이 새끼 오리들 사이에 널리 알려졌다.

인기에 부응하기 위해 둥근 아이스크림 옆에 살을 찰싹찰싹 붙여가면서 그들이 알고 있는 이름이 배신하지 않았음을 증명했다.

옆에서 검은 아우라가 이는 게 느껴졌다.

'음, 장난이 아니다.'

그래도 무시.

계산이나 하라고. 퍼 주는 게 아쉬우면 직접 하든지.

아이스크림을 들고 나간 오리들이 공원에 흩어졌다.

곧이어 매장 안으로 여중생, 여고생 무리들로 들어차기 시작했다.

나의 복귀가 전 공원에 알려진 것이다.

므하하하—

나는 새끼 오리들에 군림하는 아이스크림 마.왕.이다!

미쳤냐고?

어제가 좋으니 오늘도 이렇게 미칠 정도로 행복하다.

옆에서 무럭 피어오르는 검은 아우라를 즈려밟을 정도로.

저녁이 되어 선선한 바람이 불자 데이트족들로 매장은 제 2차 몸살을 앓기 시작했다.

드디어 스킬이 필요한 때가 왔다.

이들은 아이스크림으로 배를 채우려는 듯 큰 통에 한가득 담아 사 가는 큰손들이다.

쌍쌍이 나타나 내 눈앞에서 '자기야, 이것도 먹고 싶고, 저 것도 먹고 싶고… 어쩌고' 하면서 코앓이를 시작하면 아이스 크림 주걱으로 한 대 쳐주고 싶은 욕구가 불끈 치솟는다.

'평소대로 하시지, 가증은.'

남자 친구야 콩깍지가 씌어 눈치 채기 싫겠지만 들어야 하 는 우리는 고역이다.

그러나 손님은 알바에게도 왕이다.

부러운 미소를 날리며, 스킬 발동!

움푹, 스그그그극—

딜 타임 제로.

MP 소모 제로.

스킬 임펙트 작살.

보는 이도 즐겁게.

오—!!

왕들이 토해내는 효과음 작렬.

길게 긁어 공극을 주워 퍼 담았다.

그렇다.

낮의 손해를 이들이 만회해 주어야 한다.

계산대의 사장 따님께서 이 미려한 손기술을 감탄의 눈으로 지켜보았다. 낮과는 전혀 다른, 이해했다는 아우라가 전해왔다.

'간사하기는…….'

눈치 챘는가?

난 커플들에겐 지독히 불.친.절.하다.

누군 사랑 안 해본 줄 알아! 이 쌍쌍이 바퀴벌레들아!!

아이스크림 매장의 하루는 그렇게 마무리되었다.

손아귀가 얼얼해 왔다.

문득, 둔기질이 하고 싶어졌다.

*   *   *

우찌 이런 일이…….

"킥킥킥, 지오야, 빈손으로 오니 이런 일이 생기는 거야."

"말 시키지 마요."

"버서커 포션이 대단하긴 했지."

"끙, 다 팔려서 그런 걸 어쩌라고요."

일주일간의 버닝으로 내 생활 패턴이 뭉개져 버린 것은 당연했다. 아르바이트를 마치자마자 형제 작업장으로 발이 절로 향해지더라. 여기까진 괜찮다.

'매서커 지오'의 계정이 블럭 처리되어 있지 않은가?!

게임 서버를 해킹한 적은 없단 말이다.

원인은? 바로 그거다.

버서커 포션!!

버서커 포션의 복용은 게임사에서 용인하지 않는 해킹툴이란 말씀. 효과는 대단하지만 감수해야 할 페널티도 상당했다.

매서커 지오님에게 알려 드립니다.

이용하신 포션은 버서커 포션의 일종임을 확인하였습니다.

E&T의 세계는 유저 메이드 아이템에 사용 제약을 가하지 않습니다.

하나 이번 버서커 포션의 경우, 초감각 센서의 감도를 비정상적으로 활성화시켰습니다.

이 같은 동화율의 순간적인 급증은 유저님의 건강에 큰 부담으로 작용할 수 있습니다.

처음으로 구현된 비정상적인 아이템이기에 운영진 회의를 걸쳐 아래와 같이 페널티를 부여하는 것으로 결정했습니다.

첫째, 3레벨 다운. 최초 사용자임을 감안해 부여된 능력치는 회수하지 않습니다.

둘째, 일주일간 계정 블럭.

셋째, 향후 한 달간 버서커 포션 복용 불가.

넷째, 재차 복용 시 6레벨 다운됩니다.

차후 버서커 포션 사용 시 이 점을 신중히 고려해 주십시오.

지금까지 E&T 운영진이 알려 드립니다.

캐릭의 현 능력치에서 두 배의 위력을 발휘하도록 만들어 주는 게 버서커 포션이다. 그러나 '아크 알키미스트'의 버서커 포션은 동화율도 같이 높여 버렸으니…….

일주일간 접속 불가? 좋아.

그런데 세상에 레벨 다운을 시키는 게임이 있다니. 갸오―!
이런 개사기 같은 페널티를 부여하다니. 자기들 마음대로야.

에라― 버서커 포션, 돈 줄 테니 먹으라 해도 안 먹는다!

가만! '일단 한번 먹어봐'에게 사용 후기를 알려주고 포션을 보상받아야 하는데… 이도 일주일 후?!

"아크 알키미스트, 일단… 두고 보자!"

그렇게 내가 멍해 있는데 작은곰이가 어깨를 두드리고 자리로 돌아가며 말했다.

"멀티 트레이너가 되고 싶다고 했지? 여섯 캐릭을 동시에 돌리면서 동화율을 조정해 봐. 감정 기복으로 동화율이 오르락거리는 것은 멀티 트레이너로선 실격이야. 시급 2만 원짜리 멀티 트레이너는 아무나 되는 게 아냐."

"예."

"훈련이라 생각하고. 머리에 열 좀 내."

"끙."

동화율.

레벨이 높다고, 게임을 오래한다고 성장하는 요소가 아니다. 캐릭을 운영하는 현실의 육체와 정신력의 반영이다.

내 동화율은 한마디로 감정 기복에 따라 들쭉날쭉, 그 동화율을 버서커 포션이 강제로 현실과 일치시켜 버린 것이다.

버서커 포션의 위력이 상당한 만큼 감수해야 할 부분도 가혹해야 한다는 것인데, 왜 그 대상이 나이냔 말이냐!

"캐릭 중 유일하게 전직 퀘스트 없이 히든 클래스도 부여받았는데……."

발란스를 생각 안 하는 게임이라더니, 꼭 그렇지도 않잖아.

모든 상황이 종료된 지금에서야 이 사실을 알려준단 말인가.

미리 알려주면 어디 덧나나? 왜 억울함을 느껴야 하느냔 말이다. 해피한 유저이고 싶은데, 정녕 내 캐릭은 저주받은 캐릭이란 말인가.

이따위로 범죄자 취급이니…….

"휴우, 할 수 없죠. 딴 캐릭이라도 가지고 놀아야지요."

새로이 가지고 놀 캐릭이 여섯이나 늘어난 것을 위로로 삼
아야지.

멀티 트레이너로서 마인드 컨트롤 개시…….

'나는 행복합니다. 나는 아주 행복합니다. 나는 무지 행복
합니다.'

빅 해피!

위로가 되었다.

첫째 캐릭부터 상태창을 열어 살펴보았다.

Status Point

메이지 지오의 상태창.

레벨:60

경험치:0%   사용할 수 있는 스탯 포인트:300

	STR(힘):8
머슬 포인트	DEX(민첩):44
	CON(체력):30
	WIZ(지혜):+13
멘탈 포인트	INT(지능):+366
	HAR(친화):+67
	CEN(집중):67

정신력 부분 지능에만 과하게 투자된 '순혈의 메이지' 가 메이지 지오다. 그래서 이름을 '메이지 지오' 로 바꾸었다.

캐릭의 주인이 바뀌는 경우 단 한 차례에 걸쳐 캐릭의 이름을 재설정할 수 있게 되어 있다.

네이밍 센스가 성의 없어 보인다만 이렇게라도 해야 했다.

"딸린 식구가 일곱이잖아."

어떤 유저처럼 칠관이, 팔관이 붙이는 것보다야 낫잖은가. 그건 그렇고, 문제는 넘쳐 나는 스텟 유보치에 있었다.

"어디다 박지?"

머슬 능력치에 수치가 있는 것은 CEN 능력치를 높인다고 이것저것 잡다하게 건드리다 보니 늘어버린 수치다.

착용한 아이템에 부여된 보너스 스텟치도 포함되어 있다.

여우 놈의 함정이 이제 고민으로 돌아오고야 말았다.

300이나 되는 처치 곤란한 스텟치를 보고 있자니 어떻게 캐릭의 발전 방향을 잡아야 할지 감이 안 왔다.

두 형제와 의논하려 해도 지금 한창 아이템을 상점에 올리고 구매자들과 상담하느라고 정신이 없었다.

게임이 곧 Part 2로 이행한다는 공지가 뜨자 잠시 떠났던 유저들이 다시 돌아오고 있었다. 오늘 하루 이십만 정도의 유저들이 다시 돌아왔다는 공지가 올라왔다.

덕분에 바닥을 치던 아이템의 가격이 제법 괜찮게 형성되는 중이었다. 이처럼 경기 좋을 때 강도단을 처리하고 무한 루팅한 아이템들을 처분해야 하는 게 업장을 운영해야 하는 형제들로서는 당연한 일이다.

두 형제가 연 상점에서 그들이 하는 양을 지켜보았다.

"이 정도 아머 셋트면 90레벨까지 무난히 갑니다. 게다가 세트잖아요. 고객님, 어떠세요? 결정하시겠습니까?"

"운석 파편 삽니다! 운철 수집해요! 최고가로 쳐드립니다. 잡철도 받아요! 용도를 알 수 없는 아이템도 흥정합니다!"

한 사람은 수집한 아이템을 팔고 다른 한쪽에서 들어온 돈으로 재료를 사재기하는 중이었다.

죽이 척척 맞았다.

장사에 몰입, 열중이라 끼어들 틈이 없어 보였다.

'저 사람들에게 의지하려는 생각은 접자.'

결심했다. 캐릭을 키우는 것은 이제 내 소관이다.

내 캐릭이잖은가.

상태창을 열어놓은 상태에서 깊은 생각에 빠져들었다.

'고객의 요구는 다양하다. 고로 다양한 클래스를 다룰 줄 알아야 하는 건 멀티 트레이너로서의 기본 소양……'

*　　　　*　　　　*

Part 2가 구체적으로 뭔지는 모르지만 그때를 위한 강력한 파티를 만들고 싶다는 생각이 하루 종일 떠나지 않았다.

한 달간 달렸으니 이 정도 욕심이 생길 만하잖아.

게임사의 홈페이지나 유저들의 블로그에 올라온 육성기를 읽어보았지만 딱히 다가오는 육성기는 없었다.

히든 클래스 때문이다.

다들 히든 클래스를 부여받은 자신의 캐릭이 진정한 만능 캐릭이라 떠들고 있었다.

이도저도 다 만능 캐릭이니 결국 다 같은 거 아닌가?

그래도 히든 클래스를 얻게 하는 게 좋기는 하겠지. 여섯이나 되는 캐릭들에게 어떻게 히든 클래스를 부여받게 만들까?

시작도 하기 전에 골부터 지끈거렸다.

"그냥 죄다 흔하게 찍어 '잡캐 군단'을 만들어?"

아냐, 아냐. 너무 특색 없어.

이들에게도 그들만의 히든 클래스가 필요한 것이지.

매서커 지오 같은…….

문제는 그러려면 그만큼의 특출한 공적을 세우든, 히든 클래스를 부여받을 만한 직업 퀘스트를 졸졸 따라가야 하는데… 이걸 따라가려면 세월이 하 세월이라, 멀티 트레이너로서의 수련은 포기해야 한다.

E&T에 집단 전직 시스템은 없나? 그럼 고민할 것 없이 전

직시켜 버릴 텐데.

"몰라."

현실적인 선택을 했다. 동화율을 끌어올려 멀티 트레이너로 가는 거다. 지금까지처럼.

그래, 가다 보면 캐릭 나름의 기회가 오겠지.

전원을 '몰빵' 캐릭터로 밀고 나가자니 과연 이 선택이 잘한 짓인지 선뜻 실행에 옮기지 못했다.

몰모트가 필요했고, 딱 맞는 캐릭이 금세 떠올랐다.

파티의 애물단지 '테이머 지오' 말이다.

레벨업을 하는 내내 졸래졸래 따라다니기만 한 녀석.

테이머라면 제법 강력한 비스트를 구슬려 반려 동물로 삼은 다음 전투에 앞장 세우는 게 일반적이다. 하나 알다시피 한 달간 우리 파티 자체가 정상적인 파티가 아니었잖은가.

양육되는 캐릭이 비스트를 양육하다니, 우스운 일이다.

간단히 사냥터에서 종달새를 날려 보내 필드 상황을 정찰할 때만 간혹 등장했다.

레벨이 높아질수록 전투가 벌어지면 멀뚱히 서서 파티의 사냥을 지켜보는 게 전부다. 한심한 캐릭이었다.

일단 이 녀석의 스텟을 살펴보았다.

Status Point

테이머 지오의 상태창.

레벨:6ㅁ

경험치:ㅁ.ㅁ3%   사용할 수 있는 스탯 포인트:3ㅁㅁ

	STR(힘):ㅋ	
머슬 포인트	DEX(민첩):2B	
	CON(체력):25	
	WIZ(지혜):+1B	
멘탈 포인트	INT(지능):+2ㅋ	
	HAR(친화):+324	
	CEN(집중):61	

스텟이 자연 친화도만 최고조로 올라 있었다.

"여기서 전부 HAR에 투자한다면……."

과연 어떤 비스트를 꼬실 수 있을까?

근데 강력한 비스트는 꽁꽁 숨어서 처음부터 찾기는 어렵다. 새끼 비스트를 꼬셔 같이 사냥하며 차근차근 함께 성장하는 게 일반적인 테이머 육성법이다.

흐음, 차리리 마이너스 INT에 투자해 네크로맨서 스킬을 습득해 '다크 테이머'로 갈까?

"그래, 캐릭을 죄다 네크로맨서로 전직시켜 언데드 군단을 만드는 거야. 유저들의 사체로 이루어진······!"

오호, 이거 땡기는데? 상상만으로도 그럴듯했다.

하나 나와 네크로맨서에 대한 동화율이 최저이니 상상의 나래를 접었다.

"끙, 상상을 현실에 맞추자."

처음 생각한 대로 조화도(HAR)에 300이나 되는 모든 여유 스텟을 투자했다.

뭐 있나, 그냥 가는 거지. 가는 거야!

이 테이머 캐릭 버린다고 생각했다.

"정 안 되면 두 형제의 상점에 점원으로 세워둘 수도 있고."

HAR 능력치가 급격하게 늘어나자 테이머 지오의 모습엔 변화가 있었다.

피부색은 변화가 없는데 전체적으로 연두색 윤기가 캐릭을 감쌌다. 참고로 매서커 지오의 경우 은은한 붉은 서기가 불콰하게 뿜어져 나왔다.

자, 겉모양은 이제 됐고, 그럼 능력이 어떻게 변했는지는 필드에서 확인하기로······.

단출한 가죽 여행복 차림으로 50레벨 근방 유저들이 사냥하는 필드를 찾아갔다.

느긋이 산보하는 걸음걸이로 주변에 출몰하는 야수들을 당겨보며 정보를 모았다. 몰이사냥 시 그리 강력한 인상을 준 야수는 없었다.

"오, 저거 괜찮다."

찾았다, 장갑 멧돼지!

이 사냥터의 보스 급 야수로, 튀어나온 어금니가 날카롭다. 뿐만 아니라 이마를 중심으로 자리 잡은 두툼한 가죽! 이게 얼마나 딱딱한지 매서커 지오의 해머를 정통으로 맞고도 충격 상태에 빠지지 않고 사납게 달려들 정도다.

크기는 어지간한 황소를 넘어섰다.

주변 유저들도 저놈은 건드리지 않고 다른 몬스터를 사냥한다. 그것만 보아도 그 흉포성과 드롭 아이템의 영양가 없음을 알겠다.

단지 퀘스트를 깨야 하는 유저들만이 간간이 사냥하러 올 뿐이다.

그런 그놈을 목표로 전진했다.

내가 다가가자 근처의 사냥 중인 유저들이 급히 다가와 말을 걸었다.

"님아, 지성한데……."

"예?"

님아가 뭐냐, 님아가. 초딩이냐?

"혹시 저놈 사냥할 건가요?"

"사냥은 아니고……."

"그럼 저희가 가고 나서 사냥하시면 안 될까요?"

"예?"

"저놈이 발작하면 주변 몬스터들을 모두 흩어버리는 데다 우리에게까지 달려들어 파티 세팅을 엉망으로 만들어서요."

"……."

차림이 못 미더워 보이나 보다.

단지 호기심 많은 유저로 보이기에 딱 그만이겠지.

"얼마나 기다리면 되지요?"

"한 5분이면 되요. 한 사람만 렙업하면 마을에 정비하러 가려고요."

5분 쯤이야. 누가 잡으러 오는 것도 아니니 나는 긍정의 뜻으로 고개를 끄덕였다.

"감사요. 그럼."

그렇게 5분간 클레릭와 프리스트가 참여한 제대로 된 풀 파티의 사냥 장면을 지켜보았다.

"제법 팀웍이 척척 잘 맞네."

저게 진정한 풀 파티!

제길, 피를 채워주는 클레릭과 공격력, 방어력을 높이는 프리스트가 있다면 저렇게 수월한데, 아무리 몰아와도 죽을 염려가 없잖아.

5분이 지났다.

그리고… 15분이 지났다.

아니… 왜 이러지? 5분이라 했잖아.

자기들 시간은 시간이고 내 시간은 시간이 아니란 말이야?

어째 님아, 님아, 그러더라.

그래도 난 매너를 지켜 몰아온 몬스터들을 모두 다 죽이는 걸 보고 점잖게 통보했다.

"저기요, 15분 지났거든요. 이쪽도 실험할 게 있으니 사냥합니다. 그럼."

그제야 그들은 몰아온 몬스터를 다 잡고는 분분히 거리를 벌리며 물러났다.

기분 나쁜 표정이 역력했다.

그들은 떠나지 않고 내가 하는 양을 지켜보았다.

아마 너저분한 인벤을 정리하며 내가 장갑 멧돼지에게 된통 당하는 것을 기대하는 것이리라.

먼저 테이머의 기본 스킬부터.

"야수의 체향!"

이건 어쌔신의 '은닉'과 비슷한 스킬로, 오직 야수에게만 통하는 스킬이다.

사라라라랑— 부드러운 미풍이 몸을 감아왔다.

장갑 멧돼지는 공격 권역에 다가가도 이쪽을 보지 않았다.

천천히 다가가자 장갑 멧돼지의 뾰죽한 주둥이가 푸들푸들거리며 냄새를 과민하게 맡으려 했다.

친화도가 600이 넘는 테이머라 적으로 바라보지 않았다.

그저 흘러가는 미풍일 뿐.

종이 한 장을 사이에 두고 자리를 잡았다.

야수와 거리가 가까우면 가까울수록 이후 스킬의 성공률이 높다.

일단 테이머가 배운 스킬을 모두 차례대로 장갑 멧돼지를 향해 걸어보기로 했다.

"대지의 자장가!"

두두두두—

저 멀리서 임팔라 무리가 이동하는 땅울림이 흘렀다.

> 당신은 스킬 레벨이 낮습니다. 위험할 수 있습니다.

600에 달하는 친화도를 믿었다.

장갑 멧돼지는 이 규칙적이고 은은한 땅 구르는 소리에 꾸벅꾸벅 졸기 시작했다.

성공!!

낮은 스킬 숙련도임에도 '즉빵'이었다.

이어 선잠이 든 놈의 어금니를 살짝 잡았다.

야수 대상 스킬인 '친구 되기'를 걸었다.

테이머 지오의 입에서 멧돼지 특유의 소리가 났다.

"퓨르르푸, 풋—"

실제로 흉내를 내라면 나올 수 없는 기음.

> '친구 되기'를 발동했습니다. 야수는 당신을 무리의 친구로 인식했습니다. 야수가 외부 충격을 받을 시 즉시 해제됩니다.
> 하나 당신은 스킬 레벨이 매우 낮습니다.
> 극히 위험합니다. 주의하십시오.

스킬이 성공했다는 메시지가 울리고 장갑 멧돼지가 선잠에서 퍼뜩 깨어났다. 그리고 곁에 있는 나를 분명히 인지하고 코로 툭툭 밀어댔다.

그러나 이는 공격이 아니다. 동료로 인정하고 체취를 맡는 본능적인 행동이라.

"그래, 그래. 이번에도 꼭 걸려주라."

이번에야말로 대망의 길들이기!

테이머의 핵심 스킬이 바로 이 '길들이기'다.

"길들이기!"

푸푸푸푸—웃.

장갑 멧돼지가 거칠게 고개를 치켜들며 불쾌함을 표했다.

'길들이기'를 발동했습니다. 야수는 당신을 주인으로 인식하기를 거부합니다. 저항합니다. 거부하고 있습니다.

당신의 스킬 레벨이 턱없이 낮습니다.

극히 위험합니다. 피하십시오!

"헉스!"

피하기는 이미 늦었다.

"에잇!"

그냥은 못 넘어오겠다면 이거나 먹어라. 얼른 준비한 야생 고구마와 고구마 줄기를 멧돼지의 입에 밀어 넣었다.

멧돼지는 고개를 절레절레 흔들며 거부했지만 큼지막한 사과를 들이밀자 킁킁거린 후 받아먹기 시작했다.

"됐다!"

사과 하나로는 간에 기별도 안 간다는 눈빛이다. 반복해서 길들이기 스킬을 걸며 먹이 등을 제공했다.

작작 먹어라, 작작 먹어.

드디어,

당신은 장갑 멧돼지를 길들이는 데 성공했습니다.

당신의 명령에 복종합니다.

성공을 알리는 메세지가 연속적으로 떴다.

"휴―"

실패할 거라고 생각은 안 했지만 제법 시간이 든 것은 사실이다.

재빨리 테이머 지오의 펫으로 등록시켰다.

그러자 붉은 음영으로 잡히던 타깃팅 음영이 사라지더니 야수 타이틀이 사라지고 테이머 지오의 펫으로 교체되었다.

복종시키자 마자 근처에 산재한 몬스터를 상대로 위력을 바로 실험해 보았다.

"저돌적인 돌격!"

스킬을 걸자마자 장갑 멧돼지가 지정한 몬스터를 향해 맹렬히 뛰쳐나갔다.

두두두두―

땅이 울렸다. 야생 버팔로가 돌진하는 모양새.

단지 차이라면 삐져나온 어금니가 아래에 위치했기에 더욱 치명적인 들이받기를 가할 수 있다는 것.

투콰악—!

이름도 기억나지 않는 몬스터가 옆구리를 받쳐서 6미터나 나뒹굴었다.

들이받은 대상은 좀 전부터 이웃 파티가 사냥하던 '키약'이라는 거대 도마뱀으로, 머리에 유니콘과 같은 뿔이 달려 있었다.

레벨은 60레벨.

부딪치는 순간 크리가 터지는 굵은 숫자가 떴다.

스킬의 효과가 고스란히 먹혔다는 뜻.

너부러진 키약은 배를 드러내 놓고 꿈틀거렸고, 장갑 멧돼지가 재차 달려가 들이받아댔다.

충격 상태가 오래 지속되었고, 그사이에 키약은 제대로 된 저항 한 번 못해보고 데미지만 쌓여갔다.

그리고 데드!

경험치가 0.03퍼센트 올랐다. 죽은 키약의 사체를 뒤져 아이템과 부산물들을 챙겼다.

부산물 중 일부는 즉석에서 구워 전투로 흥분한 장갑 멧돼지에게 먹였다.

당신에 대한 충성도가 높아졌습니다. 배신할 가능성이 적어졌습니다.

사냥한 후 부산물을 나누어 가지면 펫의 충성도가 높아진다. 사냥 중에 달아나거나 배신하지 않게 하려면 이 충성도 관리를 꾸준히 해야 한다.

내 뒤로 좀 전에 물러났던 관객들이 다가왔다.

"테이머세요?"

"보시다시피."

"좀 전엔 죄송했습니다. 그런데 어떻게 육성하신 겁니까? 분명 80레벨은 되어야 테이밍할 수 있다고 알려진 야수인데."

그럴지도.

반 토막 테이머라면 그 정도 레벨로 밀어붙여야 할 것이다.

"비밀."

"에?"

"비밀일 때 즐겨야죠. 너도나도 다 해버리면 재미없잖아요."

"……."

얄밉게 돌아섰다.

벙찐 그들을 뒤로하고 자리를 옮겼다.

필드는 넓었고 건들지 않고 방치된 장갑 멧돼지들은 널리고 널렸다. 테이머 스킬 숙련도를 높일 겸 멧돼지 군단을 조직해 보는 거다.

뒤로 장갑 멧돼지가 졸래졸래 따라왔다.

60레벨 테이머 지오의 능력은 68레벨 야수를 길들일 정도다.

몰빵 캐릭에 대한 가능성이 보였다.

機甲戰記
Massacre
기갑전기 매서커

"등 빌리기!"

이제 장갑 1호의 등에 올라타 필드를 이동하고 있다. 게임은 이게 좋다. 말이 아닌 멧돼지도 탈 수 있는데, 꽤 편하다. 설마 실제로도 이럴까?

필드의 유저들이 신기하다는 듯이, 그리고 부러운 듯이 이모습을 주시했다. 60레벨의 유저가 장갑 멧돼지를 펫으로 부리는 모습은 내가 처음이 아닌가 하는 생각이 들었다.

유저 동영상에 그런 장면이 올라온 것을 본 적이 없다. 특히 60레벨짜리가.

필드에 널린 장갑 멧돼지를 찾아 닥치는 대로 테이밍했다.

먹혔다. 잘 먹혔다.

2호, 3호… 순조롭게 번호를 붙이며 늘려 나갔다.

호기심이 동한 사냥 파티들과 얽히는 바람에 테이밍하려는 대상이 발작하게 만들어도 장갑 1호와 2호, 3호가 단단히 버티고 서서는 털끝 하나 못 건드리게 나를 보호해 주었다.

멧돼지 무리가 비탈길에 눈 구르듯이 불어났다.

18마리까지 늘려서 필드를 누비니 이런 장관이 없었다.

수가 늘어난 만큼 유지하려니 그냥 있어도 마나 바가 쑥쑥 줄어들었다.

"아차차—"

18마리를 유지하려니까 중급 마나 포션을 먹어가며 버텨야 했다. 이거 더 이상은 무리였다. 실험은 이것으로 끝.

대략적인 계산으론 마나를 채우는 좋은 아이템을 갖추지 않는 다음엔 8마리만 유지하는 게 적당하다는 결론에 도달했다.

마을로 복귀하면서 18마리의 멧돼지 군단으로 필드를 헤집었다.

두두두두두—

지축이 울렸다.

"저거 뭐냐?"

"에?"

필드의 유저들이 사냥을 잊고 나를 주시했다.

물론, 다른 사냥팀들에게 민폐를 끼치지 않도록 주의하며 컨트롤했음에도 구경꾼들이 우르르 따라왔다.

제법 보기 드문 장관은 장관인가 보다. 조금 우쭐해지며 객기가 들었다.

그들을 위해 사냥을 실험해 보았다.

18마리나 되는 장갑 멧돼지들이 몬스터 무리와 격돌했다.

지축이 울리며 마른 먼지가 자욱하게 피어올랐다.

우두두두, 푸륵, 퓹퓹!

몹들은 멧돼지들이 어금니로 받으니까 툭툭, 튕겨 나갔고 지근지근 밟히고 체중에 깔려서 순식간에 걸레가 되었다.

위력적이었다. 하나,

"헉!!"

순식간에 엠통이 바닥을 드러냈다.

포션, 포션! 최상급 마나 포션을 들이켰지만 뚝뚝 떨어지는 것을 만회하는 데 그쳤다.

사냥에 들자 18마리와 연결된 마나 소모는 엄청났다.

포션 값을 감당할 정도의 재력이 되지 않은 상태에서 이건 과소비다. 현실이든 게임이든 엄연히 자본이 지배한다.

연습과 실험은 이쯤에서 그쳐야 했다. 치기 어린 사랑도.

"봉인!"

얼른 봉인구를 꺼내 멧돼지에 대고 외쳤다.

봉인구, 별칭 '펫 볼'은 마법진이 새겨진 주먹만 한 뼈의 구체다. 이 봉인구에 멧돼지들이 들어가 봉인되는 게 아니라 주인의 주변에 흩어져 있다가 봉인 해제되면 나타난다는 게 게임의 설정이다.

그러니까 하나의 캐릭에 봉인구도 하나인데, 몹을 여러 마리 넣을 수 있다.

포켓 몬스터가 아니란 말씀.

안 보이게 캐릭 주변에 펫들을 흩어놓는다고 생각하는 게 맞다. 여하튼 이 봉인구를 잃어버리면 골치 아프다.

그리고 이 봉인구는 조화도의 영향을 받기에 조화도가 높을수록 많은 야수와 거대한 야수를 집어넣을 수 있게 설정이 되어 있다. 당연히 조화도가 높을수록 유리하다 하겠다.

"흠, 전문 테이머. 할 만한 캐릭이네."

근데 테이머다운 아이템을 갖추려면 비용이 상당히 들 것 같았다.

두 형제와 함께 소탕한 강도단의 아이템이 생각났지만 곧 접었다. 이제는 나의 필요에 의해서 키우는데 남에게 기댈 수는 없는 것이다.

공은 공, 사는 사.

캐릭은 자기 힘으로 키우는 거다.

*　　*　　*

귓말이 쇄도했다.

멧돼지 군단을 거느린 모습이 시선을 끌었는지 아는 체하며 노하우를 빼내려는 속셈이 뻔했다.

[히든 클래슨가요? 무슨 퀘스트를 깨면 그렇게 전직할 수 있죠?]

[아이템은 뭘 착용하셨죠? 액세서리는요?]

[스킬을 어떻게 찍었습니까?]

[같은 테이머로서 스텟을 알려주시면 안 될까요? 존경합니다.]

존경하냐? 그런데 눈빛이 정말로 존경하는 것 같지는 않다.

귓말 거부로 설정을 고치고 자물쇠로 잠가 버렸다.

필드에서 물어보아도 스텟만 공개하면 금세 뽀록나기에 모르쇠로 일관했다.

그렇게 어렵게 생각할 게 없는데 말이야.

'몰빵하라고, 몰빵!'

물론 그러면 혼자 놀기는 거의 불가능하겠지만 말이야.

다들 자신의 능력에서 더욱더 추가적인 위력을 발휘하고 싶은 욕망이 강하기에 눈을 가린 것이다.

그 많은 유저들이 어찌나 하나같이 비슷한지.

하긴 개발사 잘못도 있다. 모든 캐릭을 만능으로 만들 수

있다고 선전했으니 그 인식을 바꾸기란 수월하지 않을 것이
다.

아무튼 능력치 몰빵에 재미들렸다.

모든 캐릭들을 물리적인 능력이 제로에 가까운 정신체, 그
자체로 변모시켰다. 망설임은 없다.

지오 캐릭들을 칼로 찌르면 파란 피가 흘러나올 것 같았다.
마나통이 파란색이니 틀림없다.

그렇게 캐릭들의 스텟 설정을 오로지 한 스텟에 몰빵하고
있는데 뒤에서 기함이 들렸다. PC 모드 상태다.

"야, 지오야, 너 어떻게 된 거 아냐? 저렇게 스텟 설정을 잡
으면……."

작은곰이의 어투에 암담함이 절절했다. 그러나 되돌리기
에는 이미 늦었다.

"캐릭 처분할 생각 없어요. 재미있게 한번 놀아볼려구요."

"그래도 그렇지……."

아쉬움이 역력한 듯했다.

스텟이 유보된 캐릭은 어느 정도 가격이 있는데 이렇게 찍
으면 창고 캐릭으로밖에 안 보이겠지.

"이 친구들과 대한민국 탈출을 해 보이겠어요."

약간은 진담이다. 그러나 작은곰이는 농담으로 들었겠지.

"너도 참, 못 말리는 캐릭이다."

"하하. 형, 혹시 강도단 중에 '펫 볼' 같은 거 있지 않았

나요?"

"왜, 없었겠니. 마지막 강도단을 잡았을 때 최상급 펫 볼이 다섯 개 나왔잖아. 근데 버려야 될 것 같아."

"그렇겠죠."

테이머가 아니면 실제론 해제할 수도 없고.

"뭐가 봉인되어 있는지도 모르는 데다 괜히 해제했다가 달려들면 무슨 개망신이냐."

"저 주세요."

"필요해? 진작 말하지. 잠시 기다려. 지금 마을로 와."

"옙!!"

헤헤, 이 정도 액세서리 정도는 지원받아도 된다.

앞에 한 말과 다르다고?

뭐라고 했더라… 게임은 자본이 지배한다고.

그리고 나는 자본이 없다.

어허, 버리려 했다는데 무슨 불만이야.

*   *   *

펫 볼을 받으러 움직이는데 공지가 올라왔다.

중국 E&T 영웅 등장!
Part 1 보스 몬스터가 처단된 지역에 한해 Part 2로 이행합

니다. 그 지역 던전에서 알 수 없는 금속덩어리들이 출토되기
시작했습니다.

"오옷, 파트 투!"
"이야, 역시 중국이네. 첫 타야."
중국은 서비스 기간은 짧지만 유저 수가 많으니까 Part 2로
의 이행이 빠른 거겠지. 그런데,

이탈리아 E&T 영웅 등장!
Part 1 보스 몬스터가 처단된 지역에 한해 Part 2로 이행합
니다. 그 지역 던전에서 알 수 없는 금속덩어리들이 출토되기
시작했습니다.

"잉, 웬 이탈리아?"
이탈리아의 유저 수는 수만밖에 안 되는데 벌써 Part 2로
이행한다는 것이다. 무언가 이상했다.
그래서인가? 유저들의 추측성 댓글로 공지창이 마비되었
다.
일단 관심을 끊고 형제들이 관리하는 창고로 바삐 움직였
다.

최상급의 펫 볼을 받았다.

봉인된 펫을 풀어주고 다른 야수를 테이밍해 가둘지는 어떤 야수가 봉인되어 있는지 보고 판단하기로.

강도단 소탕 퀘스트 시 그들은 사냥터에서 강제로 소환된 게 맞았다.

무한 루팅으로 그들의 인벤토리를 털어보니 굉장한 준비를 한 대규모 사냥 파티였다. 특히 최상급 마비독이라든지 비상 포션의 숫자가 만만치 않았다.

"그들은 과연 무엇을 사냥하고 있었을까?"

혹시 이 펫 볼에 들어 있는 야수를 사냥하고 있었던 게 아닌가 하는 생각이 언뜻 들었다.

최상급 펫 볼을 지니고 있을 이유가 무엇인지 밝히기 위해 '테이머의 정원'으로 향했다.

소정의 수수료를 지불하고 야수 우리 하나를 빌렸다.

사나운 야수와 한 공간에 같이 있으면서 친밀도를 높일 수 있도록 하는 장소다.

"먼저 방어 준비부터."

장갑 멧돼지 여덟 마리를 풀어 가드로 배치했다.

감당 안 되는 펫이 나오면 풀어주면 그만이지. 뭐, 비어버린 펫 볼만 있어도 되니까.

첫 번째 펫 볼을 꺼냈다.

붉은빛이 도는 주먹만 한 뼈 구슬이었다.

어떤 야수가 봉인되어 있기에 봉인구의 색깔마저 붉게 오염시켰을까? 이거 아작 나는 거 아냐? 은근히 떨려왔다.

"봉인 해제!"

푸스스스―

봉인구에서 붉은 연기가 일어나더니 하나의 형체로 뭉쳐지기 시작했다. 뭉쳐진 형체가 몽글몽글하며 어째 귀여운 형상으로 변해가는 게 긴장감을 뚝 떨어뜨렸다.

"헛! 저것은?"

귀엽기는! 내 눈이 삐었지.

블러디 베어였다.

85레벨에 달하는 거대 야수.

두 발로 떡하니 버티고 서면 5미터로 우뚝 선다.

실감이 안 난다고? 이층 주택 옥상에 머리가 닿는다.

근데 눈앞의 블러디 베어는 엉덩이를 땅에 붙이고 퍼질러져 앉아 있었다. 고개를 절레절레 흔들며 머리를 가누지 못하는 게 마비독에 취한 상태에서 벗어나지 못하고 있는 형상이다.

어째 화면에 표시된 무시무시한 야수 타이틀에 비해 체구가 외소하다. 작다? 아니다.

그래도 음료수를 선전하는 북극곰만 한 크기, 색은 진홍빛으로 윤기가 반들반들하다.

눈이 말똥말똥한 채 나와 마주쳤다.

멍하니 있는 게 극도로… 귀엽잖아! 역시 귀여워!!

블러디 베어의 새끼, 그러나 레벨은 80레벨이었다.

"어쩌지? 풀어줘야 하나?"

아니면 레벨 차이를 무시하고 질러 버려?

테이밍을 시도하려면 마비독에 취해 있을 지금이 적기라는 생각이 언뜻 스쳤다. 무엇보다 귀엽다. 유혹을 참기 어려울 정도로.

"에라, 모르겠다. 한번 해보는 거지 뭐."

지체없이 테이밍의 수순을 밟아나갔다.

제일 기초인 '야수의 체향'부터 시작해 '친구 되기'까지 일사천리로 진행되었다. 친구 되기까진 좋았다.

마비독 덕을 톡톡히 보는 것 같다고 생각하는 찰나, 마지막 '길들이기' 스킬을 발동하는 순간, 붉은 경고 메시지가 떴다. 필드가 아니고 마을 내 공간을 이용하기에 물어오는 것이리라.

레벨 차이가 현격합니다. 자격이 의심되며 실패할 확률이 높습니다. 실패 시 이전에 성공한 스킬이 모두 무효가 되며, 위기에 봉착할 수 있습니다. 감수하고 진행하시겠습니까? 참고로 당신의 높은 집중력은 강력한 친구를 얻을 수 있는 행운을 가져다줄지도 모릅니다.

"오, CEN 집중력!!"

당연히 예스다. 오늘 '필' 받았다.

"크우우우우—웅—"

스킬이 진행되면서 나의 입에서 곰의 울음소리가 흘러나왔다. 제법 듣기 괜찮았다.

하나 눈앞의 붉은 아기 곰은 전혀 그렇지 않은가 보다.

크르르릉—

몽롱하던 눈빛이 새파랗게 번뜩이며 이때까지 진행되었던 스킬들을 모두 털어내 버리는 게 아닌가?

"앗!!"

더불어 마비독도 떨쳐 버린 것 같았다.

위험을 알리는 경고음과 메시지가 귓가에 시끄럽게 울리기 시작했다.

친구 되기가 깨졌습니다.

대상이 대지의 자장가에서 깨어났습니다.

대상에게 야수의 체향이 먹히지 않습니다.

1ㅁ초 후 블러디 베어는 당신을 적으로 간주하고 공격할지도 모릅니다.

위험! 풀어주시겠습니까?

"무슨 소리! 이 귀여운 놈을 놓칠 수는 없단 말이다."

게다가 나에겐 높은 집중력이 있다고 네가 방금 말했잖아!

10초 안에 수습할 수 있는 모든 수단을 펼쳐 나갔다.

딜 타임이 끝나는 스킬 순서대로 다시금 블러디 베어에게 스킬을 걸었다.

야수의 체향이 먹혔습니다.

대지의 자장가를 듣기 좋아합니다.

당신을 일시적으로 친구로 인식합니다.

길들이기 스킬을 사용해서는 안 되었다.

친구 상태에서 상납(?)부터 해야 했다.

사슴의 넓적다리를 블러디 베어에게 내밀었다.

우적우적, 으그적.

뼈까지 씹으며 단숨에 먹어치웠다.

당신에 대한 호감이 조금 생겼습니다.

뭐시라? 고작 호감이, 그것도 조금 생겼다고? 얀마, 사슴

넓적다리가 계란 껍데긴 줄 알아?

소리를 버럭 지르고 싶었지만 시큰둥하게 앞발을 핥고 있는 블러디 베어를 보니 오기가 발동했다.

당장 테이머의 정원 관리인에게 달려갔다.

"블러디 베어가 좋아할 만한 먹거리 있어요?"

"오호, 블러디 베어! 있긴 하지."

"다 줘요!"

젠장, 골드 단위로 빠져나가다니… 뭐, 이런 강도 같은 경우가 있단 말인가. 시장경제가 지배하는 게임이니 불평은 나중에 하기로 하고 다시 블러디 베어에게 선물 공세를 퍼부었다.

이 잠시 잠깐의 사이 장갑 멧돼지 여덟 마리가 전부 뭉쳐서 블러디 베어를 향하고 있었으니…….

"오돌오돌 떨고 있네. 쩝."

위풍당당함은 어디로 간 거냐? 하기야 멧돼지한테 곰은 넘기 힘든 벽인가.

아무리 새끼라도 야수 간에도 레벨에 의한 서열 차이가 극명했다.

나는 장갑 멧돼지를 보고 입맛을 다시는 싹퉁머리없는 블러디 베어에게 테이머의 정원에서 제공하는 특제 먹거리들을 들이밀었다.

들소 통갈비에서부터 시작해 벌집까지, 풀코스가 차려졌다.

블러디 베어는 조금도 사양 않고 게걸스럽게 먹어대기 시작했다.

> 당신에 대한 호감도가 증가하기 시작했습니다.

> 당신을 그저 그런 친구로 생각하기 시작했습니다.

"그저 그런?"

아놔, 메시지 대사가 정말 재수없지 않은가.

그래도 일단 좀 올라갔다.

계속 먹이면 좀 더 발전하겠지…….

한데 먹어도 먹어도, 들이붓고 들이부어도 '그저 그런 친구'에서 전혀 진척이 없었다.

"이런 상태에서 길들이기를 걸어보았자 백발백중 실팬데……."

이대로는 안 되겠다. 다시금 테이머의 정원 관리인을 찾아갔다.

"뭔가 색다른 먹잇감이 필요한데요."

"호, 그럼 이쪽에서 골라봐."

준비된 테이머를 위한 미끼 중 눈에 화익 띄는 게 있었다.

좀 전에 없던 물품이었다.

자이언트 코뿔소 고기!

요즘 한창 고렙 유저들이 몰이사냥하는 야수다.

출몰하는 필드가 이곳과는 한참은 떨어져 있는데, 고렙 중 누군가가 몇 푼이라도 더 받아보겠다고 이곳에서 처분한 모양. 정확히 20개체의 분량이었다.

"살게요!"

돈 있는 대로… 다 살게요!!

왜냐고?

자이언트 코뿔소의 레벨은 95렙.

야수에게도 성장 본능과 야수 간의 투쟁 본능이 탑재되어 있기에 자신보다 높은 레벨인 야수의 고기를 먹이면 어떤 반응이 나올지 기대가 되어서다.

흑, 보유한 골드가 바닥을 쳤다.

테이머의 정원이 보유한 자이언트 코뿔소 고기를 다 사들인 결과다. 단기간에 나처럼 물품을 싹쓸이하는 유저는 간만인지 관리인의 입이 귀밑에 걸렸다.

좋겠수.

테이머의 정원 NPC와의 호감도가 증가했습니다. 다음부터는 추가 할인이 적용됩니다.

할인은 지금 당장 필요하다고!!

다시 돌아가니 블러디 베어가 한 발로 장갑 멧돼지를 치기 일보 직전.

그 위풍당당하던 장갑 멧돼지들이 나의 출현에 반색하며 내 뒤로 숨는 게 아닌가.

장갑 멧돼지들의 충성도가 급·상·승·했습니다. 한 달간 절대 배신하지 않을 것입니다.

"헐, 뭐 이런 시츄에이션이……."

자신의 먹잇감을 내가 가로챘다고 생각했는지 블러디 베어의 눈빛이 불량스럽게 변했다.

뭐, 이런 곰탱이를 보았나.

당신의 처리를 놓고 대상은 심각한 고민에 들었습니다.

잘한다. 그야말로 레벨이 깡패구나!!

나는 재빨리 코뿔소의 사체를 들이밀었다.

신선한 피 냄새 때문인지 아니면 자신보다 강력한 적의 체향 때문인지 블러디 베어는 나에 대한 관심을 거뒀다. 오로지 눈앞에 펼쳐진 회색 고깃덩어리에 관심을 집중하기 시작했다.

"먹어."

어서 빨리 먹으라고.

자기보다 강한 적의 혈향 때문인지 섣불리 입에 대려 하지 않았다.

답답함에 나섰다. 칼로 한 덩이, 두 덩이 뭉텅뭉텅 썰어서 는 주둥이 앞에 들이밀었다.

음, 손가락 끝이 저릴 절도로 질기잖아. 무슨 자동차 타이어를 자르는 느낌이 이럴 것이다.

죽어서도 레벨 빨이라 이건가? 여하튼,

"자자, 먹으라고……."

쿵쿵, 으적, 우쩍.

그제야 맛을 보기 시작했다. 다른 고기들에 비해 엄청 오래 썹었다. 암, 그래야지. 네놈도 타이어를 그냥 삼킬 순 없을 것이다.

> 당신을 괜찮은 친구로 생각합니다.

"오호라—! 괜찮은 친구!"

카카카, 빙고!!

자신보다 강한 야수를 먹는다는 것에 나에 대한 호감도가 이렇게 달라진다.

나는 계속해서 자이언트 코뿔소 사체를 제공했고, 블러디 베어는 정신없이 먹어치우기 시작했다.

당신을 능력있는 친구로 인식했습니다.

당신을 오래 사귀고 싶은 친구로 받아들였습니다.

블러디 베어가 내리는 나에 대한 평가에서 연속 세 번해서 친구라는 단어가 나타났다. 잘하면 결혼 대상으로 생각하겠다.

나는 이때를 놓치지 않고 스킬을 발동했다.

"길들이기!"

두근두근, 정말 긴장되네.

크르르르릉—

스킬을 발동하자 예의 곰 울음소리가 났다.

이에, 쿠르르르릉— 하며 블러디 베어가 낮고 부드럽게 화답했다.

당신은 대상을 길들이는 데 성공했습니다. 그러나 충성도는 믿을 수 없을 만큼 부족합니다.

그게 어디냐, 성공한 게 중요한 거지.

계속 고기를 먹였다.

그렇게 해서 필드에서 30분가량 '동반 사냥'이 가능한 최소 충성도 1을 만들 수 있었다. 그러자,

Quest

경이로운 친구 사귀기.

2ㅁ레벨 차를 극복하고 비스트를 테이밍에 성공하다니.

테이머의 정원 소속 모든 테이머를 대신해 축하드립니다.

보상:각 도시 테이머 정원의 테이머 지오님에 대한 명성이 전해졌습
     니다. 우호도가 최고에 달합니다. 물품 구입 시 3ㅁ퍼센트 할인
     받으며 아이템 처분 시 1ㅁ퍼센트 우대 가격을 적용받습니다.

스킬 포인트 1이 부여됩니다.

HAA 능력치 1이 증가합니다.

　

모험에 대한 보상은 이렇듯 확실했다.

여하튼 85레벨 블러디 베어를 테이밍하는 데 성공한 것이
다.

아, 80레벨인가? 뭐, 차차 성장하겠지.

그리고… 빈털터리.

작작 먹어라, 작작 먹어!

아무리 먹어도 외관이 달라지지 않는 것이, 배에 무슨 '블
랙홀' 이 자리 잡은 게 아닌지 의심이 들었다.

"오, 거 좋다."

이제부터 네 이름은 '블랙홀' 이… 아니다. '레드 홀' 이 맞겠구나.

놈의 이름을 '레드 홀' 로 지었다.

한데 이 레드 홀이 돈 먹는 하마, 아니, 돈 먹는 불곰인 '골드 홀' 임이 밝혀지기까지는 그리 오랜 시간이 걸리지 않았다.

골드 홀…….

*   *   *

낮에 아르바이트, 저녁엔 형제 작업장에서 게임 즐기기가 나의 변화된 일상이 되었다.

최종 목표는 시급 2만 원의 멀티 트레이너! 수련 목적은 동화율 상승.

게임 접속 시간은 하루 평균 서너 시간이라 무리는 되지 않았다. 단지 냐옹군과 놀아주는 시간이 줄었다는 것.

공원을 오가며 하루에 네다섯 번 만나는 것으로 대신했다. 그래서일까? 냐옹군은 내가 공원에 종이컵을 수거하러 나올라치면 어김없이 나타나 주위를 어슬렁거렸다.

마른 멸치, 사료 한 줌은 항상 내 주머니에 넣어 나닌다.

현실에서도 테이머가 된 기분이다.

일주일의 시간이 지나고 버서커 포션을 복용한 매서커 지오의 페널티 기간이 끝났다.

사건 이후 처음으로 파티 사냥에 나섰다.

레벨 60 근방의 필드, 바로 장갑 멧돼지를 길들인 곳이다.

레벨이 다운된 매서커 지오의 레벨업을 위한 장소로 적당했다. 60레벨인 다른 파티원들은 경험치를 적게 먹겠지만 레벨이 54인 지오에겐 좋겠지.

혼자서 컨트롤을 해야 하기에 몰이사냥은 애초부터 생각하지 않았다. 레드 홀을 소환해 앞장세웠다. 수가 많아 가뜩이나 컨트롤이 까다로운 장갑 멧돼지 군단보다야 혼자인 레드 홀을 앞장세우는 게 컨트롤이 편해서다.

파티의 세팅을 마치고 사냥이 시작되었다.

"레드 홀, 밥값을 할 때가 되었다. 몸으로 때워!"

크르르릇.

별 불만 없는 반응이다.

불만이 있다면 네놈은 사람… 아니, 곰이 아니다.

처음엔 멘탈 지오의 정령으로 몹들을 몰아오게 했다.

장난기 넘치는 바람의 정령이 다섯 마리 정도를 몰아왔다.

몹은 외뿔 도마뱀 '끼약'이다.

레드 홀이 나설 차례.

"가라! 레드 홀."

우워어어—!

포효를 터뜨렸다.

후다다닥—

"엥? 이, 이런!"

어렵게 몰고 온 몹들이 화들짝 놀라 달아나는 게 아닌가? 이 씨! 너, 뒤로 가!!

최저 렙의 매서커 지오가 여전히 몸빵 역할을 해야 한단 말인가? 게다가 지금은 시원찮은 아머를 걸치고 있는데.

레벨업 시 걸쳤던 세트 아머는 게임을 다시 시작한 돈 많은 고렙에게 팔린 상태다. 지금은 거지의 누더기나 다름없다. 방어력 자체가 낮았다.

이게 다 레드 홀의 밥값 때문인데… 너만을 믿었는데!

파티 세팅을 다시 짜야만 했다.

"그래, 정석대로 가자."

장비가 없으면 강화 마법이라도 빠방해야 한다. 그런데 문제는 강화 마법의 황제인 프리스트도 없다는 것. 그나마 강화 비슷한 마법이 있는 것은… 멘탈 지오! 너밖에 없다.

엘레멘탈 리스트로 특화된 '멘탈 지오' 캐릭의 역할이 막중했다.

"정령의 가호! 정령 갑옷!"

파앗—!

아아, 바람의 힘이 느껴진다. 돌가루가 땅에서 발을 타고 올라와 피부 위를 덮었다. 모습을 보면 전신 진흙 팩을 하는 것 같다. 그래도 장거리와 단거리 모두 어느 정도 방어력이 올랐다.

그다음 멘탈 지오는 좀 전처럼 정령으로 몹도 몰고 와야 했다. 정말 이번엔 네가 파티의 핵이다.

끼얍, 끼얍!

"왔냐? 울음소리가 이름인 놈."

퍼퍽―!

정령 갑옷으로 보호받는 매서커 지오와 끼얍들이 격돌했다.

아직 팔리지 않은 본 크러셔를 이용할 수 있을 때 이용해야 했다.

"으라차차―!"

후웅― 뿌바박박!

범위 스킬이 작렬하고 몰고 온 몹들이 매서커 지오만 쳐다보게 하는 데 성공했다.

"으윽, 꽤 아프네."

데미지가 들어간 만큼 뭉텅 되돌아 들어왔다. 역시 장비 없으면 서럽다.

다시 레드 홀을 출동시켰다. 이번엔 잘해, 인마!

크와아아앙―!

레드 홀이 포효를 터뜨리자 몹들이 달아나지 못하고 움츠

러들었다.

"이때다!"

후─우웅, 빠바바박!

휘둘러진 본 크러셔에서 크리가 작렬하며 몹들을 충격 상태로 몰아넣었다.

이어 레드 홀의 앞발이 충격에 빠진 몹들을 거창하게 후렸다.

퍽, 퍽, 푸파곽!

"이, 이럴 수─ 가!!"

대단했다. 한 방에 픽픽 쓰러졌고 몹들의 피통이 바닥에서 기었다. 마법을 떨굴 필요도, 네크로맨서의 주박도 필요없었다.

그저 마지막 마무리만 본 크러셔로 하면 되었다.

"자자, 먹어라. 네 첫 사냥감이다."

이미 불만은 눈곱만큼도 남아 있지 않다. 우리 팀의 4번 타자! 얼른 사냥감을 해체해 레드 홀에게 먹였다. 아니, 공손히 웃는 얼굴로 바쳤다.

그러나 이 곰이는 무덤덤하게 받아먹었고 충성도는 변화가 없었다.

입이 고급(?)이라 끼약 따윈 하찮은 것이다.

"계속 간다!"

멘탈 지오의 정령이 필드를 누비며 제법 한다 하는 몹들로 몰고 왔다. 개중엔 장갑 멧돼지도 포함되어 있었다.

그 수는 무려 12마리.

내가 앞을 가로막고 범위 스킬로 해머를 후리고 나를 쳐다보도록 만들었다.

정령의 가호에서 정령의 갑옷까지 판판이 부서졌다.

피통도 절반이나 빠져나갔다.

그러나 레드 홀이 등장하자마자 12마리나 되는 몹들을 순식간에 정리했다.

피통이 큰 장갑 멧돼지가 끝까지 버텼지만 '헤드 히트' 스킬로 마무리했다.

레드 홀이 몹들의 사체에서 벗어나려 하지 않았다.

"테이머 지오의 말을 안 듣다니……."

얼른 눈치를 채고 장갑 멧돼지의 사체를 제일 먼저 해체해 레드 홀에게 건네주었다.

퍼질러져 앉아 먹어치우는 폼이 우수꽝스러웠다.

할 일이 없어진 나머지 캐릭들이 몹들의 사체를 해체하고 부산물과 잡템들을 챙겼다. 이런 걸 전문 용어로 '시다발이' 라 하지.

이후부터 사냥은 일사천리로 진행되었다.

최대 20마리까지 몰아와 잡은 경우도 있었다. 물론 매서커 지오는 죽을 고비에 간간이 몰렸지만 높은 동화율로 위기를 비켜갔다.

이렇게 몹들을 싹쓸이하자 주변에서 주시하는 눈들이 늘어났다.

"님! 고렙이 여기서 이러시면 안 되죠. 수집 퀘스트하실 거면 좀 더 깊이 들어가서 하세요."

"……."

음, 불쾌할 만도 하네.

파티를 이끌고 좀 더 외진곳으로 이동하려는데,

"어?! 블러디 베어잖아!"

"54레벨에 60레벨 파티?! 님하!! 잠시만, 우리 같이……."

님하가 뭐냐, 님하가!

무시하고 뒤에서 귀찮게 말을 거는 유저를 떼어놓았다.

가라고 할 때는 언제고 우리 같이 뭐 하자고?

헹이다!

좀 더 자리를 옮겨도 매한가지였다. 근래에 늘어난 유저들로 인해 구경거리가 되거나 눈총을 받는 신세가 되었다.

타협점으로 다섯 마리에서 여섯 마리 정도 레벨 높은 몹만 선별해 몰고 와 처리했다.

그런데 블러디 베어의 존재가 결국은 문제를 일으켰다.

"저렇게 작은 블러디 베어가 어딨어? 저거 버그 비스트 아냐? 신고해야겠네."

"85렙짜리 몬스터를 60레벨짜리 캐릭이 어떻게 부린단 말이야. 이 게임 완전 막장 테크 탔네."

슬슬 신경 거슬리게 투덜거리는 유저들이 늘어나는 게 아닌가? 말과 달리 눈빛에는 욕심들이 언뜻언뜻 비쳐졌다.

나참, 자기가 하면 로맨스고, 남이 하면 변태 불륜이라는 논리. 모른 척 무대응으로 일관하니 종국엔 몬스터를 몰고 오는데 툭툭 가로채는 등 노골적인 시비를 걸어왔다.

도발에 넘어가지 않았다.

살아온 세월이 얼마인데 인내심이라도 있어야지.

여튼 사냥할 맛 안 나게시리… 꾹 참고 매서커 지오의 레벨을 1업시킬 수 있었다. 난 바로 캐릭들을 이끌고 마을로 귀환했다.

마을에서 E&T의 제련석인 운석을 제외한 부산물과 잡템들을 팔아 모두 골드 단위로 바꾸었다.

3시간 반 사냥해서 25골드를 벌어들였다.

제법 짭짤한 수입이라 할 수 있다.

고레벨 유저들이 이용하는 마을로 3골드나 되는 고액을 주고 이동했다.

레드 홀의 위력을 실감한 지금 투자를 아끼지 않기로 하고 90레벨 고렙 유저들이 이용하는 도시에 도착했다.

이곳에선 자이언트 코뿔소 고기를 전보다 약 20퍼센트 절약된 가격으로 살 수가 있었고 수량도 넉넉했다.

코뿔소 가죽이나 뿔들이 엄청난 고가에 팔리는 데 비해 고기는 껌 값이다. 사냥터 마을로 돌아와 테이머의 정원에서 우리 하나를 빌려 레드 홀을 불러냈다.

짜증이 가득 찬 눈으로 나를 노려보는 게 예사롭지가 않았다.

성장하고픈 본능을 충족시키기에는 오늘 사냥한 몬스터들이 성에 차지 않는다는 눈빛.

> 대상이 당신을 그저 그런 친구로 인식했습니다. 사냥터에서 조심하십시오. 당신을 언제 덮칠지도 모릅니다.

친절히 가르쳐 주지 않아도 딱 자세가 그렇다.

얼른 자이언트 코뿔소의 사체를 풀어놓고는 모든 캐릭이 달려들어 손질을 시작했다.

모든 캐릭이 집중력을 끌어올리기 위해 해체 일을 해보았기에 타이어같이 질긴 사체를 손질하는 게 혼자 하는 것보다는 나았다.

스, 스윽. 척척. 1인분 뚝딱.

> 대상이 당신을 다시 좋은 친구로 받아들였습니다. 떨어졌던 충성도가 다시 회복되었습니다.

충성도를 높이기 위해 필사적으로 고기를 공급했다.

대상의 당신에 대한 충성도가 3이 되었습니다. 사냥터에서 당신을 위협하는 모든 적들로부터 지켜줄 것입니다.

눈물이 앞을 가렸다. 정말이다.

오늘 하루 벌어 블러디 베어의 입으로 모두 다 들어갔기에…….

나를 울리는 그대 이름은 레드 홀, 아니, 골드 홀!!

*   *   *

돈이 목적이 아니고 즐기기로 한 마당에 돈에 너무 민감한 것 아니냐고 할지 모른다.

그러나 이 게임은 잘 만든 게임이다.

즉, 제대로 즐기기 위해서 돈이 필요하게끔 만들어졌다, 이거다. 고로 제대로 즐기고 싶으면 돈이 절실히 필요하다.

1골드면 '현질' 시세로 100원 정도 형성되어 있다.

1골드에 최고 5백 원까지 형성되었다가 유저들이 빠져나가면서 떨어진 게 이 수준이다.

현재 점점 이 시세가 요동치며 오르는 중이다.

'E—머니 트레이드'에 하루 3퍼센트씩 오르락내리락하면서 거래량과 거래 체결 횟수가 상위에 랭크되는 관심 종목이 되어 있었다.

Part 2로 이행한다는 기대 심리가 시세를 부추킨 것이다.

사설이 길었다만 이 레드 홀을 데리고 사냥을 하려면 매일 30골드 정도는 돈 구경도 못하고 레드 홀에게 꼴아박아야 한다는 것.

4시간 동안 3천 원 정도 벌어 그게 다 레드 홀의 입에 들어가는 셈.

유료 던전과 유료 퀘스트가 재미있는 것은 이미 입증되었다.

이용하려면 저축이 필요한데, 이놈의 곰이 죄다 먹어치우니 계륵도 이런 계륵이 없잖은가!

다른 캐릭들의 아이템도 맞추어야 하는데 그것도 여의치 않으니… 이럴 땐 퀘스트를 해야 한다.

물론 유료가 아닌 무료 퀘스트 말이다.

이것저것 잡아달라든지, 이러저런 아이템을 모아오라든지 하는 단순 노가다성 퀘스트 말이다.

저렙 마을로 가 같은 유저들이 제공하는 수집 퀘스트를 받기로 했다.

잠깐, 비가상적 아이템 앵벌이가 아니다!

자본을 비축하기 위한 궁여지책이라고…….

機甲戰記
Massacre
기갑전기 매서커

"와아~ 가상에서 아르바이트해서 좋겠어요."

"저도 하고 싶은데 어떻게 신청하면 됩니까?"

"역시 유저니까 생동감이 달라도 다르군요."

마을의 가죽 세공사가 비슷한 얼굴을 한 일곱 캐릭이 떠들어대자 기막혀 하는 눈으로 쳐다보았다.

"말씀 감사하고요, 퀘스트를 줄 수는 있지만 큰 보상은 기대하지 마세요."

"감사히 하겠습니다—"

일제히 터지는 합창!

"험험. 또 우르르 오시면 서로 피곤하니까. 제가 가진 수집 퀘스트 목록을 그냥 넘겨 드릴게요. 어려운 건 없을 겁니다. 이후 한 번만 방문하세요."

Quest

수요를 감당할 수 없어.

북으로 떠나는 개척민들을 위한 겨울용 가죽 외투가 급히 필요합니다. 사냥꾼의 태업으로 재료가 태부족이군요. 긴털 토끼 가죽과 은빛 여우 가죽… 붉은 귀 너구리 가죽을 모아주십시오. 종류에 관계없이 수량이 많으면 많을수록 좋습니다.

퀘스트 등급:레벨 12

경험치:레벨이 높아 경험치는 없습니다.

보상:스타일 좋은 겨울용 가죽 외투, 시세의 1.2배 가격으로 가죽을 매입합니다.

'가죽 갑옷 장인의 고민' 퀘스트로 이어집니다.

"옙!"

퀘스트를 수락했습니다. 기한은 일주일입니다.

화끈한 알바 NPC였다. 아, 유저 NPC인가?

이렇게 뒷북 치는 유저가 한둘은 아닌가 보다.

사실 그렇게 분위기를 조성했다는 게 맞다. 일곱 캐릭들이 에둘러 싸서는 저렙용 초보 모험가의 퀘스트를 요구한다고 생각해 보라. 쩐다.

여하튼 E&T가 유저들에 만들어가는 게임다웠다. 일반 유저를 NPC 대용으로 고용해 배치하고 있었다. 이는 유저들이 가상 세계와의 동화율을 높이기 위한 조치의 일환이라 했다.

NPC는 인공지능이 어쩌고저쩌고 해도 NPC다.

이런 식으로 무리를 이끌고 퀘스트를 줄 것 같은 유저들을 둘러싸고 조직의 포스(?)를 뿜어낸 다음… 짤없이 퀘스트 목록을 통째로 넘겨받았다.

이런 철 지난 퀘스트를 하느냐고 물으신다면?

조금은 쓸모가 있는 아이템을 주기 때문이다. 물론 저렙을 위한 퀘스트에선 고렙에 맞는 아이템을 줄 리 없다.

하나 유저 상점에 내다 팔면 그냥 잡상에 팔아치우는 것보다 가격을 더 받을 수 있으니, 밑천없이 자본을 모으려면 이 방법밖에 없는 것이다.

"골드, 골드, 골드가 필요해!"

잠깐!

오, 저기 가시는 것은 고렙 유저님이 아니신가. 고렙 유저가 저렙 개척촌에 나타났다 함은… 자신의 귀찮음을 돈으로 때우기 위함이지.

지오 무리(?)를 이끌고 잘 차려입은 메이지 복장의 유저를 단박에 둘러쌌다.

　"헉! 뉘시오?! 마을 안에서 이렇게 무례하게 진로를 막아서는 아니 되오!"

　"퀘스트!"

　"뭐, 뭐요?"

　"퀘스트를 달라구요."

　원하시는 게 무엇이든지 구해 드리겠습니다. 보수만 후하게 주세요.

　"헛! 퀘스트 앵벌이!!"

　"어허, 소리를 약간 작게 하셔도……."

　"음. 하긴, 이도저도 안 되면 이런 방법도 있군."

　메이지 로브를 걸친 유저가 뭐라고 중얼거리더니 퀘스트를 던져 주었다.

Quest

귀찮아, 귀찮아!

유저 '앞만 보고 달려' 님이 개인적으로 의뢰하셨습니다.

의뢰에 응하시겠습니까?

"옙."

퀘스트를 승낙하자 '앞만 보고 달려'라는 유저가 내용을 설명했다.

"마법 실험에 필요한 시료를 구하는 중인데 저렙 마을에 와도 그 수량을 채우기가 막막하더이다. 그러니 대략 120종의 시료를 필드에서 수집해 주면 사례를 하리다."

"120여 종… 끙, 목록을 받겠습니다."

이크크, 잘 낚았다. 큰손이다, 큰손.

"여기, 사례는 채집한 시료를 시가보다 3할 더 친 가격에 사들이고… 음, 내가 쓰던 메이지 로브가 있는데 70레벨까지는 무난하게 버틸 수 있는 것이라오."

"예, 수집하면 어디로 갈까요?"

"요 앞, '청빈의 삶' 메이지 길드에 맡기시구려. 계산도 알아서 하도록 돈과 물품을 맡기고 갈 테니까. 종류가 많으니 모으는 족족 가져다주구려."

"옙, 알겠습니다."

'앞만 보고 달려' 님의 퀘스트를 접수했습니다.
시료 목록을 받았습니다. 기한은 한 달입니다.

이런 걸 두고 윈.윈.이라고 한다.

그렇게 유저 NPC가 던져 주는 퀘스트에 일반 유저가 발생한 퀘스트까지 초보자 마을에서 얻을 수 있는 퀘스트란 퀘스트는 죄다 주워 담았다.

E&T는 유저들이 만드는 물품이 일반 물품에 비해 효용이 뛰어나도록 설정되어 있다. 그렇기에 렙업이 정체되면 생산 스킬을 응용해 아이템을 만들어 파는 유저들이 비일비재하다.

지금같이 유저가 발생한 퀘스트는 경험치가 없는 대신 자신이 쓰던 아이템이나 돈을 후하게 쳐주는 편이다.

그들이 원하는 재료를 수집해 대가를 받는 것도 초기 자본을 모으는 유용한 방법이다. 그렇게 유저 퀘스트라는 퀘스트는 죄다 모아서 필드로 나갔다.

화면에 펼쳐진 필드상의 몬스터며, 야수, 그리고 잡초까지 돈으로 보이기 시작했다.

> 동화율이 28퍼센트로 올랐습니다.

하루 정도 이런 노가다성 퀘스트를 하고 나면 한 3일은 필드에서 사냥을 할 수 있는 자본이 생기지 싶다.

아—!!

곰탱이 때문에 별짓을 다 한다, 다 해.

*　　　*　　　*

지오 무리가 12레벨 해적 대게의 등껍질을 수집하고 있을 때였다. 수집은 순조로웠다.

그런데 저 멀리 유저들이 마을 쪽으로 헐레벌떡 달아나는 모습이 보였다.

무어라 물어보기도 전에 앞을 횡하니 지나쳐 갔다.

"미쳤어, 미쳤어—!!"

응?

공지창에 유저 전체 공지를 알리는 경고음이 급박하게 껌벅이며 긴급 공지 사항을 알려왔다.

Quest

특급 헌팅 이벤트!

현재 초보자 전용 필드에 방해 세력이 자이언트 비스트를 고의로 풀어 극심한 혼란이 발생했습니다. 혼란을 잠재우십시오.

퀘스트 레벨:제한 없음, 전 유저.

경험치:한 마리를 잡아도 현재 렙에서 1퍼센트의 경험치를 드립니다. 파티일 경우 공헌도에 따라 경험치를 배분합니다.

보상:'알 수 없는 선물 보따리'가 주어집니다.

보너스 스텟 포인트가 주어집니다.

특수 스킬이 생성될 수도 있습니다.

게이트의 이용료가 이벤트 동안 무료로 개방됩니다.

올드 유저 여러분들의 많은 참여를 바랍니다.

"오옷!!"

그래, 깜빡 잊고 지나쳤는데 강도단들이 '펫 볼'을 가지고 다니는 이유가 이거였구나.

그들은 고렙 야수를 펫 볼에 봉인해 저렙 필드에 그냥 묻어 두었을 것이다. 시간이 지났는데도 소환이 되지 않자 펫 볼의 봉인이 절로 풀리며 고렙 야수들이 뛰쳐나온 것이다. 분풀이로 일반 유저들을 사냥하는 사태로 이어지고… 결과는 지금 눈앞에 벌어진 일련의 그림으로 이어졌다.

게임 자체를 흐릴려고 작정한 얄팍한 술책.

그런다고 유저들이 떠나나?

…떠난다.

저렙 필드에서 보호받지 못한다면 많은 유저들이 떠날 수밖에 없다. 이 게임 말고 즐길 거리는 너무나도 많으니까.

호기심 삼아 저렙들이 달려오는 방향으로 전진했다.

저렙들이 이를 갈면서 지나쳤다.

"곧 레벨업인데, 이게 뭐야!"

"더러워서… 안 한다, 안 해!"

어째 누구 들으라고 외치는 소리처럼 들렸다.

드디어 난동의 주범인 문제의 야수가 보였다.

"오우, 눈에 화악 들어오는 게 일단 거대하네!"

크와아아아앙—!!

80레벨의 자이언트 그레이 울프.

짙은 은빛 털을 멋들어지게 휘날리며 20레벨 근방의 유저들을 아주 몰살을 시키며 필드를 날 듯이 누볐다.

앞발 한 방에 저렙 유저들이 픽픽 나가떨어졌다.

우드득—!

발아래 깔려 상체가 뜯겨 나간 유저의 모습은 처참했다.

"으으, 저 정도를 사냥하려면 최소 85레벨쯤 되는 베테랑 헌터가 와야 한다."

80레벨 되는 유저가 고렙 지역에서 오려면 최소 30분은 걸릴 것이다. 게다가 고렙 비스터는 인공지능도 뛰어나 위기를 느끼면 달아날 줄 안다는 게 더 큰 문제다.

그동안 저렙들은 사냥을 못하고 마을에 숨어 있는다고 생각하면 얼마나 많은 유저들이 떠날지 뻔했다.

유저들은 참을 줄 모른다. 1분만 지체해도 안티 카페가 결성되고 수만에 달하는 회원을 거느릴 수 있다.

재빨리 이 사건을 무마시키려면 고렙 유저들의 적극적인 협조가 필요한 것이다.

한 마리를 잡아도 10퍼센트의 경험치… 이곳으로 달려오는 레벨업이 정체된 올드 유저들의 모습이 선했다.

"다른 개발사들의 방해 공작이 너무하는군, 동업자 정신은 어디로 날려 보냈는지. 쯧쯧."

E&T의 Part 2에 대한 타사의 두려움이 다시 한 번 더 느껴졌다. 자, 그럼 이 몸이 한번 나서봐?

'알 수 없는 선물 보따리' 안에 무엇이 들어 있을지도 궁금했다.

"출동, 곰탱이!"

크아아앙!

얼라, 얘가 왜 이리 광분하지?

소환된 '레드 홀'이 본능적으로 반응했다. 자이언트 그레이 울프를 향해 뒤도 안 보고 달려가 버리는 게 아닌가?

"이봐!! 정령의 가호는 받고… 나참."

두 거대 야수가 격돌하며 해변이 쩌렁 울렸다.

쿠와아아앙─!

크르르르르릇!!

야수 대전! 서로 인접한 '비스트' 필드에 있었기에 천적 간의 적의는 달라도 확실히 너무 달랐다. 레드 홀은 극도로 흥분한 상태에서 자이언트 그레이 울프와 맞붙어 엉겨 버렸다.

다 자란 자이언트 그레이 울프와 아직 아기인 블러디 베어의 대결은 처절, 처참했다. 레드 홀이 덩치는 컸지만 기술에서 밀렸다.

저렇게 밀릴 줄 알았으면 정령의 보호라도 걸어주는 것인데… 막 달려갔으니 누굴 탓할 것인가.

후회해도 때는 이미 늦었다.

싸움의 능숙한 면에서 자이언트 그레이 울프를 레드 홀이 따르지 못했다. 순식간에 레드 홀은 아래에 깔렸고 헤어 나오지 못했다.

"에잇!"

매서커 지오가 정령의 가호에 정령 갑옷을 받쳐 입자마자 뛰쳐나갔다.

레드 홀을 올라탄 그레이 울프의 꼬리뼈 윗쪽 척추를 노렸다. 소위 말하는 엉치뼈.

"점핑 히트—!"

후우우웅— 뻐컥!!

켕—!

러쉬 앤드 점프, 스킬 작열!

크리가 작렬하며 그레이 울프의 하체가 털썩 주저앉았다.

이에 기다렸다는 듯이 레드 홀의 앞발이 그레이 울프의 주둥이를 아래에서 위로 후려갈겼다.

부우—욱, 찌이—익!

케객!!

"나이스 어퍼컷!"

그레이 울프는 턱 아래 부위가 뜯겨 나가며 피를 분수처럼 뿜어냈다. 이어지는 매서커 지오의 연타가 작렬했다.

마법과 정령체가 퍼부어지며 그레이 울프는 10초를 못 견디고 모로 널브러졌다.

놈은 도망갈 기회조차 없었다.

매서커라는 히든 클래스를 부여받은 원조 지오 캐릭은 이렇듯 강했다.

촤장—

Quest

지오 파티가 특급 헌팅을 수행했습니다.

대단한 파티!!

보상:파티원 전원에게 '알 수 없는 선물 보따리'가 주어졌습니다. 파티원 전원에게 추가로 2포인트 보너스 스텟이 주어졌습니다. 경험치가 파티원에게 분배되었습니다.

적극적인 협조에 감사합니다.

매서커의 공헌.

매서커님의 협조에 감사하며 비스트를 사냥했음에도 유저 킬 포인트를 부여합니다.

킬 포인트 1이 올랐습니다. 현재 누적 킬 포인트 100입니다.

보너스 스텟 포인트 3을 획득했습니다.

뒤로 좋은 말이 올라왔지만 정신이 없었다.

블러디 베어가 화가 덜 풀렸는지 그레이 울프의 사체를 입에 물고 잘잘 흔들어대는 것이, 이거 큰 문제로 번지지 않을까 걱정이 앞섰다. 폭주하면 제이의 그레이 울프가 될 수도 있는 상황.

"그리고 가죽 상하잖아!!"

크르르르킁―

테이머 지오가 바빠졌다.

겨우 '치유의 손길'과 '달래기'를 번갈아 사용해 진정시키는 데 10분이 걸렸다.

"고기!"

이럴 땐 고기가 최고, 서두르자.

테이머 지오가 블러디 베어의 상처에 포션과 연고를 듬뿍 바르는 동안 다른 캐릭들이 울프의 사체에 달라붙어 가죽과 사체를 빠르게 분리했다.

쓱싹쓱싹, 1인분 뚝딱.

울프 고기를 레드 홀에게 건네자 게걸스럽게 먹으며 그제야 진정되는 기미가 보였다.

레드 홀의 충성도가 1올랐습니다. 레드 홀이 난투 스킬을 습득했습니다. 대상은 좀 더 강한 적과 싸우고 싶어합니다.

이런 먹보!!

그렇게 쉬는 동안 공개창을 통해 유저들의 독설이 주르르륵 실시간으로 올라왔다.

하지만 내가 필요한 정보는 욕설이 아니다.

고블린 광산에 '블랙 베어' 출현! 고렙님들 출동 요망!!

난파선 해안 지대에 '실버 타이거' 출현! 우리 다 죽었어요. 으앙, 곧 업인데…….

회색 구릉 지대 '크림슨 퓨마' 등장! 죽었어요. 헐ㅡ!

이거 왜 이러죠? 버려진 개척촌에 장갑 코뿔소가 왜 있죠? 원래 이런 건가요?

아놔, 막장 게임이네요…….

기다리세요! 지금 소탕조 넘어갑니다. 위치를 실시간으로 올려주시고. 중렙 사냥터부터 소탕해 들어갑니다. 저렙촌 유저님들은 마을에서 대기요.

저렙들을 무시하지 말라. 저렙촌부터 소탕하라!!

형아들, 구해주삼.

"이런."

이러고 있을 게 아니다.

잘하면 나에게 큰 기회가 될 터이다.

한 마리 잡아 10퍼센트의 경험치 부여에 눈이 뒤집어졌다.

블러디 베어의 충성도까지 오르지 않았나.

매서커에겐 킬 포인트도 준다.

우리 파티가 있는 장소에서 제일 가까운 곳은 난파선 해안 지대, 바로 코앞이다.

달렸다.

실버 타이거.

한마디로 멋진 놈이다.

하나 그 멋진 자태에 저렙들 200여 명이 몰살당했다.

30레벨 언저리 사냥터라 이제 막 자신감이 붙은 유저들이 달라붙어 피해를 더욱 키웠다.

실버 타이거, 당연히 95레벨의 준보스 급 비스트다.

85레벨의 레드 홀로 상대할 수 있을지 의문이지만 우리는 파티다.

멀리서도 실버 타이거의 자태가 한눈에 들어왔다.

누런 황금빛 백사장에 은빛 털에 검은 줄이 도드라진 모습은 그 자체로 미태였다. 바람이 등 뒤에서 불었다.

이용할 건 다 이용해야 한다.

네크로 지오가 스파이더 아처들을 소환해 실버 타이거를 향해 독무탄을 먼저 날렸다.

쉬이이이잉, 퍼엉—!

마지막 남은 독무탄이 실버 타이거에 채 미치지 않은 상공에서 터졌다. 진녹색 독무가 바람에 실려 실버 타이거를 덮쳤다.

크와아앙—!

실버 타이거가 독무에 신경질적인 반응을 보이며 우리 쪽을 노려보았다. 샛노란 황금빛 눈이 화앗! 하고 커지는 게 눈에서 레이저가 나오는 게 아닌가 착각이 들 정도로 강렬했다.

독무 따위가 실버 타이거에게 큰 데미지를 줄 수는 없다.

대신 신경이 쓰일 정도는 되었다.

실버 타이거의 몸체에서 은빛 광망이 화랏! 하고 번졌다.

녹색의 독무가 중화되며 예의 뿌연 안개로 화해 흩어졌다.

"마법 쓰잖아!"

무슨 비스트가 마법도 쓰는 거냐!

괜히 준보스 급이 아니었다. 저놈은 마법을 쓰는 야수인 것이다.

이거 괜히 건드린 게 아닌가 하는 위기의식이 생겼다.

이미 달아나기에는 늦었다. 실버 타이거보다 빠르게 뛸 자신은 없다.

"이판사판! 다 가랏!"

안개 속으로 언데드 유저와 장갑 멧돼지들을 재빨리 들여보냈다.

엉겨 붙은 기미가 보이는 곳을 향해 스파이더 아처들이 섬광탄을 발사했다.

쉬이이익— 파앗!

멀리서도 눈이 따가울 정도의 빛이 폭사되었다.

실버 타이거에게서 기분 나쁜 으르렁거림이 터져 나왔다.

눈을 질끔거리는 실버 타이거에게 언데드 유저들이 달려들어 다리를 붙들고 늘어지게 했다.

언데드인만큼 머리가 뜯겨져 나가도 떨어지지 않고 임무를 수행했다. 데미지를 입히는 게 주목적이 아니다.

이렇게라도 놈의 빠른 기동성을 붙들어놓아야 하는 것이다.

"좋아! 가라, 레드 홀!"

선수 등장이오~ 레드 홀을 돌진시켰다.

이번엔 레드 홀에게 정령의 가호에 정령의 갑옷까지 둘렀다.

매드 메이지 지오의 정신 마법이 제일 먼저 실버 타이거에게 떨어졌다.

크아아아앙—!

"오호, 먹혔네."

강력한 정신 마법에 실버 타이거의 움직임이 둔화되었다. 하나 그 시간은 그리 길지 않았다.

화랏— 예의 은빛 광망이 실버 타이거에게서 터져 나오며 정신 마법에서 순식간에 벗어났다.

"딱 1초냐!"

저렙의 설움이여. 그래도 그게 어디냐.

때마침 레드 홀의 앞발이 정신을 차린 놈의 머리를 내리쳤다.

부우웅— 투학!!

미끌어지며 정타를 회피하는 실버 타이거.

가히 준보스 급다운 회피였다.

실버 타이거는 눈앞에 등장한 레드 홀의 존재에 더욱 난폭하게 날뛰었다.

앞발을 붙들고 있던 언데드 하나가 튕겨져 나갔다.

여전히 언데드를 몸에 달고 레드 홀과 실버 타이거가 서로 앞발을 교차하며 엉겨 붙었다.

사납고 거친 야수끼리의 몸싸움이 다시금 벌어졌다.

테이머 지오의 마나통에서 마나가 뭉텅 빠져나가는 게 난투 스킬을 발휘하고 있음이다.

두 야수가 울부짖는 외침으로 필드가 떠나갈 정도로 요동쳤다.

모든 컨트롤을 테이머 지오와 매서커 지오에게로 집중시켰다.

매서커 지오의 해머가 실버 타이거의 옆구리 갈빗대를 노리고 파고들었다.

"플라잉 히트—!!"

쉬르르르릇, 스팡!

거대한 몸체답게 해머는 퍽퍽! 들어갔다.

그러나 데미지는 슬플 정도로 낮았다. 30레벨이나 차이가
나고 필드의 준보스 몹다웠다.

"포기할 순 없지."

입체 공격이다!

정면엔 레드 홀, 아래엔 팔다리를 노리고 엉겨 붙는 언데
드, 위론 간간이 떨어지는 마비성 정신 마법, 측면에선 해머
가 놈을 향해 파고들었다.

실버 타이거는 높은 피통과 튼튼한 방어력으로 버티는 듯
했지만 점점 힘이 빠져나가기 시작하는 게 느껴졌다.

"그래, 견적 나왔어."

자신감을 캐릭들에게 불어넣었다.

그런데 언데드를 유지하는 네크로 지오의 마나통이 거의
바닥을 드러냈다. 무거운 분위기만 잡고 있던 다크 엘레멘탈
리스트를 등장시켰다. 일명 '다크 지오' 다.

"샌드맨 소환!"

힘이 빠진 언데드를 대신해 타르타로스의 모래 정령들이
땅에서 솟아올랐다. 실버 타이거의 뒷발과 앞발에 아교처럼
끈적하게 엉겨 붙었다.

샌드맨은 타르타로스의 정령체로, 뚝뚝 끊어졌지만 금세
처음처럼 연결되었다. 물엿 같은 점성질로, 언데드가 엉겨 붙
은 것 이상으로 실버 타이거의 동작을 방해했다.

곧 네크로 지오의 마나통이 바닥을 드러내자 언데드들은 힘 없이 떨어져 나갔다. 이때까지 붙들고 늘어진 것도 가상했다. 그렇게 그 자리를 모래 정령이 대신했다.

멘탈 지오도 한칼 해라.

"바람의 정령, 저놈의 눈을 노려라!"

사람의 눈동자를 입으로 훅~ 불면 시리지? 그 이치다. 무지하게 짜증나고 데미지는 적어도 신경이 자꾸 쏠린다.

사냥을 하다 보니 일곱 개의 캐릭이 하나가 되어 움직였다.

모래 정령체의 활약이 압권이었다. 새로운 스타의 탄생인가?

끈적한 모래가 배인 점성체가 놈의 코와 귀로 스며들어 가 호흡을 방해하고 귓속의 달팽이관을 흔들었다.

레드 홀의 앞발 연타가 척척 먹혀 들어갔다.

본 크러셔는 집요하게 놈의 엉치뼈를 노렸다. 제대로 급소를 노렸는지 쉬지 않고 작열하며 크리가 퍽퍽! 터졌다.

크아아아앙—!

놈은 침몰하는 거함처럼 서서히 무너져 내렸다.

종국엔 정신 마법이 떨어져도 자체 마법을 터뜨리지 못하고 고스란히 마비와 충격 상태에 들었다.

하나 놈의 피통은 대단했다. 아니, 광대했다.

그렇게 일곱 캐릭이 엉겨 붙었건만 10분이 지나도록 피통의 절반만 줄였을 뿐이다.

게다가 화랏! 하며 놈이 자체 마법을 쓸 때마다 피통이 10퍼센트씩 회복하는 게 아닌가? 정신 마법을 벗어나기보다는 피를 회복하는 쪽으로 방향을 전환한 거다.

"질긴 놈."

메이지 지오가 나섰다.

보유한 모든 마나를 끌어당겨 단 한 방에 피통을 요절내도록 제일 강력한 단위 마법을 장장 3분에 걸쳐 수인을 맺었다.

절대 방해받지 않도록 모든 캐릭들이 놈에게 집중했다.

수인이 맞춰졌다.

"라이트닝 애로우ー!!"

피잇ー 빠자자자작ー!

메이지의 손끝을 타고 강력한 전격이 놈의 인중에 직격했다. 인중을 파고든 전격은 놈의 꼬리를 타고 땅에 전해졌고, 땅거죽이 쩌적! 하며 튀어 올랐다. 메이지 지오의 마나는 이 한 번의 단일 마법에 바닥을 드러냈다. 그 자리에 털썩 주저앉았다.

그, 근데…….

"우째 이런 일이!"

놈의 피통이 그대로! 놈은 너무 멀쩡했다.

"아뿔사! 놈의 길나란 꼬리가 땅에 붙어 있었……."

뭐야, 그 전격 마법이 죄다 땅속으로 방전된 거라고?!

그 정도 전격이면 원자력 발전소 한 기의 발전량에 버금가는 전력량이다.

음, 과장이 심했나? 어쨌든, 들인 공에 비해 너무 허무했다. 정녕 노가다성 구타만이 유일한 해결책이란 말인가?

크응응으으—

하나… 기우였다. 메이지 지오는 밥값을 했다. 기대하던 것과는 다른 방향으로.

갑자기 레드 홀의 앞발 연타에 데미지가 쑥쑥 들어가는 게 아닌가?

100씩 닳던 피가 5백씩, 8백씩 뚝뚝 떨어져 나가는 것이다.

오, 저것은?

"털이 그을렸군."

그렇다. 놈의 방어력이 이 한 번의 전격 마법에 깨져 버린 거다.

그리고 골이 익어버렸는지 충격 상태에서 벗어나지 못하고 연신 휘청거렸다.

매서커 지오의 해머질에도 크리가 터지며 피가 뚝뚝 떨어졌다.

이걸로 승부는 났다.

"가죽 털 회복되기 전에 끝을 본다!"

퍼퍼퍼퍽, 콰앙—!

그때 다크 지오의 마나가 바닥을 드러내고 암흑의 정령체들이 역소환되어 사라져 버렸다.

놈을 잡는 데 무려 세 캐릭의 마나통이 바닥을 드러내야 했다.

그렇게 놈을 힘들게 잡을 수 있었다.

가는 신음을 길게 내며 실버 타이거는 모로 쓰러졌다.

크후흐흐응응—

털썩!!

매서커의 놀라운 공헌.

킬 포인트 1이 올랐습니다. 현재 누적 킬 포인트 11입니다.

보너스 스텟 포인트 3을 획득했습니다. 유보 중인 스텟 포인트는 6입니다.

놈의 가죽과 발톱, 이빨 등을 해체한 뒤 고기를 흥분한 레드 홀에게 먹였다.

레드 홀이 레벨업을 했습니다.

강대한 적을 이긴 레드 홀의 충성도가 3 올랐습니다.

레드 홀이 포효 스킬을 습득했습니다.

레드 홀의 파티 사냥 이해도가 증가했습니다. 여러분과 함께라면 어떤 적과도 맞설 각오입니다.

오호라, 이제야 밥값 좀 하시겠다는군.

이어 귓가에 어질어질할 정도로 메시지가 쏟아져 들어왔
다.

> 파티원 전원, 비스트 해체 스킬 숙련도가 급상승했습니다. DEX 능력
> 치 1이 상승했습니다.

> 파티원 전원, 비스트 해부학에 대한 조예도가 급상승했습니다. INT
> 능력치 1이 상승했습니다.

> 파티원 간 화합도가 이보다 좋을 수 없습니다.
> 파티원 전원의 CEN 능력치 1이 상승했습니다.

좋아, 좋았어!

그게 끝이 아니었다.

인벤토리에 실버 타이거의 부산물들을 집어 넣자,

> **온전한 실버 타이거 가죽 획득.**
> 높은 방어력에 강한 마력 저항을 품고 있는 희귀 재료입니다.
> 마에스트로 급 가죽 갑옷 장인에게 보여주십시오.
> 어떤 아이템으로 변신할진 누구도 장담할 수 없습니다.

헌터, 테이머를 위한 의상으로, 만들어졌을 때 부가 옵션이 3퍼센트 더 붙습니다.

실버 타이거, 뼈를 부수는 용맹한 이빨 획득.

실버 타이거의 이빨은 용맹의 상징입니다.

이빨 하나하나가 예사롭지 않습니다.

레벨 제한은 없으며 단순히 지니는 것만으로도 STR과 DEX를 높여줄 것입니다.

장신구 장인에게 가져가십시오. 좀 더 많은 옵션을 부여해 줄 것입니다.

실버 타이거, 쇠를 가르는 강맹한 발톱 획득.

실버 타이거의 발톱은 은밀함의 상징입니다.

발톱 하나하나가 예사롭지 않습니다.

레벨 제한은 없으며 단순히 지니는 것만으로 STR과 DEX를 높여줄 것입니다.

암살교단에 보여주십시오. 그들은 아이템에 좀 더 많은 옵션을 부가하는 방법을 알고 있습니다.

운수 좋은 날이라 할 만했다.

이 모든 과정을 마치자 주변에 숨어 있던 유저들이 나타나 부러움의 찬사를 보내왔다.

"와, 님 파티 최강이네요. 덕분에 마음 놓고 사냥하겠어요."

"실버 타이거 가죽, 파시지 않겠어요? 이 캐릭은 부캐인데 주 캐릭으로 와서 가격 쳐드릴게요."

"발톱 하나만 기념으로 주심……."

콧털 하나라도 버릴 게 없는 실버 타이거의 사체거든?

오만하게 보이더라도 얼른 자리를 떴다.

30분 만에 경험치를 20퍼센트나 끌어올렸다고 우쭐하며 노닥거릴 순 없다.

고렙 헌팅팀들이 막 도착했을 시간, 경쟁자들보다 앞서야 했다.

다음 차례는 고개 너머 고블린 광산에 나타난 비스트!

또, 달렸다.

*   *   *

"루루루~"

이건 완전 나를 위한 단기 이벤트였다.

고렙으로 구성된 소탕조가 저렙 필드에 나타났을 땐 이미 5마리나 되는 야수들을 잡은 뒤였다.

"에이, 뭐야? 누가 그사이에 다 잡은 거야?"

"헐, 빠르네. 힘들여 여기까지 넘어왔는데……."

"에혀, 온 김에 시료 수집이나 하고 갑시다. 한동안 게이트 이용료가 공짜라니 그거라도 이용해야지."

보기에도 으리으리한 무구들로 무장한 고렙들이 툴툴거리며 지나쳤다.

미소가 귓가에 걸리는 것을 간신히 눌렀다.

5마리나 연속으로 사냥하느라 머리가 멍해왔다. 7캐릭을 전투에 동원했으니 눈이 핑핑 돌지 않으면 그게 더 이상한 거다.

이 시선에서 저 시선으로 옮겨 다니자니 눈이 따가울 지경이었다.

가상 세계에서 PC 모드로 빠져나왔다.

피로도 풀 겸 인벤 정리는 오히려 이 편이 더 능률적이다.

지오 무리의 인벤토리에 '알 수 없는 선물 보따리'가 35개가 차곡차곡 쌓여 있다. 거대 야수의 부산물은 또 어떻고.

작은곰이가 실버 타이거 가죽 등을 비롯해 진귀한 가죽들의 판매를 위탁받자 어디서 난 거냐며 건너왔다.

큰곰이도 쉴 겸 PC 모드로 빠져나온 상태다.

"헐, 운 좋은데? 7인의 앵벌이라……."

"무슨, 앵벌이라니요! 7인의 축캐릭입니다."

"크, 어디 그 선물 보따리나 풀어봐."

"옙."

제법 의기양양하게 선물 보따리 하나를 풀었다.

갈색 가죽 보따리가 팟! 하고 터지더니 배낭으로 변했다.

"엥, 고작 인벤토리 하나?!"

"그게 어디야, 인벤토리 한 칸 늘리는 것에 2천 원씩 지불해야 하는데. 어디, 인벤토리 칸이 몇 칸인가 보실까?"

"씨, 방어구 좀 주지."

명품틱하게 생긴 각진 배낭을 열었다. 척 보아도 6X6짜리 인벤토리구먼. 근데,

탁탁탁, 인벤토리 창이 병풍이 펴지듯 너무 넓게 펼쳐졌다.

응? 인벤토리 창을 두세 개 나란히 붙여서 열었나?!

인벤토리 창을 다시 조정했다. 한데 똑같은 칸이 떴다.

분명 인벤토리 하나를 연 것이다.

Item

아이템명:기계공의 출장 배낭.

바쁘다, 바빠. 무겁다, 무거워—!

Part 2 선행 아이템.

수리 공구와 무거운 부속을 담으려면 이 정도 공간은 필수죠.

금속성 아이템을 담을 시 무게가 30퍼센트 감소됩니다.

"어억!!"

머~엉, 이것은… 가로 18X세로 6짜리 인벤토리!

무려 108칸.

게다가 선행 아이템이란다. 이거 장난이 아닌데?

"와우, 이런 인벤토리가 나오다니. 어디, 시세를 알아보자."

"시세?"

"여기 있다. 72칸짜리 유니크 인벤토리가… 12만 원에 거래되었네. 그럼 이놈은 최소 30만 원부터 시작해도 된다는 이야기. 각진 모양에 문양도 저 정도면… 얌마, 너 지금 대박났어!"

"대, 대박?"

오오~ 하며 큰곰이 팔을 돌리며 홈런 타자를 반기는 제스처를 취했다.

"안 팔아요! 칸 많은 게 얼마나 편리한데."

"그러니까 비싸게 거래되지. 120골드도 들어가 있네. 햐, 하긴 빈 지갑 선물하는 건 예의가 아니지. 운영사 친구들이 센스가 있어."

"……"

다시 보니 인벤토리 하단에 120골드가 늘어 있나는 숫자가 표시되어 있었다. 그리고 인벤토리 상단 구석 한 칸에는 최상급 '펫 볼'이 떡하니 자리 잡고 있었고.

강도단들이 썼던 펫 볼이리라. 이것도 구하려면 고렙 마을까지 이동해서 몇 시간을 기다려야 구할 수 있는 아이템이다.

나머지 선물 보따리를 열어보는 게 더럭 겁이났다.

이런 일이 벌어질 수 있다는 것이 믿겨지지 않았다. 이런 행운이 무더기로 몰려올 리가 없잖아!

아냐, 현실 캐릭 자체가 고난한 캐릭이니까 가상에서만큼은 축캐릭이 될 수 있는 행운이 오는 게 아닐까?

아니, 아냐… 그게 아니지.

요즘은 가상의 '축캐릭' 이 현실의 캐릭을 '축캐릭' 으로 만들어주지. 인생 역전은 가상에서 이루어진다는 말이 왜 나왔는데.

그렇다.

가상 세계에서도 복권 당첨보다 높은 확률로 떨어지는 그 '운' 이라는 게 필요하다.

럭키!!

*   *   *

일본, 미국, 독일, 프랑스… E&T 영웅 등장!

Part 1 보스 몬스터가 처단된 지역에 한해 Part 2로 이행합니다. 그 지역 던전에서 알 수 없는 금속덩어리들이 출토되기 시작했습니다.

중국 E&T, Part 2 이행 필드 증가.

영웅이 속속 등장해 Part 2 이행 지역이 증가했습니다. 금속덩어리들을 모아 생명을 불어넣는 실험이 시작되었습니다.

뭐야? 왜 한국은 Part 2로 넘어가는 필드가 없는 거야?

누가 나서서 보스 몬스터 좀 처치해 봐요. 해외 동영상 보니까 그리 어렵지 않아 보이던데.

님이 함 해보셈, 보스 몬스터에 도전하려면 어지간한 히든 클래스 아니면 안 됨.

한국 히든 클래스는 '물' 인가 보죠?

아우, 필드에 왜 이리 사람들이 늘었죠? 생산직으로 전업할까 봐요.

어디인지 알 수 없는 경쟁사의 방해에도 불구하고 E&T의 인기는 점점 끓어오르고 있었다.

방해를 오히려 이벤트로 만들어 유저들에게 Part 2에서 얻을 수 있는 아이템들을 풀어 Part 2에 대한 근거없는 소문도 함께 잠재웠다.

그러나 한국 E&T는 Part 2 아이템이 살짝 흘러나왔지만 본격적인 필드 확장과 핵심 아이템은 나오지 않고 있었다.

유저들의 원성이 점점 커지자,

불만에 대한 공지.
E&T는 유저들이 만들어가는 게임입니다. 한국 E&T는 Part 2로 이행할 모든 준비를 마쳤습니다.
어서 빨리 보스 몬스터를 처치하십시오. 보스 몬스터가 처치된 지역을 중심으로 필드 확장과 신규 아이템이 풀립니다.
여러분이 도전하지 않으면 Part 2는 열리지 않습니다.
경고!!
보스 몬스터가 더욱 강력하게 성장 중입니다.

"게으른 유저 탓이네."
그럼에도 매일 십만 명씩의 유저들이 Part 2에 대한 기대를 품고 E&T로 돌아오거나 신규 등록을 했다.
매일매일 집계되는 온라인 게임 순위에서도 7위에서 두 계단을 상승한 5위에 랭크되는 기염을 토했다.
그 덕을 곰 형제들과 함께 누렸다.
내가 득템한 아이템들은 두 형제에게 넘겨져 팔려 나갔다.
3퍼센트의 수수료를 제하였지만 그들의 업장에서 그들의 멀티 트레이너용 단말기를 이용하는 것에 비하면 거저나 마찬가지다. 물론 필드상에서 유저들이 무엇을 필요로 하고 어떤 사건이 일어나는지를 두 형제들에게 알려주는 역할도

했다.

일종의 실시간 모니터 요원이라 하자.

그들도 나름 Part 2에 대해 유추해 쌓여 있는 아이템들을 처분하는 데 손해를 보지 않기 위해서다.

"형, 오늘따라 몬스터들이 철괴를 많이 떨어뜨리는데?"

"철괴?"

"벌써 20개나 나왔어."

"40분 만에 20개라, 냄새가 나는데……."

"……."

28레벨짜리 '붕가' 라는 외뿔 염소의 뿔을 모으는 중이었다.

그런데 붕가를 잡으니까 전에 주지 않던 철괴를 떨어뜨리는 게 아닌가?

경험치는 0.001퍼센트 주면서 계속해서 철괴를 떨어뜨렸다.

그리고 이것은 나에게만 국한된 게 아니었다.

곳곳의 유저들이 무거워서 사냥을 못하겠다는 푸념이 실시간으로 올라왔다.

무거워 사냥 못하겠네요.

저도요, 4킬로그램짜리 철괴를 50개나 모았어요. 겹쳐서 한 칸 차지하지만 배낭은 '빵꾸' 나기 일보 직전입니다.

헐, 대장간에 가져가면 1실버 쳐주네요. 방금 전까지 3실버 쳐주더니. 버릴 수도 없고, 이거 다 이유가 있겠죠?

"철괴라… 일단 매집해 볼까?"
"가격을 누가 어떻게 정하느냐가 관건인데."
두 형제는 과거에 플레이한 게임을 토대로 쑥덕거렸다.
전에는 철괴를 대장간에 가져다 그냥 팔면 3실버를 줬는데 갑자기 하도 많이 나오는 바람에 1실버까지 내려가는 데는 반나절도 채 걸리지 않았다.
"좋아, NPC 대장간 시세에 두 배로 매입해 보자고."
"쪽박 아니면 대박이지. 해보자고!"
짝!
두 형제는 형제 특유의 하이 파이브를 했다.
이후로 철괴를 매입한다는 광고를 흘려보내기 시작했다. 저 둘이 게임을 즐기는 방법은 저러했다.
필드에서 땀 흘려(?) 플레이를 하기보다는 게임의 세계관이 제공하는 경제를 즐기는 쪽이라고 해두자.
현실에서는 절대 개인이 개입할 여지가 없는 게 광물 시장이다. 하나 가상에서는 개입 폭이 넓다.
그러자 기다렸다는 듯이 두 형제와 같은 생각을 가진 유저들이나 상인 길드에서 같은 방식으로 철괴를 매입한다는 공지를 올리기 시작했다. 큰손인 그들도 눈치를 보고 있었던 것이다.

철괴의 가격이 2실버로 정해졌다.

올드 유저들은 자신의 창고나 집에 철괴를 팔지 않고 모을 것이고, 급전이 필요한 유저들은 이참에 철괴를 팔아 자신에게 필요한 아이템을 맞출 테지.

機甲戰記

Massacre

기갑전기 매서커

핏빛이 너울너울 번지는 듬직한 등이 서 있다.

블러디 베어, 레드 홀이 뿜어내는 투기가 털끝을 타고 번지자 눈이 부실 정도다.

실버 타이거에 이어 자신의 종과 경쟁 관계에 있는 야수들을 4마리나 연속해서 사냥에 성공했다.

그놈들의 육질을 섭취한 결과 충성도는 10에 달했고, 88레벨로 성상했다. 체구 역시 뒷다리를 일으켜 세우면 4미터에 육박해 그 위압감이 예사롭지 않다.

게다가 아직 다 자란 상태가 아니라는 것!

얼마나 강력한 위력을 내뿜는지는 지금 레벨업 사냥에 들어가자마자 여실히 드러났다.

60레벨 근방의 7인 파티가 72레벨 되는 몬스터들을 사냥할 수 있었다. 몹 하나를 잡는 걸 말하려는 게 아니다.

10마리도 좋다, 20마리도 좋다.

무조건 레드 홀의 코앞에 대령하기만 하면 앞발로 후려쳐 픽픽 떨어져 나갔다.

더불어 레드 홀이 가하는 데미지 자체가 컸기에 후위의 메이지나 엘레멘탈 리스트들이 최대 스킬로 당겨서 마법과 정령체를 마음 놓고 떨굴 수 있었다.

푸앙아아아—앙!

메이지 지오의 파이어 필드가 다 죽어가는 몹들을 깨끗하게 마무리시켰다.

들어오는 경험치는 최대치. 주는 아이템들도 두세 배는 족히 떨구었으며. 인벤토리에 골드 떨어지는 소리가 경쾌하게 울렸다.

잘 키운 곰탱이, 열 캐릭 안 부러운 순간.

온갖 잡스러운 퀘스트를 하느라 열흘간 별 손맛을 못 보았는데 제대로 손맛을 느끼며 사냥터를 누비자 절로 우쭐해졌다.

여기서 소외된 캐릭이 있었으니, '네크로 지오' 와 '매서커 지오' 였다.

60레벨까지 성장시킨 주역들이 지금은 뒷짐 지고 있어야 하는 캐릭으로 전락했다.

뭐, 어쩔 것인가, 당분간 짐꾼 역할이나 해야지.

두 캐릭은 그만큼 고생도 많이 했잖은가.

3일간 필드에서 사냥만 했다.

단순 반복되는 패턴의 연속이지만 이 레벨에서 자본을 모으지 못하면 고렙이 되었을 때 가난하게 지리한 시간을 보내야 한다. 지리한 시간이라……

80레벨에 들면 하루에 평균 8시간 렙업 플레이를 한다손 치더라도 일주일에 1업을 겨우겨우 달성한다.

85렙이 되는 순간부터는 한 달에 1업이라는 경이적인 레벨업을 경험하기에 이른다.

한 달에 1업이니… 유저들이 게임을 떠날 만한 최악의 레벨업 수준이다.

이때부터는 파티 사냥이 아니라 홀로 필드를 누비며 '솔로잉'이라는 것을 해야 경험치를 조금 더 축적할 수 있는 것이다.

그렇기에 지금 이 게임의 국민 렙은 85로 정착되어 있는 상태. 그 위가 소위 말하는 고수다.

국민 렙을 달성한 많은 유저들이 이때부터는 지리한 렙업보다는 게임을 떠나든지 아니면 다른 쪽으로 게임을 즐기기 시작한다.

아이템 제련, 생산 기술 연마, 경제 활동, 파벌 활동 등…

세계관이 제공하는 사회생활이 본격적으로 시작된다.

저렙 마을에서 나에게 유저 퀘스트를 주는 고렙들 대부분이 렙업에 싫증을 내고 다른 활동으로 전환한 유저들인 것이다.

괴짜도 있지만 아주 점잖은 유저들이라 할 수 있다.

여하튼 여유롭게 세계관을 즐기려면 몹을 무더기로 잡을 수 있고 아이템을 많이 떨구는 이 시기를 알뜰히 보내야 한다.

렙업과 아이템 수집은 순조로웠다.

장사는 두 형제가 도맡아 했기에 나는 오로지 렙업만 당기면 되었다.

그렇게 일곱 캐릭을 홀로 돌리는 손맛에 한참 취해 있었다.

진정한 멀티 트레이너로의 길은 아직도 멀고 멀었다.

*　　　　*　　　　*

하루 종일 비가 오는 날이었다.

공원에 산책 나온 산보객도, 야외수업 나온 학생들도 꾸질꾸질한 구름과 비가 몰아냈다. 공원이 추적추적 젖어들더니 먼지 때를 벗어버린 싱그런 녹색으로 단장했다.

날이 개면 여름 색깔이 완연할 것이다.

내다보이는 공원 야외무대와 광장은 고요했다.

간혹 상가로 장을 보러 가는 아줌마들만 재잘재잘 시끄럽
게 드라마 이야기를 나누며 지나갈 뿐이다.

초저녁 나절이 이러니 이런 날 데이트족들도 나타날 리 없
다.

카운터에 선 부점장인 아가씨가 한숨을 길게 내쉬었다.

"휴우—"

된장, 어디서 한숨이야!

어제 분명 하루 매상 2백만 원을 올렸는데, 그 정도면 됐지
오늘도 그런 날을 기대했단 말야? 너무하는군.

어제 얼마나 힘들었는지 옆 자리의 주근깨 아가씨는 오늘
두 시간이나 늦게 출근했다.

얼굴이 퉁퉁, 종아리도 퉁퉁 부어서.

이런 날은 일찍 마쳐도 되지만 체인점 규정대로 매장 시간
을 엄수해야 한다.

그런데 손님은 없는데 셋이나 되는 아르바이트생이 매대
를 지키고 있으니 업주 입장에서는 이도 낭비로 보일 터.

오늘의 타깃은 지각한 주근깨 아가씨. 그 너머의 대학 휴학
생은 모로 고개를 돌리고 자신은 절대 일찍 갈 뜻이 없음을
몸 전체로 드러냈다.

이럴 땐 근자에 공사다망한 내가,

"오늘 좀 일찍 갈게요. 어제 무리를 했더니 손에 뜨거운 찜
이라도 해야겠어요."

"에!"

주근깨 아가씨는 안도의 한숨을, 카운터의 부점장은 심퉁한 표정을 지었다.

아르바이트 주제에 가고 말고를 스스로 결정하는 게 기분 나쁜가?!

'그러든지 말든지.'

실제로 어제는 손가락에 쥐가 날 정도로 아이스크림을 긁었다. 왜 그리 커플들이 들이닥치는지… 스킬을 늦게까지 발동해야 했다.

그나마 가상에서 해머질을 열심히 한 게 빛을 발하는 날이었다. 가상의 활동이 은근히 미세 신경과 근육을 단련시켰다.

가상 활동이 없는 듯하면서 분명 신체에 변화를 주고 있음이다.

카운터의 부점장이 무어라 벙긋거리기 전에 탈의실로 돌아섰다.

"갑니다, 수고요—"

"……."

검은 아우라가 느껴졌지만 무시했다.

5시 30분에 아르바이트를 마치고 형제 작업장으로 곧바로 향했다. 중간에 냐옹군을 불러 사료 한 줌과 우유 약간을 덜어주는 것도 잊지 않았다.

냐옹군이 젖은 털을 한 채 '나랑 놀아줘' 모드로 엉겨 붙어
왔지만 할 수 없었다. 간만에 8시간 플레이를 할 생각뿐이다.

"곧 75렙!"

중독이 따로 없군.

일로 하는 아이템 모으는 재미라 하자.

                    *   *   *

지금 집중적으로 잡고 있는 몹은 '불가레스'라는 변신 몬
스터이다. 죽어가는 순간 새로운 몬스터로 변이를 일으켜 달
려들기에 두 번을 죽여야 하는 까다로운 종이다.

하나 고생해서 잡을 수밖에 없는 것이, 경쟁자가 그나마 적
은 몬스터라는 것.

오늘도 불가레스가 출몰하는 지역엔 솔로잉을 하는 고렙
유저들만 보이는 것이 역시나 한산한 편이었다.

"님, 굿이요, 굿!"

"어떻게 테이밍했대요? 부럽네요. 스텟하고 스킬 트리 좀
알려주시면 안 되요?"

다들 85레벨 언저리 유저들인지라 파티보다 '레드 홀'을
더 탐내했다. 귀엽고 싸움도 잘하니 당연하다.

멀리서 찾아와 지켜보는 유저가 있을 정도.

88레벨인 레드 홀이 85레벨 불가레스와 맞장 뜨는 사이 파

티원들이 집중적인 원거리 공격을 떨어뜨린다. 아무리 두 번의 생명을 가진 불가레스라도 나가떨어질 수밖에 없었다.

솔로잉하는 고렙들을 배려해 한두 마리씩 잡아 나가 몹을 놓고 벌어지는 신경전과 다툼은 없었다. 그렇게 순조로운 렙업이 진행될 것 같았다. 그때,

"다금발이 출현!"

"다금발이 떴다!!"

잉? 다금발이? 보스 몹의 애칭인가?

의문을 표할 사이도 없이 근처의 유저들이 잡고 있던 몹을 버리는 게 아닌가? 안 버려지면 근처의 유저들이 달라붙어 불가레스를 합동으로 처치했다.

그런 식으로 떨구어내더니 모두 어깨를 붙이고 대인 결투 모드로 전환했다.

"님, 사냥 중단하시고 같이 다금발이 상대해요."

"예?"

내 의문에 유저들은 대답없이 멀리 바라볼 뿐이다.

"다금발이 9시 방향!!"

외침이 들렸고, 필드의 유저들은 9시 방향으로 무기와 완드를 겨누었다.

검은 망토를 휘날리는 회색 음영이 20미터 전방에 등장했다 사라졌다를 반복하는 게 아닌가.

회색 음영은… 범죄자!

"다금발이, 특정 몬스터를 칭한 건 아니었군."

과장되게 깃을 세운 망토는 '고대 암살교단의 음영 망토' 아이템이 분명했다.

상점의 가드로 있으며 아이템 보는 눈이 트였다.

어쌔신 스킬을 익힌 캐릭이 가지고 싶은 10대 아이템 중 하나로, 부르는 게 값이다.

착용하면 길게는 3분, 짧으면 30초간 필드에서 모습을 감추어주는 아이템이다.

한데 저렇게 나타났다 사라졌다를 반복할 수 있음은 소유자의 또 다른 특수 스킬과 아이템이 연결되어 있음을 뜻한다.

수개의 단일 마법체가 검은 망토의 인영을 향해 토해졌다.

슈슈슈슈슉─!

마법체가 맞부딪치려는 찰나, 검은 망토가 보란 듯이 펄럭였다.

검은 장막이 드리워지는 듯한 착시 현상이 발생했고 마법체들이 그 자리를 통과했다.

"그는?"

사라졌다. 그리고… 불쑥 튀어나왔다.

슈아아아악─

"커억─!"

단 한 번의 칼질에 고렙 유저 한 명의 허리가 ㄱ자로 꺾였다.

이어 검의 망토에서 각진 팔꿈치가 튀어나오더니 거꾸러진 유저의 뒤통수를 찍어 눌렀다.

퍼억!

"깔끔한 체술!"

사람을 감탄하게 만드네.

그리고 이어지는 유려한 연속 칼질.

스앗, 쓰옥!

단 3초였다, 눈앞에서 84레벨의 유저가 데드당하는 데 걸린 시간은.

그는 빠르고, 터무니없이 강했다.

현실의 실제 생활이 의심되어질 정도로 가상 세계에 최적화된 연속 동작이었다. 감탄하고 있을 때가 아니다.

다급히 타깃팅을 잡고 정보를 끌어왔다.

놈의 레벨은 94!

서버 전체를 놓고 보면 108렙이 수두룩한 마당에 그리 놀라운 레벨은 아니다. 하나 10레벨 정도는 그냥 상쇄할 정도의 희귀 아이템으로 도배되어 있는 캐릭이 분명했다.

"죽어!!"

"이 자식이!!"

주변 유저들이 합심해서 놈에게 우르르 달려들었다.

하나 먹히지 않았다.

흐느적흐느적 유저들 사이를 피하는 게 예사 관록이 아니었다. 덤벼드는 유저들에게 장난같이 크리티컬 데미지를 먹여 나갔다.

레벨에서 아이템까지 받쳐 주니 덤비는 유저들이 아무리 많아도 대학생이 초등학생을 가지고 노는 그림이다.

순식간에 데드당한 유저가 3명이나 발생했다.

"어떻게 해야 하지?"

고민을 하는 사이에도 시간은 실시간으로 흘러간다.

또 한 명의 유저가 투명하게 흩어졌다. 그렇게 하나의 사냥 파티가 전멸했다.

남은 유저들의 수는 12명, 서로 등을 붙이고 원을 이루었다.

노련한 움직임과 침착한 대응으로 출몰 지점을 예측해 범위 스킬을 난사했다. 스킬이 작열하는 아름다운 빛으로 필드가 가득 찼지만 안타까운 발버둥이다.

싸울까 말까를 놓고 고민에 들었다.

"여기서 달아나면 무사히 마을까지 귀환할 수 있는데……."

며칠만 지나면 두 달 연속 '세미 하드코어' 보너스를 여섯 캐릭이 받을 것이고, '매서커 지오' 역시 한 달 무사 생존 보너스를 받을 수 있다.

고민할 것 없었다. 달아나기로…….

캐릭의 능력을 실험하기보다는 보너스가 탐나는 걸 어쩌

라고.

척 보아도 상대가 아니지 않은가? 내가 85렙 7명만 되어도 한번 진지하게 생각해 보겠지만, 아니, 그 렙이 돼도 소문난 전문 PK와 엉기는 것은 별로 현명하지 못하다.

몸을 빼기 위해 느린 캐릭들을 레드 홀의 등에 태우자,

"어, 이봐요! 그렇게 가면 어떻게요?!"

"…쫄아서는."

등 뒤로 야유가 끊이지 않았지만… 몰라, 어쩌라고.

보너스 받은 뒤에 두고 보자고 말할 수는 없으니 두 귀를 접었다.

앞을 보면서 물러나는 매서커 지오의 귓가로 누군가가 소근거려 왔다.

"님, 그러시면 안 되죠……."

"……!!"

*   *   *

물러나면 안 된다, 본능적으로 몸을 부딪쳤다.

투둑.

"웃차— 한 수 하시면서."

킬러 다금발이가 밀친 반동을 고스란히 이용해 주르륵 떨어졌다.

대답없이 주시하며 캐릭들의 앞을 막아섰다.

'젠장, 매서커 지오로서는 저놈 움직임을 따르기엔 역부족인데…….'

이럴 줄 알았으면 킬 포인트로 받은 보너스 스텟을 전부 DEX에 투자할걸.

다급발이라는 킬러는 매서커 지오 대신 등을 보인 다른 캐릭들을 비시시한 웃음을 머금은 채 바라보더니… 사라졌다.

직감으로 본 크러셔를 몰아 휘둘렀다.

후웅웅— 트타탁!

"이크크, 당신… 동화율이 얼마죠?"

"몰라!"

모습이 드러난 그를 향해 본 크러셔를 몰아쳤다.

"전 감각이 뛰어난 사람을 좋아합니다. 손맛이 다르거든요."

그의 어투를 흉내 내 답했다.

"예, 그걸 손때라고 한답니다."

"손때? 손 떼?"

킬킬거리며 붙었다 떨어졌다를 반복했다.

'이놈이!'

그는 스킬을 걸어오지 않았다. 태권도 대련하듯이 그 나름의 감각으로 동화율을 견주려는 것이다. 두세 차례 더 맞부딪쳤고 놀랍다는 표정이 그의 얼굴에 가득해져 갔다. 그러더니,

"시간이 없어서, 그럼."

부딪치는 움직임이 점점 빨라지더니 어깨를 짚고 훌쩍 뛰어넘으려는 게 느껴졌다. 굴욕이다! 어깨가 짚이자마자 참기가 어려워졌다.

"상대는 나란 말이야—!!"

버럭 고함이 터져 나왔다.

그러자 등을 타넘으려는 다급발이의 동작이 뚝 멈추어졌다.

원인을 찾지 않고 어깨를 털어내 그를 밀쳤다.

그는 좀 전처럼 자세를 잡지 못하고 땅바닥에 보기 흉하게 굴렀다.

우당탕—!

어느 누구도 예상하지 못한 전개.

매서커의 새로운 스킬이 생성되었습니다.

누군가 당신을 범접하려 한다면 위엄을 드러내십시오.

상대는 1초간 정지 상태에 빠집니다. 스킬 포인트를 높여 스킬 레벨을 올리십시오. 정지 상태 시간이 늘어납니다.

스킬명을 등록하시면 당신의 몸은 영원히 기억할 것입니다.

'호통' 스킬이 등록되었습니다.

스킬 포인트 2가 주어졌습니다.

꼭 싸우는 도중에 스킬이 나와야겠냐? 하긴, 그게 그런 시스템이지. 스킬 등록을 순식간에 이루었다. 이름 가지고 고민할 시간이 없다.

오랜만에 매서커다운 스킬이 만들어진 셈.

널브러진 킬러의 얼떨떨한 표정이 잡혔다.

매섭게 바라보자 주춤 뒤로 물러났다.

"히든 클래스!!"

히든 클래스만의 스킬임을 간파한 것이다.

그가 자세를 고치며 검을 잡은 자세가 진지해졌다.

하나 그는 매서커 지오에게 신경을 쓸 수 없었다.

"이때다, 포위해!"

밀집 대형을 유지하던 유지들이 우르르 튀어나와 그에게 달려들었기에.

난전이 벌어졌지만 합세하지 않고 물러났다.

늑대들이 아무리 달려들어 보았자 발톱 감춘 호랑이를 이길 수 없다.

나는 안다. 아니, 느꼈다.

"이 쉐리, 진짜 프로다."

킬러가 얼마나 강한 캐릭인지, 그리고 능력을 감추고 있음을 잠깐의 접촉을 통해 알 수 있었다.

단지 그는 나와 동화율을 견주며 즐기고 있었을 뿐이다.

　　　　　　*　　　　*　　　　*

　　마을에 들어서자 고렙들이 다금발이를 상대하기 위해 출동하는 게 보였다. 기세등등했다.

　　그리고 부활한 캐릭이 죽은 캐릭에게서 아이템을 챙기기 위해 함께 움직이고 있었다.

　　내 뒷통수에 대고 야유를 퍼붓던 그 캐릭과도 마주쳤다.

　　예상대로였다. 역시, 물러나길 잘했군.

　　"님하, 그렇게 살지 마삼!"

　　"……."

　　"님, 죽어도 같이 죽어야죠? 아님 블러디 베어를 동물원에 팔던지."

　　"……."

　　아이템을 떨군 유저의 분노가 퍼부어졌고, 다른 유저들도 동조하는 눈빛으로 기분 나쁘게 흘깃 쳐다보고는 지나쳤다.

　　죽어도 같이 죽어야 된다는 것인가…….

　　"쯧, 언제 보았다고?"

　　마을 안에서 다금발이 사냥이 끝나기를 약간 더러운 기분으로 기다려야 했다.

　　그러나 공개창에 올라오는 소식은 '다금발이 절대무적!'.

　　헐, 발렸네요. 굿 타이밍.

저도요, 아이템이 전혀 안 받쳐 주네요.

지지 칩니다. 데미지가 안 들어가니 오늘 사냥 접어야겠네요.

비슷한 푸념과 자신이 빼앗긴 아이템을 아쉬워하는 글들이 뒤를 이었다.

으앙, 어떻게 제련한 아이템인데. 오빠들, 다금발이 좀 어떻게 해줘요.

발톱을 드러낸 다금발이의 위력이 굉장했다. 그런 반면,

님들, 그러지 말고 한 번 더 갑시다. 다금발이 피통이 만에 못 미쳐요. 큰 거 하나만 들어가면 잡을 수 있습니다.

가요.

오빠, 나도 가요!

콜!!

다시 다금발이 토벌대가 구성되더니 우르르 마을 밖으로 몰려 나갔다.

다금발이는 한동안 그 필드에서 맹위를 떨쳤다.

그러다 다금발이는 제대로 된 사냥조가 등장하자 꼬리를

말고 사라졌다.

여기서 제대로 된 사냥조란, 거대 길드 소속 고렙 유저들을 말한다. 그들은 다금발이처럼 아이템도 레벨도 받쳐 주는 캐릭들이다.

하나 다금발이는 사라지고 없었으니 주변의 몬스터만 죽어나갔다.

킬러 다금발이 덕에 한 30분 정도 사냥을 못하고 마을에서 파티 정비를 해야 했다.

그와 견주던 손맛이 머릿속에 맴돌며 쓰지 않던 감각이 깨어나고 있었다.

다금발이 경보 해제.

불가레스를 다시 잡기 위해 필드로 향했다.

다금발이 사냥조들이 떠나지 않고 배회하고 있었다.

그런데 모른 척 사냥을 시작하자 유저 중 몇몇이 노골적으로 중간에 툭툭 끼어들어 몹들을 가로채 가는 게 아닌가.

"뭡니까?"

기막혀 하는데 오히려 꼬나보며 화를 돋궜다.

착용한 장비가 달라 못 알아보았지만 좀 전에 다금발이와 혈투를 벌였던 유저들이 대부분이다.

"님하, 꼬우면 덤비셈. 함 발라줄 테니까."

"…끙."

이들은 화풀이 대상을 찾고 있었다.

꼭 시간 많은 날 이런 일이 발생한단 말인지.

유저들과 마찰을 일으키지 않는 게 내 주의다. 기분 잡쳐서 마을로 향하는데,

등을 보인 매서커.

매서커가 걸어오는 싸움을 회피하다니!!

이유 여하를 막론하고 매서커 클래스에 있을 수 없는 일입니다. 당신은 매서커로서의 지각이 과연 있습니까?

매서커의 위엄을 세우십시오. 그동안 페널티를 부여합니다.

각 스텟 포인트가 3씩 감소됩니다.

"…뭐, 뭐!!"

평화주의에 페널티라니… 작전상 후퇴라는 것도 있잖아?

이후로도 걸어오는 싸움을 거부할 시는 페널티 정도가 더욱 커집니다.

당신은 투쟁하는 자임을 잊지 마십시오.

…싸우십시오!

매서커는 매서커답게, 학살자는 학살자답게!!

엑—!

뭐, 이딴 히든 클래스가 있단 말이냐—!!

*　　　　*　　　　*

툴툴거리며 돌아온 마을 여관엔 한 사람의 외침으로 가득 차 있었다.

"자자, +9까지 제련된 메이지 완드를 저렴하게 모십니다! 가격은 3천 골드부터… 관심없습니까? 이 정도면 100레벨까지 무난히 쓸 수 있는 아이템입니다!"

"오호."

지존 급 완드를 팔고 있었다. 저 정도 아이템이 3천 골드면 거저다. 그러나 아무도 나서지 않았다. 나야 돈이 없어 나서질 못했지만.

근데 여관 분위기가 어찌…….

그리고 여관에서 호객 행위를 해도 되나?

호객 행위를 할 수 있는 상업 지구는 따로 있다. 이곳에서 손님을 부르는 행위는 비매너임에도 누구 하나 이 유저의 행위를 막지 않고 귀엣말만 할 뿐이었다.

"뭐, 치안대가 출동해 곧 쫓아내겠지."

그런데 언뜻 보아도 길죽한 체형이 눈에 익었다. 캐릭명이… 허걱!

"…다, 다금발이."

말이 크게 튀어나왔고 여관 내 모든 시선을 끌어당겼다.

바보 아냐? 라는……. 물론 탁자 위에 올라선 킬러 다금발이까지.

"허허, 파티째로 도망친 그 친구로군. 다음엔 도망갈 기회가 없을 겁니다. 하핫."

"끙……."

어디서 나오는 당당함인지 기가 막혔다. 그냥 보고 있는 유저들의 반응은 또 어떻고, 오히려 나를 향한 시선만 차가웠다.

머쓱해할 즈음, 다금발이를 향해 손을 번쩍 드는 이가 있었다.

몰린 시선을 걷을 정도로 눈에 번쩍 띄는 미인 유저였다.

"그 완드, 제가 흘린 것 같네요. 3천 골드에 되살게요."

"오, '아이템 꽃뱀' 루시아님 아니십니까? 날로 아름다워지십니다."

"흥, 꽃뱀이라뇨? 정당한 데이트 대가를 챙길 뿐이라고요."

"하하, 늘 한쪽이 눈물을 흘려야 하는 게 문제겠지요."

"하하하!"

그녀는 제법 알려진 유저였다.

아이템 꽃뱀이라… 어떤 식으로 게임을 즐기는지 턱하니

견적이 나왔다.

"저도 눈물이 많은 편인데… 테이트에 응할 의향은?"

"됐네요! 대신, 다음엔 필드에서 저기 곰 데리고 사냥하는 파티부터 제일 먼저 처리해 주세요. 꼭. 요!!"

"옙, 마담. 오늘로 세 번째 만남이니 당연히 서비스해 드립죠. 이 다금발이, 지금 루시아님의 퀘스트를 정중히 접수했습니다."

"고맙군요."

"절 귀찮게 하는 방법을 이제 터득하신 것 같군요."

"그거야 기본이죠."

다금발이는 루시아라는 여성 유저를 향해 한쪽 눈을 찡긋했다. 루시아의 눈매가 사납게 치켜 올라가며 눈싸움으로 이어지는 게 장난스러운 대화와 달리 살벌했다.

서로에 대해 잘 아는 것 같았다.

"흥, 양쪽 다 재수없어—!"

"하하하!"

내가 언제 루시아라는 여성 유저를 만나보았나?

아, 만난 적 있구나. 기억났다.

레드 홀을 넘겨 달라고 한 시간 정도 졸졸 따라다니던 그 여성 유저! 모호하고 애매한 표현을 남발했었던…….

에이, 퉤퉤퉤—

여튼 자신의 완드를 회수한 루시아는 휘적휘적 큰 걸음으로 출구로 걸어가더니 팩 돌아 나를 사납게 째려보았다.

둥그랬다 가늘어지는 눈, 아담하게 가는 코, 작고 도톰한 입술, 다리는… 짧군. 전형적인 몽골리안 청초 미인이다.

"흥!"

루시아라는 가소롭다는 콧방귀를 남기고 사라졌다.

아이템을 빼앗긴 것보다 유혹(?)에 넘어가지 않은 나에게 더 화가 나 있는 것인가?

사람을 어떻게 보고, 요즘 가상의 여성 캐릭에게 홀리면 그게 바보 아닌감?

저 정도 기승전결 스펙이면 체형 보정 아이템에 성형 액세서리로 도배한 캐릭일 게 뻔하잖아!

초감각 센서가 구현한 자신의 이미지마저 마구 바꾸는 세상이다. 가상 세계에선 보이는 게 다가 아니다.

아차, 그게 중요한 게 아니지… 또 하나의 까칠한 시선.

다금발이라는 놈이 의미심장한 눈으로 살펴보는 게… 꼭, 내 파티에 대한 정보를 머리에 선명하게 담아놓겠다는 무언의 압력으로 다가왔다. 순간,

매서커의 위기 감지!

매서커 지오님이 위기 감지 스킬을 습득했습니다.

적이 뿜어내는 살기를 재빨리 감지합니다.

스킬 레벨을 높이면 감지 반경이 넓어집니다. 상대 클래스에 대한

윤곽을 짐작할 수 있게 도와줍니다.

스킬 포인트 1을 부여합니다.

살기의 주인공은 암살교단에서 히든 클래스를 부여받은 자입니다.
당신을 끝까지 추격할 것입니다. 반드시 결해야 할 대상입니다.

"이크! 뭐 이런?"

청부받으면 끝까지 추격해 죽여야만 되는 히든 클래스의
소유자?!

아서라, 필드에서 무시했다고 원수가 맺어질 리 없다.

게다가 인간의 기억력엔 놀라운 휘발성이 있잖은가?

이런 사소한 것이야 휘발성이 더 높지.

오늘 일 잊을 테니까, 너희들도 잊어줘.

근데 이 와중에도 매서커 스킬이 늘다니.

매서커… 울 수도 없고 웃지도 못할 클래스임엔 분명하다.

근데 왜 이렇게 싸하지?

*   *   *

우려와 달리 며칠 동안 필드에선 별일없었다.

다급발이는 매일매일 출몰했지만 나의 활동 시간과는 겹
치지 않았다.

그도 나 하나 잡아보겠다고 주구장창 필드를 지키진 않을 테고, 뭐, 내가 대단한 인물이라고……. 아이템 꽃뱀 루시아라는 유저도 그 이후로 보지 못했다.

필드가 오죽 넓고 사건이 얼마나 많은 곳인가. 흐지부지되는 느낌. 그렇게 필드에서의 도망 사건은 잊혀져 갔다.

6월로 접어들었다.

고대하던 한 달 생존 보너스를 챙길 수 있었다. 흐뭇.

사소한 것에 목숨 걸지 말라!

게임에서도 통하는 명언이 아닌가 싶다.

우선 '한 달 무사 생존 보너스'를 살펴보자.

이것이 커가는 캐릭에게는 따끈따끈한 어드밴티지를 준다.

첫째, 스킬 포인트 3.

둘째, 스텟 포인트 10.

셋째, 알 수 없는 선물 보따리 한 개.

넷째, 중급 유료 던전 이용권 1매.

다섯째, 아이템 제련 성공 확률 60퍼센트 증가.

여섯째, 즉시 부활 1회.

일곱째…….

어떤가?

필드에서 등을 돌릴 만하지?

여기서 잠깐, 진정한 '하드코어 모드'는 죽으면 다시는 그 캐릭을 부활시킬 수 없는 것으로, 이것이 진정한 하드코어.

그 대신 보통 유저와는 비교하기 어려운 강함을 얻을 수 있다. 초인이 되는 대신 죽으면 끝.

물론 이 게임 역시 그 전통 하드코어 모드를 지원하는 게임이다.

그리고 지금 지오들이 택한 모드는 '세미 하드코어'다.

이건 E&T에서 최초로 지원한 모드인데, 한 달간 한 번도 죽지 않으면 이런 좋은 보상이 쏟아진다. 일반 유저에 비해 유리한 셈.

그럼 페널티는 뭐냐고? 죽었을 때다. 소지 아이템이 싹 떨어져 버리는 거다. 일반 유저는 한두 개 떨구는데 말이지. 홀딱 벗으면 그건 정말 죽음이다.

초인의 유혹도 아닌 그냥 어중간한 강함. 미지근하다.

그래서 세미 하드코어 유저는 의외로 많지 않다. 나도 지금 게임을 시작했으면 이걸로는 안 만들었을 테지만, 그놈의 음모때문에……. 원래 6인의 지오는 우리를 가장 독하게 괴롭히기 위해 만든 캐릭이다.

아무튼 108레벨을 최초로 달성한 유저가 바로 리얼 하드코어의 달인이시란다.

지금 나와 두 곰은 아이템을 판 현금으로 탕수육 세트 메뉴를 야식으로 먹으며 그가 나오는 방송 프로를 보고 있다.

Part 2 때문에 편성된 특별 방송이다.

눈은 방송에 팔린 채 단무지 하나를 놓고 젓가락이 부러질 정도로 부딪쳤다.

Part 2에 대한 맛보기 동영상이 프로그램 말미에 나온다 하니 아니 볼 수 없었다.

문제의 지존 유저는 얼굴을 모자이크 처리해서 나왔는데, 전체적으로 기럭지가 길죽한 것이 내 또래로 짐작되어지는 잘 차려입은 세련된 청년이었다.

말이 조곤조곤 조리가 있는 게 듣기 편했고 겸손했다.

그가 말하는 이야기의 핵심은 자신은 높은 동화율로 1년 동안 단 한 번도 죽지 않을 수 있었고, 동화율이 높은 유저라면 당연히 하드코어 모드를 해야 한다는 것이다.

근데,

"단 하나의 생명, 진정한 스릴과 카타르시스를 느낄 수 있습니다."

읍―! 뭣이라?!

스릴? 카타르시스?

그 느낌, 2년 동안 질리도록 느껴보았다.

'미친 새끼.'

실제 상황에서 리얼 하드코어를 단 한 번이라도 경험했다면 절대 나올 수 없는 말, 그에 대한 호감이 싹 가셨다.

알 수 없는 적의까지 생기더니 놈의 면상에 불어터진 자장면을 던져 버리고 싶어졌다.

네놈이 진정한 하드코어가 어떤지 알고나 하는 소리야!

데스. 죽음.

리얼 데스! 진짜 죽음!

데드 오어 얼라이브!!

회극의 대사를 말하고자 하는 게 아니다.

자신이 키우는 가상의 자신에게 애정을 들이는 것은 나 역시 권하고 싶다. 그러나 죽음을 유희로 해석하는 태도는 정말…….

밥맛이 싸악 달아났다.

흥분했다, 다 지나간 이야기인데.

화면은 바뀌어서 게임 방송답게 리얼 하드코드 모드의 장점에 대해서 열거되고 있었다.

E&T에서 하드코어 모드의 장점은 설정하는 그 순간부터 일반 유저보다 1.1배의 경험치를 더 먹는다. 그리고 1년 동안 12회에 걸쳐 보너스 스탯 포인트와 스킬 포인트가 주어지니 게임의 컨셉대로 캐릭을 만능으로 성장시킬 수 있다.

게다가 히든 클래스의 부가치까지 더해진다면 그 파괴력은 두말할 나위 없다.

방송 화면이 바뀌며 E&T의 세계가 나왔다.

지존 캐릭이 화면에 등장해 Part 1 최종 보스 몹 중 하나를 상대로 격돌하기 직전의 영상이었다.

Part 1의 최종 퀘스트는 일대일 듀얼 퀘스트.

오직 일대일이다.

보스 몹은 133레벨의 스켈레톤 로드,

"크허허헛─! 가소로운 망상가여, 파편도 없이 나를 타르타로스로 보내겠다? 망상가여, 지금이라도 늦지 않았다. 그대는 헛수고 말고 돌아가라!"

츗파아아앙─!

일대일 대결이 벌어졌다.

지존 캐릭은 메이지면서 프리스트에 엘레멘탈 리스트로 고루고루 3가지 직업 스킬을 섭렵한 캐릭이었다. 소위 말하는 쓰리 마스터.

전형적인 원거리 데미지 딜러, 소문이 자자한 플레이다웠다.

마력체와 정령체로 공간을 장악해 스켈레톤 로드를 몰아붙이는 게, 아름다운 빛의 유희를 보는 것 같았다.

반대로 운영진이 강림한 보스 몹도 보스 몹다웠고 데미지를 쉼없이 입혀도 금세 회복하는 게 이런 사기 몬스터가 없다.

둘 사이에 팽팽한 대결이 이어졌다.

서로 밀리지도, 압도하지도 않는 결투였다.

두 곰들도 입에 만두소가 떨어지는지도 모르고 멍하니 플레이를 감상했다.

"저런 게 가능했구나……."

하나 스켈톤 로드와의 결투는 결국 결판이 나지 않았다.

최종 보스 몹에 대한 퀘스트가 그렇게 실패로 끝나자 아쉬운 탄성이 우리 입에서 절로 나왔다.

다시 실내 방송 화면,

"…특정 무구 없이는 깰 수 없는 퀘스트였습니다. 상성 아이템인 타르타로스 계열 파편 무구를 구해야 하는데, 좀처럼 행방을 찾을 수가 없더군요. 거대 길드에서 꽁꽁 감추어 버려서 안타깝습니다. 단지 죽지 않고 생존한 유저이기에 지존이라 불리다니… 부끄럽습니다."

다시 방송 화면이 바뀌었다.

18명으로 이루어진 파티와 지존 캐릭 간의 18:1 듀얼이 시작되었다. 지존 캐릭의 위력을 보여주기 위한 이벤트였다. 파티원들이 지존 캐릭에게 차례차례 죽어나가면서 게임 화면은 끝이 났다.

"보셨겠지만 저는 원거리 스킬의 장점이 특화된 캐릭입니다. 보스 몹은 이기지 못했지만 일반 유저들을 상대로는 전혀 밀리지 않습니다. 지금 Part 2를 대비해 근접 캐릭을 새로이 육성하고 있는데 기대가 큽니다."

이 말을 끝으로 우리가 고대하던 Part 2의 맛뵈기 동영상이 흘러나왔다.

광활한 습지, 들판, 부서진 성터, 울창한 숲이 차례로 흘렀다.

오러의 시대!

큰 자막 타이틀이 나타났다 사라지며 위엄 넘치는 성우의 설명이 깔렸다.

1. 탑승형 철 거인, 전장의 총화인 '나이트 골렘' 이 등장합니다. 전쟁을 준비하는 생산 캐릭들이 더욱 바빠질 것이며 전쟁 상인들은 큰돈을 만질 것입니다.

2. 영주권의 확대되어 영주는 영지의 유료 던전을 소유하게 됩니다. 유저들로부터 던전 입장료를 거둘 수 있게 됩니다.

영지를 발전시키십시오. 풍부한 경제력을 바탕으로 영주 레벨을 성장시켜 백령으로, 공국으로, 왕국으로 발전할 수 있는 기틀을 마련하십시오.

3. 개인 유저가 이동 게이트를 구축할 수 있으며 여행가들로부터 소정의 사용료를 징수할 수 있습니다. 거미줄 같은 게이트망을 구축한 길드를 영지에 유치하십시오. 영지에 사람들이 모여듭니다.

4. '유저 메이드' 물품에 대한 추가 보너스는 더욱 확대되

고 많아집니다.

　5. 하드코어 보너스는 더욱 강화되어 제공될 것입니다.

　6. 새로운 아이템이 등장하며 새로운 클래스가 만들어집니다.

　아직 메인 클래스나 히든 클래스를 부여받지 못한 캐릭들은 이 기회를 놓치지 마십시오.

　…….

　모두들 유저들이 예견한 내용들이었다.

　하지만 거대한 공성 병기로 짐작했는데 탑승형 골렘의 등장은 정말 의외였다.

　웅장한 야외 그림은 골렘이 제작되고 있는 실내 장면으로 넘어갔다. 무수한 인원이 3층 높이 강철거인에 다닥다닥 붙어 조립에 열을 올리고 있었다.

　뼈대가 앙상한 상태에서 조립 중임에도 위압감이 예사롭지 않았다. 중국어가 흘러나오는 걸 보니 Part 2 이행이 제일 빠른 중국 E&T로 짐작되어졌다.

　과연 개인 유저가 '나이트 골렘'을 보유할 수나 있을까?

　아니다, 유지나 할 수 있을지도 의문이다.

　수많은 백업맨들이 달라붙는 것이, 거대 길드 같은 조직력 없이는 버거운 복합 아이템.

　소유의 문제가 아니라 보수와 유지의 문제가 커 보였다.

나는 안다.

저런 탑승 병기에 얼마나 많은 사람의 손을 필요로 하는지… 돈 먹는 하마… 슈팅 아머.

Part 2는 결국 길드 또는 거대 길드 소속 근접전 캐릭들을 위한 잔치가 될 게 뻔했다.

두 형제가 그림에 몸이 달아 눈빛이 몽롱해지는 데 비해 나는 오히려 손이 차가워졌다.

비좁은 공간에서 풍겨 나오는 땀 냄새, 기름 냄새, 금속의 차가움, 극심한 진동… 그리고 퀴퀴한 화약 냄새.

강철거인에 갇힌 한 인간의 무력감까지.

잊었던 감각이 떠올라 진저리쳐졌다.

정녕 가상 세계도 이걸 원하는가!

Act 05
타르타로스의 파편

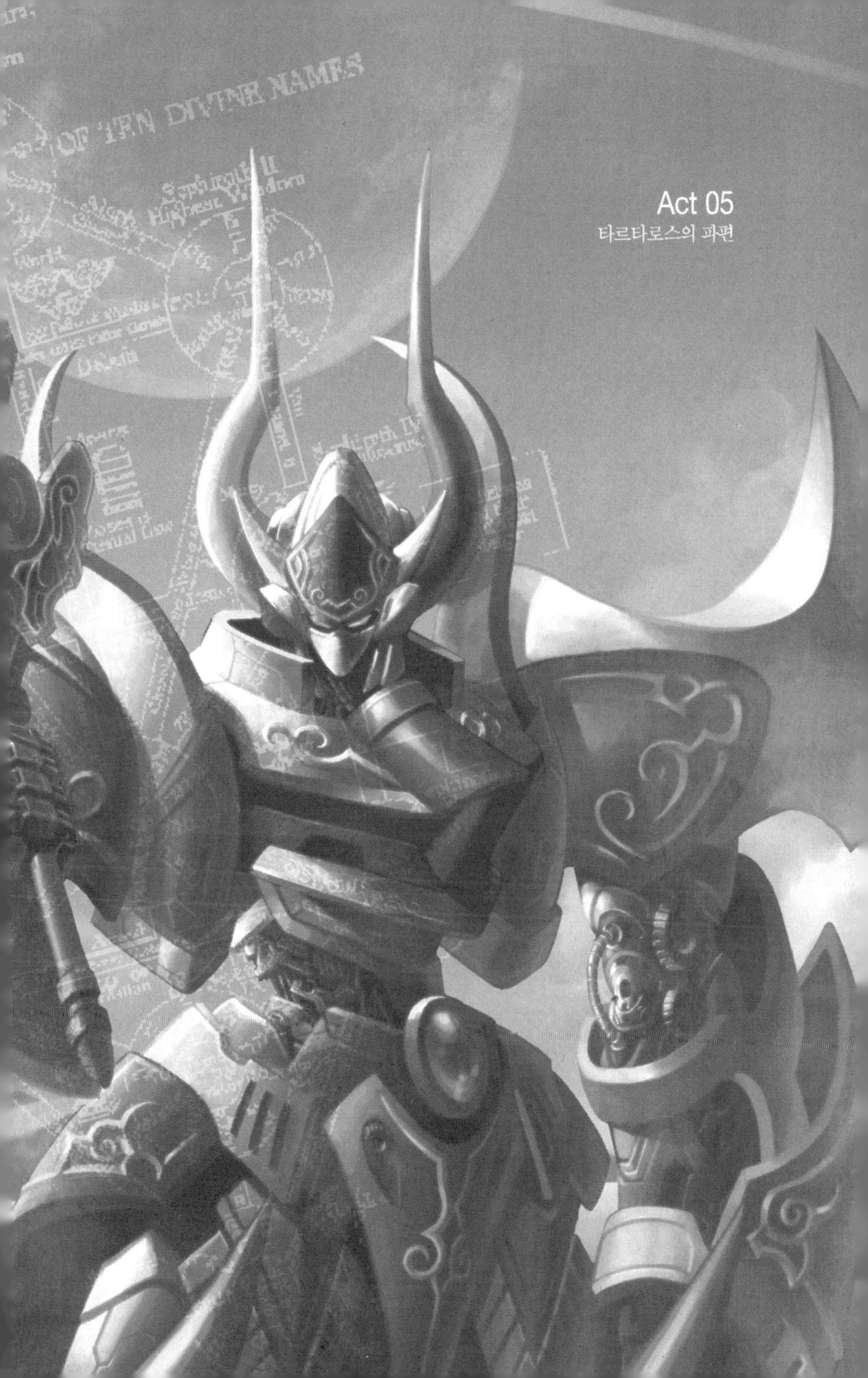

機甲戰記
Massacre
기갑전기 매서커

누군가 당신을 노리고 있습니다. 조심하십시오.

사냥을 중지하고 흩어진 지오들을 모았다.

갈등의 순간에 봉착했다.

길죽한 얼굴, 경중한 키, 가는 팔다리, 가늘게 치켜 올려진 눈. 본인은 선하게 웃는다고 생각하지만 절대 그렇게 보이지 않는 미소… 다금발이.

필드에서 문제의 다금발이와 딱 마주쳤다.

젠장, 모든 캐릭들이 곧 78렙으로 업하는데…….

"유후, 재주는 곰이 부리고 렙업은 왕서방이 한다… 안녕하셨어요?"

"와, 왕서방!"

니밀, 이 근처 필드에선 내가 왕서방으로 통한단 말.

얼른 레드 홀의 소환을 해제하고 펫 볼로 챙겨 넣었다.

죽어서 떨구더라도 저놈을 상대로 컨트롤하기에는 레드 홀은 버겁다.

바람이 불어 놈의 검은 망토를 우아하게 흔들었다.

'쁘득, 한번 엉겨봐?'

도망가면 매서커 지오에게 페널티가 부여된다. 두 번 회피하면 어떤 페널티가 늘어날지 모른다.

주변을 슬슬 살폈다.

근처엔 유저들이 없는 게 아니다.

그레이 상태의 다금발이를 향해 손을 흔들며 아는 체한다는 게 문제. 손가락 셋을 펼치며 너한테 세 번 죽었으니 이제는 건들지 말아달라는 사인을 보냈다.

얼른 손가락 셋을 폈다.

다금발이는 피식 웃으며 고개를 흔들었다.

"저, 기억력 좋습니다. 제가 죽일 유저들의 명단은 차곡차곡 데이터 베이스에 저장되어 있답니다. 히든 클래스 특성이 그렇습니다."

"……!"

역시 놈의 PK 활동은 자신의 히든 클래스와 관련있었다.

"참, 큰 장사하십니다."

"오~ 소년, 드디어 싸울 마음이 생기셨습니까?"

"소년 아닙니다."

"레벨 차가 나지만 의뢰받은 캐릭을 한 달 안에 죽이지 않으면 스텟 다운이 있어서요. 지오님에겐 감정이 없습니다. 좀 독한 의뢰인에게 걸린 게 죄지요."

"……."

그랬군, 근데 이걸 이해해야 하나?!

좋아, 한번 붙어보는 거야!

근접 캐릭인 매서커 지오에게 동화율을 높이 배분했다.

한 달 동안 이 정도 스킬 단련이 된 상태. 기합을 넣었다.

"후우우우아앗―!!"

츄아아아앙― 고오오오오오!

매서커 지오를 중심으로 붉은 서기가 뿜어져 나갔다.

매서커의 본능을 일깨웠습니다.

매서커 지오의 동화율이 48퍼센트에 달합니다.

CEN 능력치를 다른 능력치에 48퍼센트 비율만큼 부가할 수 있습니다. 어떤 능력치에 부가하겠습니까?

DEX 능력치!

DEX 능력치가 1마이 되었습니다.

늘어난 능력치만큼 이동 속도가 빨라졌습니다.

움직임이 기민해졌습니다. 대응이 기민해집니다. 공격 속도가 빨라졌습니다. 타격은 보다 더 정확해졌습니다.

매서커 지오의 변화에 다금발이의 눈이 커졌다.

"매번 놀라게 하는군요. 히든 클래스 대 히든 클래스라… 두근거립니다."

"그만 주절거리고, 덤벼─!!"

"이크, 사나우셔라."

왕서방하고 다금발이랑 붙었다!

헐, 왕서방 이제야 임자 만났군. 다금발이님, 그냥 발라 버리셈!!

난, 왕서방 편이얌~ 붉은 곰, 너무 귀여웡~ 레드 홀, 파이팅!

다금발이 대응조, 20분 후에 투입합니다. 그 안에 마무리하셈.

이거 공개창에 나와 다금발이의 결투 소식이 실시간으로 올라오는 게 아닌가? 거의 문자 중계 수준이다. 아, 정말.

"이렇게 미움을 받고 있었나?"

이보세요?! 놈은 범죄자, 킬러에다 악질 장물아비라고요!

여러분들이 이러시니까 세계가 혼탁해지는 겁니다.

마음속의 외침은 억울하게 마음만 심난하게 흔들었지만 눈은 다금발이의 위치를 잡아 예상 이동 경로를 추측해 타깃팅 포인트를 잡아갔다.

"간만에 동화율이 높은 상대를 만나 기쁩니다. 그럼 갑니다."

"……."

사라라라락.

검은 망토 끝이 땅끝을 스치며 놈의 상체를 덮었다 내려왔다.

사라졌다!

놈의 인간 사냥이 시작된 것이다.

"아니, 나의 다금발이 사냥이 시작된 거다."

놈의 움직임과 습관을 유저들이 올린 동영상을 통해 수차례 모니터링했다.

바보 아니다.

뻔히 노리겠다는 녀석이 나타났는데 준비 안 하고 있었다면 지난 2년간 허송세월한 것이게?

착착착, 캐릭들 간에 간격을 좁혔다. 놈은 이렇게 모여 있는 유저들에게 돌입해 난자하는 걸 즐긴다.

잘 차려진 진수성찬으로 보이겠지.

매서커 지오가 놈의 등장을 감지한 순간, 이미 준비에 들어갔다.

'네크로 지오'가 여러 지오 무리 속에 모습을 가린 상태에서 뼛가루를 바람에 실려 보낸 뒤다.

> 고스트 체이스 스킬이 은밀하게 발휘되었습니다.
> 반경 12미터 안에 모습을 숨긴 이의 발자국을 표시해 줍니다. 누구도 피해갈 수 없습니다.

녹색 형광색 발자국이 드러났다. 자박자박.

고운 뼛가루는 땅에 깔려 놈의 살금살금 다가오는 발자국을 남김없이 표시해 주었다. 살금살금 고양이처럼 다가오는 게 여실히 보였다. 네크로 지오의 눈을 통해 모든 캐릭들이 그의 접근 방향과 거리를 알게 되었다.

당연히 적인 다금발이는 눈치 챌 수 없다.

지오 무리는 놈의 접근을 모르는 척 엉뚱한 방향으로 캐릭들이 두리번거리며 신경이 곤두선 연극을 했다.

놈의 접근이 경쾌해졌다.

거리는 3미터, 일제히 지오 캐릭들을 놈이 있는 방향으로 틀었다.

"와악!!"

캐릭 전부가 일제히 내지른 함성에 놈의 발자국이 흐트러졌고, 어깨에 올려진 망토가 내려오면서 놈의 상반신이 스르륵 드러났다.

매서커 지오의 호통 스킬이 대상을 흔들었습니다.

순간 드러난 상반신을 당겨 타깃팅을 잡았다.

"죽.어!!"

일제히 마법과 정령체를 놈에게 폭사시켰다. 단기 승부닷!

슈슈슈슉− 쉬쉬쉬쉭!

꾸워어어어−

땅에서는 뼈의 벽이 자라나 놈의 빠른 두 다리를 묶었다. 그 뒤로 명계 최저층의 정령이 그 엉성한 뼈들 틈새로 끈적하게 스며들어 더욱 끈끈하게 움직임을 결박했다.

"흐읏−"

놈이 당황하는 게 여실히 드러났다.

정신 마법의 작렬, 원소 마법의 연타가 뒤를 받쳤다.

츠−파팡, 꽈과꽝꽝!

놈이 데미지를 크게 입었는지를 확인할 생각은 없다. 매서커 지오가 달려나가 본 크러셔로 크게 쓸었다.

"달려 치기!!"

후우우우웅− 토콱!

티티틱―

"이, 이런!!"

메이스가 튕긴다. 썩을, 놈이 착용한 아머는 소문을 훨씬 상회하는 게 맞다.

물리적인 충격도, 그렇게 퍼부은 마법도 먹히지 않다니!

물론 데미지를 입혔지만 들인 공에 비해 고작 10퍼센트의 피통을 줄였을 뿐이다. 이는 상급 포션을 복용하면 금세 채워질 정도.

망토에 가린 아머가 다급발이를 킬러로서의 명성을 자자하게 만든 일등 아이템이 분명했다.

말도 안 돼! 이런 아이템이 어디 있단 말야!! 발란스를 생각하라고!!

하나 나만 놀란 게 아니다. 다급발이도 자신을 결박한 스킬의 조합에 얼이 빠진 표정이다.

표정이 진지해지더니 들고 있는 기형 칼로 허벅지까지 올라온 뼈 더미와 어둠의 정령이 합쳐진 결박을 베어냈다.

쓰가칵―

"이대로 빠져나가선 안 되지."

필사적으로 놈에게 공격을 퍼부었다. 놈의 피통을 줄일 수 있을 때 줄여야 했기에. 그러나…….

퍼저적적―!

다리를 묶어두었던 결박체가 끝내 놈의 칼끝에 잘려 사라졌다.

"키잇─!!"

이후 다금발이가 활개를 쳤다.

지오 캐릭들에게 한칼 먹이고 물러나고 한칼 먹이고 물러
나는 식으로 시간을 끌었다. 나에게 받은 정신 공격의 여파로
스킬이 잠겨 버린 것인지, 아니면 줄어들었던 피통이 차오르
는 시간을 벌기 위해서인지는 알 수는 없다.

시간이 흐를수록 빨라지는 놈의 움직임을 따라잡기에는…
역부족이었다. 레벨 차를 무시할 수 없었다.

하지만 7개의 캐릭과 높은 동화율로 그의 움직임을 필사적
으로 따라붙었다.

언뜻언뜻 그의 눈에 놀랍다는 이채가 스쳤다.

"가지고 노는군."

그래도 질 수 없다.

기습의 여파가 사라지자 놈의 움직임이 또 달라졌다.

회색 잔영이 길죽하게 늘어나 보이는 게 드디어 갈고닦은
특수 스킬을 발동한 게 분명했다.

이때까지 나를 스킬 발동 없이 사냥할 속셈이었나.

이래 봬도 멀티 트레이너라고!!

한데 그 멀티 트레이너는 듀얼 상황에선 도움되는 게 아니
었다.

한마디로 캐릭 집중의 차이.

한 캐릭만 운영했다면 동화율만큼은 내가 앞설 것이지만 아이템과 레벨 차의 벽은 철벽이니… 분했다.

놈은 범죄자로 수개월간 명성을 날릴 정도로 노련했다.

오직 매서커만이 움직임을 따라잡을 수 있었다.

"어, 어, 당신 캐릭, 사기 캐릭이야……."

"누가 할 소리!!"

싸움이 예상외로 오래 끌자 공개창의 중계 문의가 쇄도했다.

어떻게 되었삼?

음, 말이 안 나오네요. 다금발이 고전 중. 왕서방 파티 대단히 선전 중임.

헹, 블러디 베어가 데미지를 대신 다 먹어 그런 거겠죠.

아님, 펫은 봉인 중. 어찌 된 영문인지 다금발이의 음영 망토는 왕서방에겐 전혀 통하지 않음. 모습을 감추어도 척척 알아냄. 왕서방 팀 대단함.

왕서방에게 나름 비기가 있다는 말씀?

분명함, 다금발이 음영 망토 사용을 포기하고 오직 난투로 일관. 오, 크리티컬이 들어갔다!

다른 유저가 끼어들었다.

제가 보기에도 왕서방이 준비를 철저히 했네요. 77레벨이 94레벨에게 저렇게 버티는 것도 드문 명장면임에는 확실함.

헐, 왕서방이 77레벨이었어요? 도망갈 만했네요… 그것도 모르고. 왕서방 파이팅!!

난 유저 동영상에 캡쳐 중. 나중에 올릴 테니 보세요.

계속 수고요~

예, 방금 다금발이 뼈 해머에 맞아 튕겨 나감. 오, 크리 작렬!!

손가락에 쥐가 날 정도로 싸우는데 구경하는 사람들은 참으로 편하기도 하서.

하나 시간이 더 지나자 뭐라고 공개창에 올라오는지 신경 쓸 겨를이 없었다.

다금발이는 이때까지 쌓아올린 위신이 상했다고 느꼈는지 물러나지 않고 박투에 돌입했다. 자신의 피통이 줄어들어도 개의치 않았다. 그가 접근해 한마디 툭, 던졌다.

"동화율 대 동화율입니다."

"……!"

그랬다.

자신의 본신 능력을 나와 겨루자는 데 동의했다.

오기가 발동하는 게 다금발이 놈과 끝장을 볼 각오로 매서커 지오의 컨트롤에 몰입했다.

동화율이라고? 좋아, 동화율이 무언지 보여주지.

다른 캐릭들은 잠시 뒤로 물렸다.

"우오오오오!!!"

매서커 지오의 해머질이 눈부시도록 빨라졌다.

스킬이 터질 때마다 백색 섬광이 터졌고, 공간이 우릉우릉 진동했다.

놈은 나를 압도하지 못했다.

다금발이가 아연한 표정을 지으며 멀찍히 물러났다.

특유의 과장된 표정으로 질렸다는 얼굴로 쳐다보았다.

"그래, 나도 질렸다."

그러나 할 만하군. 아직 포션 비축분이 징하게 쟁여져 있으니……

그런데 다금발이의 얼굴이 심각하게 변하면서 귀를 귀울이는 게 아닌가? 누군가에게서 귓말이 온 것처럼 보였다.

그래, 덕분에 숨 좀 돌리자. 헉헉.

손끝이 덜덜 떨려왔다.

"…젠장, 정보원들이 철수하라는군. 추세꾼들이 게임의 재미를 반감시키는군요."

"……!"

"소탕조를 상대로도 꺼내놓지 않은 아이템인데, 죽더라도 후회는 없을 것입니다. 놀아준 선물로 생각하세요."

"잉?"

다금발이는 허리 뒷춤에 수평으로 찬 검집에서 검을 빼어 들었다.

츄─웅!

검을 빼내는 순간, 대기가 출렁거렸다.

"으윽!"

검은 보기에도 예사롭지 않았다.

길이는 1미터 정도, 검신 자체가 검었다.

두 곰이의 어깨 너머로 본 일반 거래 아이템 중에선 본 적 없는 형태.

놈은 한 손엔 문제의 검을, 다른 한 손에 칼을 들고 돌격 자세를 잡았다.

앗, 타르타로스의 심판! 다금발이가 '타르타로스의 심판'을 가지고 있다.

정말? 정말로 타르타로스 심판의 검?

분명함, 매일 명품 갤러리에 올라온 그림을 보는 접니다. 그 검이 확실해요.

다금발이 정체가 뭐야?

특이한 검 하나 빼어 들었을 뿐인데 댓글이 폭주하며 윗글을 아랫글이 잡아먹는 속도가 장난이 아니다.

주르르르르르르르르르─

나야 메이스 전사이니 다른 무구가 무엇이 올라오는지는 관심이 없다. 오직 메이스와 아머뿐이다.

그런데 타르타로스 심판의 검? 처음 듣는 아이템이다.

"영광으로 아십시오."

"하하, 발이님아, 죽은 뒤에 영광이라… 그런 영광은 없거든요?"

"호오, 그만 죽으세요!!"

자신을 놀린다고 생각했는지 놈은 사납게 외치며 문제의 뭐뭐 심판의 검을 휘둘러 왔다.

공간을 가르는 기세는 기세고, 파공음까지도 귓가에 섬뜩했다.

쓰아아아악―!!

매서커 지오가 스킬을 담아 본 크러셔를 휘둘러 검과 맞부딪쳤다.

큐―우웅!

헛!!

뭉툭한 본 크러셔 머리 모서리가 썩뚝 떨어져 나가 버린 것이다.

뭐, 뭐, 이런 아이템이 있단 말인가?!

어째서?! 이건… 사기야!!

그, 그래, 그 아이템을 말하는 거였어.

아이템을 망가뜨리는 아이템이 있다고… 젠장, 그럼 다금발이 놈이 든 아이템이 바로 그 아이템인 거야?

"이건 불공평해!!"

불만을 토로할 사이도 없이 공개창에 열이 났다.

헐, 왕서방 아이템 깨끗하게 망가졌네요. 꽤 좋아 보이던 해머던데. 이제 게임 끝났네요.

야, 진짜 심판의 검이군요. 보신 분들은 좋겠어요.

동영상 실시간 올립니다, 쩜만 기다려요.

이런 미친 유저 놈들아!

이건 빌린 아이템이란 말이야! 부숴놓으면 어떻게 하라고! 한창 흥정이 오가는 바로 그 아이템이란 말이야!

생각만 해도 아찔, 눈이 돌았다.

7인의 캐릭들을 다금발이를 향해 돌진시켰다.

죽자. 그래, 죽자. 원하는 만큼, 다 죽어주마.

오늘 모두 생존 보너스를 잊고 필드에 뻗는 거다.

너 죽었어, 다금발이!

그거 비싼 거라고—!

＊　　　＊　　　＊

심판의 검이라는 게 있다.

시리즈 아이템이라는데, 나만 몰랐다.

거 있잖아, 한정 판매라 해서 오덕후들을 후끈 달아오르게 하는 마케팅처럼 게임사에서 내놓은 한정 아이템이란다.

견물생심이라, 괜히 눈만 높아져서 아이템 제련한다고 가뜩이나 없는 자산을 거덜내고 싶지 않아서 아이템 명품관에 기웃거리지 않으니 모를 수밖에.

유저 백만 돌파 이벤트에 나온 거라는데, 현재 여덟 개가 나돌아 다니고 있는 셈이다. 즉, 백만분지 일 아이템.

'백만분의 행운' 어쩌고 하든 말든 이건 재수없는 검이다.

그 때문에 지금 '떡실신' 직전.

꼭 초등학생 코쟁이들을 고등학교 축구부원이 가지고 노는 꼴. 조금 전까지만 해도 대등했는데…….

저놈의 개사기 아이템이 무언가 조화를 부린 것이다.

놈이 맨발에서 축구화로 갈아 신고는 백태클을 과감하게 걸어온 셈.

흥분한 내 모습이 그리 좋은지 싱글벙글 웃으며 심판의 검은 뒤로 숨기곤 내 캐릭들에게 칼로 북북 그어댔다. 놈은 타고난 S다. 좋기도 하겠지.

이제야 마음대로 가지고 노니 좋냐? 좋아?

씨팔!!

이렇게 당할 수는 없었다.

놈에게 나와 싸운 것을 뼈저리게 후회할 만한 흔적을 남겨야 했다. 그 수는⋯ 수가⋯ 있다.

간간이 튀어나오는 필드 보스 몹을 잡을 때 이거 한 방이면 뺐었다.

그 수가 통하려면 어떻게든 놈의 곁에 접근하는 게 우선이다.

이렇게 된 거, 있는 자산 없는 자산 다 토해낸다!

펫 볼을 터뜨렸다. 장갑 멧돼지들이 우르르 쏟아져 나와 필드를 어지럽혔다.

꾸웨에에엑— 꿱꿱!

놈의 얼굴에 기막히다는 조소가 가득 맺혔다.

공개창에 유저들의 조소 섞인 댓글이 또다시 주르륵 올라왔다. 무시.

18마리의 장갑 멧돼지가 놈에게 우르르 달려드는 모습까지는 장관이었다. 하나 장갑 멧돼지들은 놈의 칼질에 하나둘 죽어나갈 뿐이었다. 원샷 원킬, 쩝.

부우우욱,

꾸웨에엑!

장갑 멧돼지들의 희생을 발판 삼아 놈에게 2미터까지 접근할 수 있었고, 나른 캐릭들은 모종의 준비에 들 수 있었다.

이도 부족하다. 놈은 눈치가 빨랐다.

기고만장하다가도 물러나는 데 주저하지 않았다.

그럼, 이건 어떠냐?

"가라! 레드 홀!"

꾸어어어엉!

다시 펫 볼을 터뜨리자 레드 홀이 등장했다.

충성도 12에 레벨 88인 블러디 베어.

놈을 향해 거체를 벌떡 세우고는 앞발을 사납게 휘둘렀다.

해머질보다 강력한 데미지를 뿜어냈다.

멧돼지에 곰까지 등장하자 공개창이 다시 뜨거워졌다.

왕서방, 열 받았네요. 붉은 곰을 등장시켰습니다.

레드 홀, 파이팅!!

우앙~ 붉은 곰 귀여운데… 죽으면 안 돼!

레드 홀의 인기가 대단함을 인정해야 했다.

레드 홀을 앞장세우고 매서커 지오는 멀쩡한 해머 부위를 타격 부위로 잡고 놈에게 휘둘렀다.

파곽—!

스치듯이 놈의 무릎을 치고 지나가니 놈의 움직임을 잠시 정도 늦추는 시간을 벌었다. 놈의 칼질이 레드 홀과 매서커 지오에게 집중적으로 쏟아졌다.

얼마 못 가 레드 홀의 피통이 반은 줄어들며 고통에 겨운 괴성을 토해냈다. 미안하다, 레드 홀.

드디어 준비가 끝이 났다.

본 크러셔에 엄청난 파워가 스며드는 게 느껴졌다.

그리고 매서커 지오의 몸에도 쉴드가 얇게 입혀졌다.

사정거리까지 간신히 접근했다.

레드 홀은 빈사 상태. 파고드는데 놈의 눈이 번뜩였다.

쓰칵—!

놈의 칼질에 쉴드가 깨어졌다. 쉴드 덕에 데미지도 없고 충격 상태에도 들지 않았다. 스킬을 걸어 정신체가 스며든 해머를 휘둘렀다.

먹혀야 돼!!

이 본 크러셔엔 '정령의 분노의 숨결'이 담겨 있다.

놈은 이걸 맞으면 재미없을 것임을 직감했는지 심판의 검을 휘둘렀다. 역시 눈치 빠른 놈.

무기와 무기가 격돌했다.

쓰팟—!!

파쓰, 버번—쩍!

해머의 머리 부위가 썩뚝 잘려 나갔다. 매서커 지오는 튕겨져 밀렸다.

"이런!"

해머에 담긴 정령체가 고통에 겨운 괴성을 지르며 대기 중으로 흩어졌다.

끼에에에엑—!!

귀가 찢어질 듯한 처절한 비명이 귀를 후벼 팠다.

허탈.

등 뒤로 엘레멘탈 지오가 무릎을 꿇고 주저앉았다.

정령체가 두 동강 나며 정령체와 맺었던 계약도 파기되어 충격 상태에 든 것이다. 파티 내 최대 피해자가 발생했다.

어떻게 맺은 정령 계약인데…….

모든 마나를 분노의 숨결에 담느라 이 한 번의 공격에 모든 공을 걸었는데… 심판의 검이 발하는 위력은 상상을 불허했다.

스킬도, 정령의 가호도 모두 베고 해머를 가르다니, 이런 사기 아이템이 어디 있단 말이냐—!

비장의 수가 허탈하게 끝을 맺는 순간, 불현듯 한 가지 아이디어가 스치고 지나갔다.

스킬이 안 먹혀? 아, 그게 있었지.

하나의 수가 막히면서 하나의 수가 떠올랐다.

"이번에야말로!"

놈이 해머를 부숐기에 매서커 지오가 꺼낼 수 있는 무기는 강도단에게서 얻은 나이프뿐이었다.

매서커 지오에게 마비독을 주입했던 바로 그 나이프.

무기를 준비하는 사이 놈은 내 캐릭들을 마구 헤집으며 빈사 상태 직전까지 몰아붙였다.

레드 홀은 이미 가쁜 숨을 몰아쉬며 점점이 피를 흘리고 누워 있다. 매서커 지오만이 레드 홀의 품속에 들어가 준비를 할 수 있었다. 놈에게 낌새를 들키면 안 된다.

준비를 마치는 동안 여섯 캐릭이 전부 '데드' 당했다.

이번 한 달 생존 보너스는 물 건너간 셈이다.

"유후~ 간만에 땀 좀 흘렸네. 크크, 블러디 베어 속에 숨는다고 숨은 게 아니지. 자, 그럼 곰부터 처리하고……."

놈도 지금 이 상황이 중계되고 있는 것을 아는지 쇼맨쉽을 발휘하며 악당다운 대사를 흘렸다.

공개창에 놈에 대한 찬사와 야유가 판을 쳤다.

누가 이따위 장면을 중개를 해가지고.

스스슷, 하며 놈이 레드 홀의 숨통을 끝내는 게 등을 통해 전해졌다.

"하압!"

뛰쳐나갔다.

놈은 그럴 줄 알았다면서 가뿐하게 칼질을 했다. 크리티컬이 터지며 움직임이 무뎌졌다.

그저 관성으로 놈의 몸에 부딪치며 강도단의 나이프를 놈의 배에 쑤셔 박았다.

푸슉—

데미지 30.

한심한 데미지.

놈이 가늘게 휘파람을 불며 살짝 기댄 나를 떼어냈다.

힘없이 밀려 나가는 그 순간 컨트롤이 약간 살아났고, 나이프 손잡이의 장치를 작동시켰다.

쭈욱— 하며 나이프 손잡이 속에 담긴 액체가 나이프를 통해 놈의 몸에 주입되었다.

"어?!"

떨어져 나가며 나이프 끝에서 검은 타르질의 액체가 주르륵 흘러내렸다.

뚝뚝뚝.

"독인가요? 나 같은 암살 직업한테?"

놈은 해독 포션을 털어 넣으며 이 정도 독쯤이야 하며 연신 싱글벙글이었다.

여전히 내가 주입한 액체가 '데들리 포이즌' 정도로 생각하는가 보지.

하나 연신 포션을 들이켜며 웃는 얼굴이 점점 딱딱하게 굳어져 갔다. '왜 피가 안 닳지?'라는 의구심이 가득한 얼굴로 나를 바라보았다.

길게 웃어주었다. 그처럼 재수없게.

내가 주입한 것은 독이 아니다. 칼도 독이 발린 게 아니다.

내가 놈에게 박은 것은⋯ 나이프를 위장한 포션 주입기.

효과는 이제야 나타나기 시작했다.

놈의 눈이 뒤집어지며 입에선 허연 거품을 물었다.

"으헛!"

그리고 등이 활처럼 '우두득' 휘어지며 얼굴을 하늘로 향하 더니 미친놈처럼 괴성을 질러댔다.

"쿠와아아아아아악—!"

"목소리 좋네……."

놈의 몸이 그 자세 그대로 굳었다. 놈의 손을 바이오 글러브가 조개처럼 물고 있을 테지.

그런데 정지한 채 부들부들 떠는 놈을 향해 멀찌기 떨어져 있던 유저들이 군침을 흘리며 다가들어 왔다.

놈의 변화에 놈을 죽일 수 있는 기회라고 부추기는 댓글이 공개창을 도배하다 싶이 주르륵 올라오고 있었다.

어? 이봐요들, 그거 아니거든?

다금발이 척살조 출격! 님들, 그들이 오기 전에 다금발이 처치하고 아이템 챙기삼.

누구 위치 좀 가르쳐 줘요. 거기 어디쯤 되죠?

난리도 아니다.

그러는 사이 휘어졌던 다금발이의 등이 천천히 제자리를 찾아 돌아왔다.

이제 때는 늦었다.

다금발이는 눈앞의 나부터 심판의 검으로 그었다.

츄악—!

"크흑……."

아임 데드.

유령의 몸이 되었다. 내 몸에서 떨어진 아이템이 주변에 널렸다.

젠장, 그래도 난 별거 없다. 원래 누더기 입은 거지였고 유일한 고급 아이템인 본 크러셔도 뽀작 났으니까. 다른 지오들도 대동소이하니…….

일단 마을에서 부활하지 않고 이후에 벌어지는 그림을 그 자리에서 그대로 감상하기로 했다.

다급발이는 필드를 피로 물들였다.

예전엔 야비하게 도망갔다 돌아왔다를 반복하며 유저들의 진을 뺐다면 지금은 마음 놓고 유저들을 갈가리 유린했다.

놈의 광란은 아이템이 주는 자신감 때문이 아니다.

전보다 두 배는 더 빨라졌고, 전보다 힘도 두 배는 강한 상태일 테니 지금 놈의 능력은 지존 캐릭과 견주어도 절대 밀리지 않을 것이다.

버—서—커—!

버서커 다급발이 출현!!

그렇게 그는 유저들에게 공포의 존재가 되어 필드를 쓸었다.

나는 10분을 기다릴 것이다. 그리고 포션의 기운이 다한 뒤 어떻게 놈의 얼굴이 변할지 지켜볼 것이다.

공개창에 불이 붙었다.

헐, 다금발이 짱 세요! 능력을 감추었네요.
오, 이런… 블루 문 길드, 척살조 전멸! 상대가 안 되네요.
심판의 검의 숨은 능력이 각성한 건가요? 설정 좋은데요?
상대가 안 되네요. 다금발이가 함정을 팠어요. 오지 마삼.

필드가 침묵에 들었다.
다금발이가 거대 길드의 척살조까지 물 먹였다.
쓰악—
크헉!
칼질 한 번, 검격 한 번에 아이템이 부서지고 유저들은 죽어나갔다. 마법체나 정령체는 모두 비켜갔다.
또 하나의 척살조가 침묵했다.
놀라지 마라, 그가 현재 사살한 고렙의 수는 무려 38명에 달했다.
멀리 다가오는 척살조를 보고 다금발이가 먼저 움직였다.
화려한 섬광이 번쩍번쩍, 빛의 군무는 잠시 후 잠잠해졌다.
고렙 상태에서 지존 아이템이 받쳐 주는 데다 해킹툴로 만든 버서커 포션의 힘을 받으니 괴물이 따로 없었다.
다금발이는 천천히 상체를 숙여 여유롭게 아이템을 수거

하며 돌아왔다.

놈의 검은 망토가 붉은 피로 찐득하게 착색되어 있었다.

"크하하하하—!"

놈은 자신이 다음날 어떤 페널티를 받게 될 줄도 모르고 기고만장하게 웃어제꼈다. 거만하게 천천히 느릿하게 유세를 하듯이 움직이며 유저들의 아이템들을 들어 올리고 흔들었다.

자신의 모습이 중개되는 것을 즐기는 것이리라.

"얌마, 내가 더 웃고 싶어."

너, 내일 접속되나 봐라.

훗, 94레벨? 91레벨이다.

필드에서 사냥도 못 할 텐데 어떻게 만회할래?

이 게임 지존은 다금발이네여. 세 개의 척살조를 6분 안에 아작을 냈어요.

헐, 그렇네요. 절대동감입니다. 다금발이 슈퍼 캡.짱.

다금발이 팬까페 결성합니다. 지존 캐릭 재수없어, 다금발이 킹.왕.짱.

타격조, 철수합니다. 지존 캐릭도 발라 버릴 기세입니다.

실황 중계도 여기서 마칩니다. 부활해서 아이템이나 찾아야지요.

넵, 수고하셨어요.

"어?"

젠장. 이게 아닌데… 왜 놈이 영웅 대접을 받는 거야!

실시간 중계자도 마을에서 캐릭을 부활시켰나 보다. 중계는 끝이 났다. 다른 사람들도 모두 마을 부활을 행했다.

그렇게 맥이 풀리는데, 다급발이는 이제야 이상한 점을 발견했는지 내가 너부러진 장소로 왔다. 여전히 핑핑 움직였다.

골똘히 고민하는 얼굴이다.

얌마, 절망까지는 1분밖에 안 남았어.

놈은 매서커 지오의 사체를 지그시 내려다보았다.

그리고 자신의 손을 들여다보았다.

어째서 능력을 급상승시키는 포션을 주입했지? 저 칼 속에 들어 있던 액체는 뭐지? 궁금해 죽겠다는 표정.

스킬은 발동되지 않고, 포션까지 먹히지 않는데 모든 능력치는 더블이 되어 무적의 캐릭 상태를 경험했으니 왜 아니 그럴까.

놈은 7인의 지오 캐릭들 속으로 들어왔다.

포션을 주입한 칼을 찾으려는지 뒤적거렸다.

놈이 떨어진 칼을 주우려고 뒤적이는 순간, 기회가 보였다. 혹시나 하고 기다린 보람이!

그러나 난 쉽게 결심을 굳힐 수 없었다. 젠장, 가슴이 뛴다.

두근두근.

할까, 말까? 놈의 상태가 예상에서 벗어난다면… 한 번 더 죽기밖에 더 하겠어?

"에라, 모르겠다."

등을 보이면서까지 획득한 한 달 생존 보너스인 '즉시 부활'을 실시했다.

> 매서커 지오님이 현 상태에서 부활을 선택했습니다.

> 네크로 지오님이…….

일곱 캐릭들이 동시에 부활하면서 백색 빛이 눈부시게 일시에 터져 나갔다.

화라랏—

"헛!!"

다급발이가 눈을 가리고 물러나려 했지만 일곱 캐릭들에게 이미 갇혀 버렸다. 순간적으로 놈의 상태를 살폈다.

놈의 피통은 고작 10퍼센트 정도 남아 있었다.

버서커 포션을 복용해 본 내가 놈의 상태를 더 잘 안다. 포션도, 스킬도 전혀 안 통하는 상태임을.

그 상태에서 거대 길드의 척살조 수개를 아작 냈으니 놈의 피통도 바닥을 드러낸 것은 당연하다.

캐릭 전원이 놈의 팔과 다리를 붙들고 늘어졌다. 놈이 검을 휘두를 수 없게 한 치의 공간도 용납치 않았다.

싸움은 거리, 버서커를 상대론 개싸움이 제격.

저열한 몸싸움이 벌어졌다.

떨어지면 죽는다. 놓쳐도 죽는다!

악귀처럼 엉겨 붙었다. 떼어내면 다른 캐릭이, 또 떼어내면 떨어졌던 캐릭이 다시 엉겼다.

투닥투닥.

"이, 이거 놔!"

미쳤냐?

무기, 무기가 필요했다. 저, 저것!

매서커 지오의 손에 죽은 유저가 흘린 장식성 강한 철제 투구가 쥐어졌다.

퍼억—!

클린 히트!!

투구를 휘둘렀는데 둔기 스킬이 먹힌 것 같은 효과가 있었다.

이는 그의 동화율이 현실과 완전히 일치된 상태였기 때문이다.

"아프지? 이 쉐리야!"

놈이 휘청하는 사이 테이머 지오가 물러나 레드 홀을 부활시켰다.

푸왓—

쿠워어어어엉—!

레드 홀의 충성도가 12에서 6으로 반 토막이 난 상태지만 자신을 죽인 적이 누군인지 금세 알아챘다.

적 앞에서 동료와 투닥거릴 수는 없다. 결산은 얘를 보낸 다음에 하자고! 암, 그게 우리의 근성이지.

레드 홀이 앞발을 가차없이 뿌렸다. 양손이 붙들린 다금발이의 눈에 다급함이 스쳐 지나갔다.

부아아앙, 퍼억!

놈은 이 상태에서도 레드 홀의 공격을 간발의 차이로 피했다.

"아냐, 아냐, 레드 홀!"

지금 필요한 것은 네 완력이 아니라 체중이야, 체중!

"깔아!!"

레드 홀을 가까스로 진정시키자마자 몸체를 날리도록 지시했다.

구우우웅— 쿠궁—!

"욱—!!"

레드 홀이 크긴 크다. 다금발이를 포함해 그와 엉긴 모두를 함께 몸 전체로 덮었다. 레드 홀 담요(?)에서 벗어나 있는 캐릭은 매서커 지오와 테이머 지오뿐이었다.

곧이어 레드 홀의 등이 강도 8의 강진을 만난 것처럼 들썩들썩댔다.

테이머 지오가 고통에 겨워하는 레드 홀을 달래느라 정신이 없었다.

버텨, 버텨, 조금만!

꾸어어어엉―!

레드 홀이 고통스럽게 울부짖었다.

크흐흐흐흥―

레드 홀의 눈에서 피눈물이 흐르는 것 같았다.

참아, 조금만 참아, 곧 끝나…….

이 고비만 넘기면 드래곤 고기라도 먹여줄게.

그때, 레드 홀이 크게 들썩이며 다금발이의 머리가 옆구리 사이로 삐져나왔다. 눈빛에서 새파란 광기가 뿜어져 나왔다.

"뭐, 뭐, 이런… 허헉."

원망, 증오, 격멸이 한눈 가득이다.

레벨 차가 17이다. 허탈할 터이다.

빌어먹을 리얼리티 같으니, 집어치우라고!!

드러난 놈의 머리를 가차없이 걷어찼다.

퍽퍽퍽!

"크윽!"

결국 다금발이가 데드 상태에 들었다.

주위가 순간 조용해졌다. 순간,

짜잔―!!

복수하다.

매서커답게 복수를 완수했습니다.

이때까지 부여된 페널티가 모두 환원됩니다.

매서커 지오님이 킬 포인트 1을 획득해 총 114포인트입니다.

보너스 스텟 포인트 1이 주어졌습니다.

죽은 유저의 최대 경험치 2퍼센트를 갈취해 당신의 경험치로 전환합니다. 1레벨 87퍼센트의 경험치를 획득하였습니다.

레벨업을 하였습니다.

94렙의 2퍼센트가 77레벨에겐 이렇게 피와 살이 되네.

이게 끝이 아니었다.

놀라움은 더 이어졌다.

꽈광!

쇳덩이와 쇳덩이가 충동하는 효과음이 나더니.

골렘 오너!!

매서커 지오, 동료의 희생을 발판으로 일어서다.

17레벨 차를 극복한 전사 중의 전사, E&T가 원하는 전사상입니다. 불굴의 정신을 다시 한 번 더 보여주십시오.

이에 골렘 오너로서의 자격을 부여합니다. 강철거인 '나이트 골렘' 탑승 자격이 주어졌습니다.

당신은 E&T의 1,ㅁㅁ8번째 골렘 오너가 되셨습니다.

"아!"

내가 골렘 오너…….

Act 06
믿음의 가격

機甲戰記
Massacre
기갑전기 매서커

"하하하!"

웃자, 웃어.

절로 웃음이 나왔다.

놈이 얼마나 깔린 상태에서 난장을 벌렸는지 레드 홀의 상체엔 밭고랑 같은 생채기로 그득했다.

테이머 지오가 트롤 연고를 두 손 가득 들어내 끄억끄억 하는 레드 홀의 가슴부터 발라 나갔다. 간신이 충성도가 6에서 8로 올랐다.

"또 얼마나 먹여야 될지……."

그러나 레드 홀의 필살기를 생각한다면 고이고이 길러야

지. 그 스킬을 무어라 명령할까?

산사태? 이불 깔기?

매서커 지오의 스킬명은 대충 정했지만 레드 홀은 다르다. 지금은 안 급하니까.

"음, 결정했다. '레드 카펫'이다."

레드 홀의 필살기 '레드 카펫'! 멋지잖아!

깔리는 순간, 너는 카펫 아래 유령!

근데 그 카펫 아래엔 다금발이 외에도 두 명의 지오가 죽어 있었다. 마지막까지 팔을 붙들었던 캐릭들이다. 하지만 한 번 죽으나 두 번 죽으나 이번 달의 세미 하드코어 모드는 전부 물 건너간 셈이니.

근데 다금발이가 죽은 자리엔 인벤토리 가방이 수북이 쌓여 있었다.

"뭐야? 이사 가던 중이었어?"

우—와, 진짜 부자잖아!

다금발이는 가지고 있는 것을 전부 다 토해내고 죽었다.

"이, 인벤토리 가방만 12개!"

느낌이 꽉 차 있었다! 얼마나 유저들을 상대로 사략질을 하고 다녔으면 이렇게나 가질 수 있는지 경외감이 절로 들었다.

갸웃, 범죄자라 창고 이용이 정지당해서 그런가?

맞으면서도 아니다.

"아하, 리얼 하드코어 모드!"

그렇다.

그 유명한 '리얼 하드코어 모드' 유저였다. 어쩐지 겁나게 세더라.

리얼 하드코어 모드로 플레이하다 죽으면 그 옆에 있던 몬스터가 주워 먹거나 동료 유저가 횡재하는 게 다반사다.

다금발이는 이제 영원히 죽은 것이다.

이거다, 바로 이게 인생이다.

"주는데 다 챙겨야지, 내 피값은 비싸거든."

캐릭들이 다금발이가 토해놓은 아이템을 재빨리 수거했다. 이리 들고 저리 들고 품평회를 할 여유 따위는 없다.

놈이 가진 아이템을 노리고 유저들이 돌변했듯이 이번에는 나를 노릴 것이다.

"끙, 뭐가 들었는지 무겁기도 억세게 무겁네."

힘들어도 이 무게가 다 행복으로 바뀌겠지.

응, 혹시 유령 상태로 이 싸움을 지켜본 유저는 없나? 봤으면 이제부터는 정말 내가 조심해야 한다.

휘잉—

"없나 보네."

공개창에 다금발이가 어떻게 죽었는지를 알리는 중계 정보가 올라오지 않고 있었다. 한 명이라도 봤다면 공개 채팅에 떴겠지?

모두 철수했단 말.

그러면 지금 마을에서 모두 뛰어오고 있다는 이야기다. 빨리 이 자리를 빠져나가야 한다!

유저들과 맞닥뜨리지 않게 빙 둘러 멀리 떨어진 마을에 가서 개인 창고에 수거한 아이템을 맡겼다.

그때까지 얼마나 두근두근했는지는 두말할 나위 없다. 왜 그런 거 있잖은가, 길가에 노는 강아지를 주워서 숨겨오는 느낌 말이다.

사실은 나, 어릴 때 강아지 도둑질해 보았다. 저녁나절 위치 추적 장치로 강아지 주인 되는 누나가 찾아왔을 때는 민망해 죽는 줄 알았다. 죽도록 부모님에게 혼난 건 두말할 나위 없다.

그때의 강아지나 이쁜 누나는 생각나지 않지만 강아지를 점퍼 안에 넣고 집에 올 때의 기분은 아직도 생생하다.

엄연히 내가 정당히 획득한 아이템이지만 그렇게 생각 안 하는 유저들이 더 많기에 긴장될 수밖에.

내가 얼마나 만만하게 보이는 캐릭인지 잘 안다.

"왕서방이 뭐야, 왕서방이……."

아무튼 이제 두 형제들과의 상담을 할 차례다.

음, 부서진 해머를 어떻게 이야기하나.

팔렸다면 골치 아픈데…….

*　　　*　　　*

유저가 올린 동영상이 돌아가고 있다.

두 형제는 심판의 검이 등장하자 '억—!' 하더니 내가 무식하게 돌진해 어이없게도 해머를 부숴 버리자 '꺼억—!' 하며 벌어진 입을 다물 줄 몰라 했다.

"…담배."

"조금 기다려 봐요. 끝까지 보고……."

음, 해머가… 팔렸구나.

저들의 음색에서 내가 난감한 상태에 놓였음을 직감했다.

그리고 다금발이가 폭주하며 토벌조를 쓸어버리는 것을 보고는 두 눈이 휘둥그레져선 나를 이상한 눈으로 보았다.

"너, 은근히 사악하다."

"그냥 당할 순 없잖아요."

"허, 어쨌든 저런 방법도 있구나. PK 중에 일어난 일에 당한 캐릭도 손해 본 게 없는 거나 마찬가지니. 기가 막혀 말이 안 나온다."

잘만 말하면서, 나를 향한 원망이 어감에 느껴지거든요.

여하튼 유저가 올린 영상은 다금발이가 검은 망토에서 피를 사납게 털어버려 화면을 붉게 물들이는 것으로 끝이 났다.

이후 다금발이는 '전설'이 되어 있었다.

전설, 레전드!

동영상을 보고 난 뒤의 감상 댓글이 이만 개를 넘어섰다.

다금발이가 실질적으로 이 게임 지존이라는 평이 대부분이었다. 나까지 놈의 난동에 죽은 유저가 66명이라고 누가 친절하게 집계도 해놓았다.

'분위기로 보아 다금발이의 죽음이 전혀 알려지지 않은 거군.'

아무도 안 봤다. 조금은 더 안심이 되었다.

"지오야, 저런 놈 만나면 엉기지 말고 도망쳐라. 네가 아이템 부숴 버린 것은… 천천히 갚으면 되고. 상대가 상대이니… 이해한다."

작은곰이가 쓰린 가슴을 다스리고 하는 말이다.

"형, 문제는 그게 아니고 이걸 보라고."

"응?"

PC 모드 상태로 개인 창고를 열었다.

"으응!"

내 개인 창고에 꽉 들어찬 아이템은 눈에 들어오지 않는다.

문제는 타르타로스 심판의 검이 떡하니 있다는 것.

큰곰이가 사진인지 진짜인지 알아보려고 검을 집었다.

검이 들렸다 놓아지며 귓가로 노곤하면서 음울한 음률이 흘러나왔다.

나를 타르타로스로~

Item

무기명:타르타로스 심판의 검.

권위의 상징으로, 무기가 아님. 레벨, 스텟 제한 없음.

공격력:동화율에 따른다.　　　내구도:무한.

몸에 착용 시:

　　　허리에 감기는 허리띠 상태로 착용된다.

　　　캐릭에게 보너스 스텟 포인트 77, 스킬 포인트 20 부여.

　　　ᄃEN 포인트 38 증가. 스텟 증가분은 미리 설정할 것.

　　　30퍼센트의 방어력 증가와 30퍼센트의 공격력 증가를

　　　가져다준다.

　　　파티 참여 시 전체 파티원에게 보너스 스텟 포인트 10,

　　　스킬 포인트 2 부여. ᄃEN 포인트 3 증가.

　　　10퍼센트의 방어력 증가와 10퍼센트의 공격력 증가를 가

　　　져다준다.

　　　효력이 미치는 파티 인원수엔 제한 없지만 반경 1000미터

　　　안까지 영향력이 미친다.

　　　제련된 아이템의 소켓을 초기화시킬 수 있다.

무기로 사용 시:

　　　크리티컬 확률 30퍼센트 증가.

　　　스킬 효과 지속 시간 30퍼센트 증가.

스킬 딜 타임이 5ㅁ퍼센트 빨라진다.

포션 딜 타임이 3ㅁ퍼센트 빨라진다.

상대방이 걸어오는 물리적 스킬을 3회 연속 무력화시킨다.

마법과 정령체의 공격을 각 1회 상대에게 돌려보낸다.

단, 무기로써 기능은 하루에 단 한 번 사용 가능하다.

상대방의 아이템을 무자비하게 파괴시킨다.

손잡이에 박힌 '타르타로스의 파편' 속엔 거대한 무언가 봉인되어 있다. 봉인을 푸는 방법은 파편들이 모여야 밝혀진다.

이 봉인을 푸는 것은 소유한 자의 숙명이자 사명!

파편의 무구는 같은 파편의 무구를 끌어당기는 마력이 있습니다.

타르타로스 계열 던전 입장 시 5ㅁ퍼센트 할인받을 수 있다.

단, 소유 캐릭이 죽을 시 제일 먼저 떨어진다.

파편의 무구를 모아라!

밝혀지지 않은 효과가 당신을 기다리고 있다.

이는 불행일 수도, 축복일 수도…….

검을 빼 들 일이 생긴다면… 신중하라!

큰곰이와 작은곰이의 손이 부들부들 떨었다.

"이게 어떻게……?"

"당연히 제가 죽이고 뺏은 거죠, 이런 걸 저 자식이 그냥 줄 리 없죠."

"죽였다고? 그게 말이 돼?"

"이야기하면 길고, 여하튼 놈은 리얼 하드코어 유저라 아이템이란 아이템은 다 뱉어냈다는 게 중요하죠."

'다 떨궜다' 란 말에 두 곰이 동시에 흥분을 가라앉혔다.

"허, 그럼 이것을……."

"형들이 좀 팔아주세요. 내가 가지고 다녀봤자 사냥터에 꺼내놓을 수도 없는 물건이잖우. 저 자신이 사냥감이 되고 싶지는 않네요."

"얀마, 이거 가격이 없는 물건이야."

"그러니까 형들이 가격을 만들어보세요. 그냥 상점에 걸어놓기만 해도 손님 좀 끌겠네."

뜨악한 눈으로 나를 쳐다보는 두 형제.

"너란 놈은… 우, 우리가 가지고 달아나면? 뭘 믿고?"

"형들은 그럼 뭘 믿고 당장 팔 물건을 제게 맡겼습니까?"

"그거하고 차원이 다른 문제야. 가격이 달라도 너무 달라. 살인두 날 만한 물건이라고, 백만분지 일 아이템이야!! 다금 발이는 지금 미쳤을걸?"

"음……."

이게 그렇게 비싼 건가? 나야 뭐, 백만분지 일 아이템은 만져 보는 상상도 못해봤다. 꿈이 없는 현실적인 성격이거든.

두 곰이는 내 표정을 보고 더 답답해진 듯했다.

"확인했잖아, 유저들이 눈 뒤집혀 다금발이에게 달려드는 거."

"저에게는 다 똑같네요. 믿음에 가격이 어디 있어요?"

"너······."

눈과 눈이 교차하며 침묵이 길어졌다.

"음, 너, 사람 좀 겪었구나."

"글쎄요, 그 믿음 덕에 목숨은 건졌으니, 믿음은 계속 가져갈렵니다."

"······."

믿음엔 가격이 없다.

그렇지 않나?

*　　　*　　　*

"자, 여기 심판의 검이 있습니다! 심판의 검입니다, 심판의 검!"

"구경하세요, 형제 상점에 '심판의 검' 입점이요—!"

두 형제가 심판의 검을 매대 중앙에 거창하게 전시하고는 지나가는 유저들을 향해 외쳤다.

반응은 시큰 둥, 아니면 무시. 아무도 관심을 보이지 않았다.

당연하지. 누가 믿겠냐?

짝퉁을 전문적으로 파는 가판에서 수천만 원짜리 명품을 걸어놓고 팔겠다고 외치는 꼴.

건너편 길드 소유 상점에서 노골적으로 중지를 치켜세우며 웃기는 짓 그만 하라는 야유를 보냈다.

"우— 저 형제들이 장사가 안 되니까 별 수작을 다 부리는군."

"이보슈, 당신네 상점에 심판의 검이 있으면 우리 상점엔 타르타로스 파편 무구 풀 세트가 있다오!"

"와하하하—!"

"저자들이 드러내 놓고 야유를 퍼붓네."

상가를 야금야금 잠식해 개인 유저 소유 상점을 밀어내고 자리를 틀더니 이제는 건너편 형제 상점도 노리고 저가 공세를 펼치고 있다.

유저들의 외면과 경쟁 상점의 무시에도 두 형제는 자신들에게 '심판의 검'이 있다고 고래고래 목청을 돋웠다.

"심판의 검입니다! 심판의 검… 헥헥!"

얼마나 답답했으면 리얼 모드로 외치고 있었다. 괜히 짠했다.

"에혀, 그만들 해요."

구경하는 내가 목이 다 아렸다.

그때,

"풋―"

눈이 뎅글한 여성 유저가 한심하다는 표정으로 가판 앞에 서서 웃었다. 한데 보조개가 한쪽만 들어가는 게 가상의 얼굴 치곤 매력 덩어리.

가슴 빠방, 가냘픈 허리 선에서 이어지는 긴 다리와 가는 종아리… 늘씬한 전형적인 '로그' 차림의 여성 유저다.

별 아이템 없이도 기승전결이 완벽한 몸매.

찍어 보니 87 고렙인데, 착용한 아이템들은… 후질구질.

헛, 조심! 두 곰이가 위험하다!

"이보세요, 오빠들. 이땐 재현품을 판다고 해야죵~ 그렇게 진짜를 파는 것처럼 외쳐서야 누가 관심을 가지겠어용~"

"흐……."

이, 이런! 방관하던 자세를 풀었다.

두 형제는 여성 유저에게는 살살 녹는 얼음이다.

지금도 그렇다. 입이 헤~ 벌어져 주먹이 들어가도 다물지 않을 그림.

이 두 형제의 가판은 섹스 어필 여성 유저들이 보기엔 한탕하기 좋은, 주인 없는 생선 가게로 보일지 모른다.

이때에는 매력적인 여성에게 양껏 휘둘린 경험이 있는 내가 나서는 게… 웅? 못 들은 걸로 해줘.

"냥냥님, 초면에 실례하겠습니다. 상점의 가드인 지오입니다."

"가드용? 그러신데용? 그리고 제 이름은 '미요미요'랍니다."

"예, 그러니까 냥냥님. 이미테이션이 아니랍니다."

"헤헷, 이 오빠들, 세트로 웃기셩."

"흠, 정히 의심이 나시면 소켓을 비워 버리고 싶은 아이템을 가지고 실험해 보시지 않겠습니까?"

"…에!"

"제련을 성공시켜 놓고 보석을 잘못 박는 경우가 허다하잖습니까, 아니면 더 좋은 보석을 박고 싶은데 이미 보석이 박혀 있는 경우라든지. 냥냥님도 그런 아이템이 있으실 텐데요?"

"흐응."

이 여성 유저는 얄궂은 비음으로 대답하며 자세를 배배 틀었다. 나를 보는 얼굴이 은근히 분홍빛으로 변했다. 암, 이 몸이 반할 만한 '가오'는 되지. 하나 나는 할 말만 냉정하게 했다.

미요미요의 눈빛 속에 '요것 봐라?'라는 속내가 숨겨져 있는 게 느껴졌다. 동화율이 높은 유저를 만나면 이게 편하다.

속내가 보.인.다.

사이버 섹스 모드가 일반화된 지금 여성 유저들이 게임을 유리하게 끌고 나갈 수 있는 건 당연하다.

여성 유저를 비하할 생각은 없다. 그러나 그런 유저가 있는 것은 사실이다. 어느 게임이든 여성 유저의 벌이가 남성 평균의 1.3배에 달한다는 통계가 그냥 나온 게 아니다.

그 이유를 너는 안다.

"좋아요, 이게 정말 심판의 검이라면… 어디 보자, 이 크로스보우에 박힌 보석을 떼어주세요."

"음, 소켓이 몇 개입니까?"

"6개염—"

"여섯 소켓이면 12골드입니다."

"고, 공짜로 해주는 게 아닌가요?"

"이렇게 많은 유저들이 보고 계신데 냥냥님만 실험이라고 공짜로 해주면 가게 문을 닫아야 됩니다."

"히잉— 쪼잔해."

뒷말이 '남자가…….' 라는 단어가 붙을 게 뻔하기에 중간에 잘랐다.

"12골드!"

"……."

미요미요의 눈이 사납게 치켜 올라갔다.

화내니까 더 이쁘군… 난 화내는 여자한텐 약한데.

가상의 미인, 아무 의미 없다!

여하튼 의상 빨, 교태 빨, 말 빨이 다 통하지 않는 상대임이 충분히 전해졌을 터이다.

"만약 거짓말이면 어떻게 할 거죠? 게다가 아이템이 망가지면?"

"당연히 저희가 보상해 드립니다. 비슷한 아이템 거래가의 다섯 배로 보상해 드리겠습니다."

"흐응~ 자신감이 철철 넘치시는데… 아무리 보아도 이 검은 모조품인뎅. 난 '트레져 헌터'라고요. 고대 아이템 감정에 특화되어 있는 클래스라고요."

"아항, 던전 도굴꾼."

"트레져 헌터!!"

"좋습니다. 문화재 발굴인, 미요님."

"홍―!"

"보아하니… 12골드조차 없으시군요. 그럼 그냥 가세요. 다른 유저 분을 모시고 '심판의 검'임을 증명해 보이겠습니다."

"에?"

"덕분에 상점 앞에 많은 유저들이 모이셨군요."

그랬다.

미요미요의 돌발적인 뒤태로 인해 많은 남성 유저들이 꼬여들었다. 죄다 남성 유저들로, 앙큼을 떠니 엉큼한 것들이 절로 꼬인 것.

"씨잉, 12골드 여기 있어요. 어떻게 하면 되죠?"

"아이템을 심판의 검의 자루 끝 '흑색 돌'에 가져다 대십시오. 잠시만요, 그대로 붙이시고요. 3, 2, 1! 소켓 분리!!"

차차차차랑— 카캉—캉!

어떤 마법, 정령, 스킬도 발동되지 않는 도시 안 상업 지구다.

그곳에서 뿌연 흑색 섬광이 터졌다.

몽환적인 효과를 이를 두고 하는 말일 것이다.

> 심판의 검이 정령 퇴치 크로스 보우 +9에서 소켓 분리에 성공했습니다.

투투둑, 하며 크로스 보우 손잡이에 박혔던 6개의 보석이 땅에 우수수 떨어졌다. 보석까지 손상없이 분리되었다.

아무 생각 없이 오가는 모든 이들이 이 광경을 지켜보았다.

"소켓이 초기화되다니, 와아!"

"진짜다!!"

"심판의 검이 맞잖아."

탄성이 함성같이 울려 퍼졌다.

멍하니 검자루를 잡아보려는 미요미요를 망토로 장막을 치며 막아섰다. 구경하는 것도 안 되지. 카카카!

"냥냥님, 거기까지입니다. 첫 시연이라 그 가격에 모신 겁니다. 제련된 상태는 그대로죠?"

"아—!"

미요미요는 크로스 보우를 멍하니 바라보며 움직일 줄 몰랐다.

"자, 다른 손님 안 계십니까? 심판의 검이 제련 아이템에서 보석을 분리시켜 드립니다. 5개 분리 시 10골드, 6개 분리 시 12골드, 7개 분리 시 20골드에 모십니다."

"오오옷!"

"저요, 저요. 내가 일착이요."

"잠시만, 창고에 다녀올 동안 순번을 잡아주시오."

상점 앞은 말 그대로 난장으로 변했다.

얼른 다른 캐릭들을 등장시켜 주변에 순번표를 돌렸다.

순번표? 네크로 지오가 모아놓은 철갑 거북 등껍질에 숫자를 써서 돌린 것으로, 순번표는 곧 바닥이 났다.

한 사람씩 상점 안으로 입장시켜서는 제련된 아이템에서 소켓에 박힌 보석을 분리해 냈다.

어떤 유저는 기분이 좋은지 분리된 보석을 바닥에 버려두고 나가기도.

"요즘, 빈 소켓째로 팔아야 제값을 쳐줘요. 덕분에 제 아이템이 다시 살아났어요."

그 유저가 좋아한 만했다.

+9까지 제련해 소켓이 무려 일곱이나 되는 초레어 아이템인데, 소켓이 비어 있으면 그 값을 족히 세 배는 더 받을 수 있다.

즉, 그는 방금 30골드를 써서 수백 골드를 번 것과 마찬가지라는 말씀.

웅성웅성.

건너편 거대 길드 소유 상점의 점원들의 얼굴이 볼만했다.

입이 쩌억 벌어져 가지고선 다물 줄을 몰라 했다.

두 형제는 그들에게 보란 듯이 중지를 세우고 다음 손님을 안내해 들어갔다.

상점 앞은 거북이 등껍질을 든 유저들의 줄이 길게 늘어섰다.

다 좋았는데 문제는 섹스 어필 여성 유저.

"이봐요? 냥님. 그만 볼일 보러 가시죠?"

"냥냥이면 끝까지 냥냥해야죠? 왜 냥님이 된 거예요?"

"그럼 냥냥님, 그만 가보시죠."

"히힝, 가드 오빠, 나 여기에 취직 자리 좀 알아봐 줘용~ 손님도 몰고 오고, 상점 선전도 하고 그럴게요. 예?"

"미요미요님, 보시다시피 선전도, 호객 행위도 필요 없어졌다는 걸 모르시겠습니까?"

"우웅~ 그러지 말고… 자리 좀 알아봐 주세요. 도둑 길드에 친구들도 많단 말이에요."

"도둑 길드… 안 되겠군. 가드로서 당신을 추방합니다."

"이봐욧!"

안 봐요. 상가 설정란을 열어 미요미요를 상가 밖으로 강제

추방시켰다.

빙판을 탄 것처럼 주루루룩 밀려 나가는 미요미요.

미요미요는 설마하는 최대한 귀여운 표정을 지으며 상점 내부로 살금살금 들어오려 했지만 곧바로 주르룩 튕겨져 나갔다.

"으앙~ 이게 뭐야! 정말 들어갈 수 없는 거야? 나도 손님이라고."

"전혀 손님같이 안 보이거든요."

"으앙~ 심판의 검은 내 거란 말이야, 심판의 검을 달라고! 심판의 검은 이 미요님 거얌—!!"

머, 뭐, 이런…….

"으앙앙— 제발… 타르타로스 유물 감정 스킬을 높이게 들여보내 달라!!"

"나참……."

미요미요는 길바닥에 퍼질러져 앉아 대성통곡을 해댔다.

에혀, 대책없는 아가씨 같으니.

여하튼 그녀의 목적이 취직이 아닌 게 드러난 셈.

근데 뭐야? 꼭 우리가 그녀에게서 심판의 검을 빼앗은 악당같이 굴삲아?

미쳐, 상종을 말아야지.

네크로 지오 캐릭에게서 뼛가루를 건네받아 소금처럼 상점 앞에 뿌렸다.

"훼이~!"

난 가상 세계의 여성에겐 더욱 냉정하다.

캐릭들이 비현실적인 외모를 하고 있을수록.

내 모습이 더 비현실적이라고?

나야 뭐⋯⋯.

            *   *   *

00도시 상업 지구에 '심판의 검' 출현! 소켓 초기화시키는 중. 가격은⋯⋯.

사실임, 방금 제 7소켓 아이템 초기화 성공했어요. 깨끗하게 보석 분리만.

거기 어디라고요?

상업 지구 어디죠?

감정 스킬도 올려주네요.

반응은 후끈했다.

심판의 검이 턱하니 걸려 소켓 분리 서비스를 제공한다는 게 사실임이 알려지자 유저들이 알아서 몰려올 수밖에 없었다.

상점 앞은 그야말로 사람들로 가득했다.

번호표를 나눠 줘도 가지 않고 보석이 분리되어 떨어지는 그림을 지켜보는 유저들이 많았다.

보석을 분리하고 나가려는 고객을 붙들고 작은곰이 상담에 들어갔다.

"히야, 기다린 보람이 있어. 보석은 그냥 가지시구라. 아이템이 날개를 단 상태로 살아났는데 이까짓 보석이야."

"감사합니다. 화통하십니다. 혹시 그 아이템 파실 거면 저희 가게에 위탁하시면 안 될까요? 수수료는 3퍼센트입니다."

"3퍼센트… 흠, 어딜 가나 그 정도 수수료를 지불하긴 하는데……."

유저는 가게 규모가 너무 작지 않냐는 눈치를 노골적으로 표했다.

"보시다시피 과격하게 아담하지만 대기하는 손님들이 많은 가게 아닙니까?"

"그야……."

"당연히 많은 유저님들이 고객님의 아이템을 오래도록 감상하실 겁니다. 그중엔 꼭 필요한 분이 나타나기 마련이고요."

"오홋, 그러고 보니 기다리는 동안 나도 그랬지."

"바로 그겁니다. 미요씨, 고객님의 아이템을 제일 잘 보이는 매대에 올려놓으세요. 자, 고객님, 그리고 이건 서비스로 중급 마나 포션 10개입니다."

"어허, 이러시면… 허험, 우리 길드 상점도 저쪽에 있는

데……."

이때 미요미요가 찰싹 달라붙었다.

"갸흥, 고객님, 제가 책임지고 이틀 안에 아이템을 팔아드
릴게요. 뒤에 줄 서신 고객 분들을 보고 고민하세요. 고민은
한 방에 날려 버리시라고용~"

맨 허벅지가 아슬아슬하게 드러난 메이드 복장을 한 미요
미요가 고객의 팔에 찰싹 달라붙어선 연신 아양아양, 부비부
비거렸다.

흐웅, 가상이라지만 넘 하누만.

하나, 남성 유저 얼굴을 보니… 게임 끝.

"허허, 거참. 여기 있습니다."

"탁월한 선택이십니다. 후회없도록 최선을 다하겠습니다.
계속 이용해 주십시오."

뭐, 이렇게 되고 말았다.

누가 만들어낸 소리인지 알 수는 없다만, 상점 앞에 미인을
울게 내버려 두면 장가를 못 간다나.

누가? 큰곰이.

그 뒤로 미요미요가 두 형제 가게의 점원이 되었다.

나는 밖에서 거북이 등껍질 번호표나 나누어 주는 신세.

"심판의 검은 내 건데……."

그래도 두 형제의 상점이 단 하루 만에 자리를 잡아 기분은
좋았다. 단 하루 만이다.

이렇게 주목받는 상점이 되면 쭉쭉 번창하는 건 시간문제일 것이다.

두 형제가 약간의 운영 자금을 모은다면 작업장에 열 명가량의 아르바이트를 장기적으로 고용할 수 있을 테고 당연히 재기의 시기도 앞당겨질 것이다.

이 둘에게선 처음 만났을 때의 약간 처지면서 자신없고, 경계하던 모습은 어느덧 사라져 버렸다. 즐거움과 자신감을 회복해 가는 모습에서 나 역시 흐뭇할 수 있었다.

찌릿— 웅?

미요미요는 나랑 눈만 마주치면 혀를 내민다.

요것이!

'신사라면 미소녀의 무료한 시간을 무한 책임져야 한다'는 게 미요미요의 지론. 고로 나는 신사가 아니란다.

가상에서도 이렇게 얄미운데 현실에선 얼마나 미울까?

일단 절대 엮이지 말아야 할 캐릭 일순위 등록.

이봐! 깜장 고양이!

내가 당신을 고용한 고용주 중 한 사람이라고!!

機甲戰記
Massacre
기갑전기 매서커

"이런 인생도 있었다니⋯⋯."

가상의 삶 덕에 내 현실의 삶에 서광이 비추기 시작하고 있다.

일주일 만에 잔고가 일만 골드를 넘어섰다.

1골드가 최저 현질 시세로 백 원이니까, 머~엉.

일주일 만에 백만 원을 벌어들인 셈!

심판의 김이 소켓을 초기화시키고 걷는 수입은 모두 나의 차지였다.

곰 형제들은 아이템 위탁 판매를 유치하는 것으로 만족해했다. 그 3퍼센트 위탁 수수료가 무시 못할 수준이라 그들도 입이 귀에 걸린 건 두말할 나위 없었다.

이걸 팔아야 하나 아니면 이대로 보유하고 수입을 챙겨야 하나를 놓고 고민에 들 사이도 없이 어마어마한 거물들이 행차했다.

거대 길드의 집행위원들이란다.

길드 문양이 새겨진 망토에 통일된 갑옷, 게임이 제공하는 세계관을 따른 귀족들의 정장 차림까지! 으리으리한 코스프레 행렬이 따로 없었다.

허, 죄다 100레벨을 넘잖아? 어떻게 키운 거야.

가상에서 기죽어보긴 또 처음이네.

여튼, 이들의 등장은 또 다른 세계를 보여주기 충분했고, 제대로 동화율을 높이려면 차림까지 신경 써야 되는 게 아닌가 하는 감상이 들었다.

그렇다고 눈 뎅글 미요처럼 헐벗고 다니자는 말은 아니다.

두 형제와 이하 집행위원들 간에 긴 협의에 들어갔다.

검의 주인이 나임은 당연히 감추었다.

그들이 가고 난 뒤 현실에서 렙업 주스를 마시며 나눈 이야기를 들을 수 있었다.

핵심은 거대 길드에서 이 심판의 검을 차지하기 위해 어마어마한 금액을 제시해 왔다는 것.

현재 E&T 유저들은 이백만에서 꾸준히 증가해 삼백만이나 버글거리다 보니 수많은 길드들이 우후죽순처럼 생기고 금세 세포분열을 일으키며 사라졌다.

회원수가 일, 이천 되는 길드는 군소 길드나 마찬가지고 거대 길드의 회원수는 기만에 육박한다.

그래서 '파편의 무구 시리즈' 는 길드의 권위를 세울 수 있는 아이템이다. 군소 길드가 일약 거대 길드로 발전할 수 있고 거대 길드 같은 경우 회원 유지를 더욱 공공이 할 수 있는, 말 그대로 신.물.

부연하자면 '타르타로스의 파편', '엘리시온의 파편' 까지 파편 계열 아이템은 한국 E&T를 통틀어 16개가 있다. 삼백만 명의 유저 가운데 파편 아이템을 가진 자만 16명이라는 이야기다. 아니면 나를 제외한 15개 단체이든지.

여하튼 이 문제의 파편 무구 시리즈만이 최종 보스 몹을 그들의 안식처로 보낼 수 있다.

Part 2로 이행하기 위해서는 이 최종 보스 몹들을 모두 없애야 된다는 게 공공연한 정설이다. 그러나 그 어디에도 최종 보스 몹을 파편의 무구로 처단했다는 이야기는 나오지 않고 있다.

유독 한국만 그렇다.

왜 그럴까?

그것은 파편의 무구 시리즈 대부분이 거대 길드의 공동 소유로 되어 있기 때문이다. 조직의 특성상 누군가 영웅이 등장해 최종 보스를 처치하기를 기다리기만 할 뿐, 모험에 나설 수가 없는 것이다.

길드 내 특정한 일인이 도전했다 실패하기라도 하면 그것을 누가 책임질 것인가? 파편의 무구를 잃어버리기라도 한다면 길드로서는 엄청난 타격인 것이다.

파편의 무구를 가진 단체일수록 더욱 파편의 무구 시리즈를 꽁꽁 감출 수밖에… 그런데 그 존엄한 파편의 무구 중 하나가 시장 좌판에 등장했으니 기가 막힐 노릇인 거다.

"처음 바로 찾아오려 했는데 다들 눈치 보다가 이제야 자기들끼리 협약을 맺고 나타난 거야. 그들끼리는 늘 통하거든."

"협약?"

"25일 뒤에 경매로 주인을 결정하자는 거지."

"자기들끼리 짜면?"

"그럴 가능성은 제로. 운행사가 주관하는 공개 경매로 진행하기로 우리가 못을 박아놓았거든."

"아하, 그래서 올 때완 다르게 어깨가 처져 돌아갔군."

"판매 수입이 세무서 세원으로 노출되겠지만… 감수하는 편이 좋아."

"원래 그러기로 했잖아요."

파편의 무구가 지닌 희소성 때문에 팔기로 마음먹은 상태다.

1/1,000,000의 무구.

그리고 검의 주인을 언젠간 나락으로 떨어뜨릴 아이템.

이것이 내가 가진 심판의 검에 대한 생각이다.

물건은 사는 사람 있을 때 파는 거다.

그점을 밝히자 두 형제는 부러워하며 조언을 아끼지 않았다.

다년간의 경험으론 개인이 구매하기에는 버겁고 못 미덥다 했다. 개인 구매자가 제시한 가격이 아무리 높아도 경매 참가 자체를 제외시켜야 한다.

아이템 받은 뒤 조폭을 딸려 보내는 게 다반사라나?

여담이지만 요즘 폭력단은 불법체류자를 단순 하수인으로 부린다. 칼질, 도끼질이 난무한다.

그 어느 시대보다 '조직 빨'이 먹힌다는 이야기.

어린 친구들이 '네 수입 40퍼센트를 국가에 상납할 필요가 어디 있냐?'는 달콤한 꼬임에 넘어가 아이템 빼앗기고, 돈 빼앗기고, 심한 경우에는 손가락도 잘려 나갔다.

물론, 조직의 입김이 스며든 거대 길드도 있다. 그러기에 더욱 공개적으로 해야 한다는 것.

두 형제의 의견을 받아들였다.

"고맙다, 우리 의견을 잘 따라줘서. 지금 벌어들이는 수입도 만만치 않은데 심판의 검을 포기하기엔 아깝지 않니? 우린 판매를 철회하고 싶은 게 솔직한 마음인데……."

"형들도 참… 지금 우리가 하는 서비스를 다른 길드 소유 상점에서 하기 시작했어요. 독점이 아니라 15명의 경쟁자가 생겼다고요. 이제 의뢰를 해올 유저들도 부쩍 줄어들 겁니다. 반짝 장사입니다."

"그렇긴 해도… 왠지 아깝다는 생각을 지울 수가 없어."

"가상의 아이템은 허상일 뿐이랬으면서."

"아이템도 아이템 나름이라야지……."

매일 돈 벌어주는 아이템이 있을 줄이야겠지.

나원참, 마음 약하게 두 형제가 왜 저러시나.

팔기로 했으면 팔아야지. 암!

그리고 누군가 미친 척 보스 몹들을 몰아내 게임이 Part 2로 이행하면 이 아이템이 어떻게 바뀔지 어떻게 알아?

영원한 건 없다.

특히 난 내 운이 오래가지 않음을 너무 잘 알거든.

*   *   *

지금 다금발이에 대해 모르는 유저가 없는 상태다.

버서커 포션에 중독되어 광기를 발산하는 다금발이의 영상은 전 E&T를 서비스하는 각국으로 퍼져 나갔다.

E&T의 명실상부한 '야당 지존' 으로 추앙받고 있는 중이다.

야당 지존!

아무나 들을 수 있는 칭호가 아니다.

캐릭이 없어져도 억울할 게 없을 정도로 선풍이 일었다. 죽은 놈을 이렇게 부러워할 줄이야.

그리고 많은 매체에서 다금발이를 특집으로 다루려 했지만 전혀 모습을 나타내지 않자 온갖 소문이 꼬리를 물었다.

다른 가상 게임에 스카웃되어 스타 플레이어로 키워지고 있다는 게 그중 제일 많이 떠도는 소문이었다.

게다가 '심판의 검'이 소켓 서비스에 나서자 그 소문에 힘을 실어주었다.

공교롭게도 게임사에서 지존으로 선정한 유저가 방송을 타는 날 자신의 진가를 유감없이 드러냈기에 자신의 능력을 시위한 것이라는 이야기가 사실처럼 부풀어졌다.

몇 차례나 동영상을 돌려보는 유저들이 있음에도 그가 버서커로 변해서 발휘한 괴력이라는 것을 어느 누구도 의문을 제기치 않고 있다.

연출, 방송을 아는 극적인 연출로 보는 것이다.

"풋!"

하긴, 아크 알키미스트의 포션이 오죽 독특해야지.

죽었다는 이야기는 전혀 안 나돌았다.

여하튼 꽤 인기있는 동영상이 유포되었고, 나 역시 출연했기에 아는 체하는 유저들이 생겼다.

"꺄ㅡ 레드 홀이다. 아웅, 얼마나 아팠을까……."

"아유, 귀여워라. 지오님, 같이 파티하실래요?"

"저쪽에서 사냥할 건데 레드 홀 좀 빌려주세요."

뭐, 이런 즐거운 반응들이 대부분이다.

특히 레드 홀이 필드에 등장할라치면 여성 유저들이 몰려와 한두 번 피도 채워주고 몹도 몰아와 주는 등 즐거운 렙업을 할 수 있었다.

그리고 여성 유저들은 재빨리 알아챘다.

레드 홀이 먹는 것에 약하다는 것을.

야수들의 사체를 주구장창 들고 와서는 우리 옆에 툭툭, 던져 놓고 갔다. 고마워해야 할 상황이다만… 피가 뚝뚝 떨어지는 고깃덩어리를 들고 등장하는 그로테스크한 미인들을 보아야 하는 내 마음은 어떻겠나?

가상 세계 리얼리티가 고화질 영화 수준이라 그 모습이 그리 편치 않다. 동화율이 뚝뚝 떨어졌다.

음, 상상이 안 간다면 극한의 비유를 들어보자.

당신이 여자 친구라 착각하고 있는 대상이 나체 '생닭'을 들고 지하철역 앞에서 기다리고 있다. 목이 축 늘어진 생닭이 그녀의 가는 손에 붙들려 있다. 그녀는 당신이 나타나자 만인이 보는 데서 생닭을 자랑스레 흔들며 아는 체한다.

그리곤 그녀는 자랑스레 큰 소리로 이야기한다, 우리 같이 동물원 곰 우리에 가서 생닭을 던져 주자…….

나 같으면 그런 여자 친구, 곰 우리에 던져 버린다.

당신이 그런 여자 친구를 이해한다면 그녀를 무지 사랑하는 거다. 여자 친구여, 꼭 그 남자를 붙들어라!

아차, 내가 여자 손목 잡아본 지가 꽤 돼서 말이다.

그러니까, 제발 고기 들고 나타나지 말라니까―!!

"제길, 내가 곰 따위를 질투하다니……."

물론 시기하는 유저들이 더 많다. 하지만 80레벨에 육박한 7인의 캐릭을 상대로 시비 걸지는 않았다. 나의 캐릭 통제는 누가 보아도 홀로 컨트롤하는 것을 감지하지 못할 만큼 세련의 단계를 넘어서 버렸다.

베테랑인 두 곰들도 내 컨트롤에 고개를 절레절레 흔들 정도, 자신들의 전성기를 보는 듯하다나 어쨌다나.

물론 이 게임의 '야당 지존'인 다금발이에게 아득바득 대든 것도 효과가 있었다.

그렇게 방해도, 시비도 없는 사냥이 이어졌다.

돈은 차곡차곡 쌓이는 와중에 캐릭들의 레벨업이 완전히 정체기에 들어섰다.

모두 80레벨을 찍었다.

하루 24시간 접속해 일주일에 1레벨도 올리기 힘든 시기에 노달한 것이다.

그리고 다금발이와의 진정한 인연은 이때부터 시작이었다.

이걸 기파라 하나?

마을 여관으로 돌아와 로그아웃을 하려는데 누군가가 뚫어지게 쳐다보는 게 느껴졌다.

상대의 시니컬한 웃음이 눈에 익었다.

어디선가 접해본 입매와 서늘한 눈, 길고 길쭉한 체형.

'나는 네가 지난 일주일 전에 무슨 일을 저질렀는지 알고 있다' 는 그 눈빛. 그다.

다금발이!

그는 다금발이였다. 얼른 상대의 캐릭 정보를 당겨보았다.

캐릭명은 골든보이, 레벨 38, 그의 새로운 캐릭이었다.

심판의 검을 돌려받으려는 것인가? 어림없다!

"유후~ 저를 야당 지존으로 만들어주신 지오님. 잠깐 상담 좀 할까요."

"상담?"

피할 이유가 없다.

그의 맞은편 테이블에 앉았다.

입만 벙긋거리는 둘만의 비밀 대화가 시작되었다.

"참, 지오님 덕분에 '야당 지존' 이라니… 감사합니다."

"아이템 돌려받기를 원하십니까?"

"천만에요, 전혀. 게임 내에서 이럴 수도 있고 저럴 수도 있는데 님의 지략에 제가 패한 겁니다. 돌려달라는 뻔뻔한 부탁을 드릴 수가 있나요. 리얼 하드코어 유저로서 승자가 모든 걸 가진다는 생각엔 변함이 없습니다. 애들도 아니고……."

사람이 변했나? 왜 이리 정중하지?

"그럼?"

놈은 누가 듣기라도 한다는 듯이 고개를 길게 빼서는 조심스레 다가와 소근거렸다.

"제가 바라는 것은 약간의 협조입니다."

"협조?"

눈과 눈이 교차하며 1분 같은 3초가 지났다.

"곧 경매에 붙여질 거라는 소식은 저도 들었습니다. 그러니까… 경매에 참여할까 하는데 거대 길드의 입찰가를 알려주신다면 최고 입찰가에서 10퍼센트 업해서 입찰가를 적어넣겠다는 거지요."

"……?!!"

무슨 소리지? 절차상 그게 가능하나?

내 눈에 드러난 의문에 그가 답했다.

"가능합니다. 일반 경매하고는 달라서 입찰 제안서를 볼 수 있는 것은 검의 소유주인 지오님이 유일하니까요. 제안서를 보신 후, 금액이 공란인 제안서를 바로 찾으십시오. 그 제안서에 최고가에서 10퍼센드 업힌 가격을 기입하시면 됩니다."

"그런!"

"그렇습니다. 운영사는 장소만 제공할 뿐입니다. 어차피 제안서는 전부 공개될 테지만 공개되기 전에 볼 수 있는 사람은 지오님이 유일하고, 손쓸 수 있는 사람도 지오님이 유일하다는 겁니다. 운영사도 알고도 눈감아줍니다. 최고가액에서 수수료를 챙기니까요."

"……."

"지오님, 숨 한번 크게 쉬고 공란에 스스로 기입만 하시면 됩니다."

"제가 그렇게 해야 하는 이유는?'

"이런, 최고 가액의 10퍼센트가 부족하단 말이십니까?'

"그 말이 아닙니다."

"허허, 아는 사이 아닙니까, 아는 사이."

"아는 사이?'

"그리고, 이런 말에 언짢아 마십시오. 운영사의 시스템은 믿어도 내부 관계자들 중엔 코가 꿰인 직원들이 있답니다. 그들은 초대형 작업장과 밀착된 거대 길드와 공생 관계에 있고요."

"……!"

"개인 정보를 알아내기가 불가능하다는 말씀은 마십시오. 걸린 금액이 만만치 않으면 직원 중 누군가가 머리에 담아 나올 수도 있는 거니까요."

"암호화되어 있잖아요?'

"돈이 걸리면 인간의 능력은 상상을 불허한 일들을 해내지 않습니까? 암호화된 코드째로 외우는 것도 가능하죠."

"허!!"

뭐야, 이걸 협박이라 해야 하나, 뭐라 해야 하나.

"기분 나쁘시겠죠? 압니다. 고민하시는 동안 제 이야기를 할게요. 싸운 상대인만큼 저에게 비호감인 것을 왜 모르겠습니까?"

"음."

상당히 기분이 언짢은 상태에 들었지만 화를 누르고 들었다.

"저 역시 한 길드에 속한 회원이었습니다. 길드 운영위원 전 단계까지 치고 올라갈 만큼 열성적으로 활동했습니다. 어렵게 들어간 직장도 내팽개칠 만큼."

"허—"

아직도 이런 '폐인 모드'를 즐기는 사람이 있었다니.

"속한 길드에 대해선 말하지 않겠습니다. 전 돌발 이벤트인 '100인 던전'에 도전해서 그 심판의 검을 획득할 수 있었습니다."

"백던!!"

줄여서 '백던', 던전을 클리어한 다음 살아남은 유저끼리 배틀로얄을 벌여 오직 한 사람만이 '파편 무구'를 차지해야 했던 던전.

당연히 합심했던 동료를 상대로 검을 휘둘러야 했기에 악명이 자자하다.

혹자는 유저들을 떠나게 만든 원흉이라 평하기도 한다. 다금발이가 백던 출신이라는 것은 바로 백 명의 경쟁자를 물리치고 살아남은 유저라는 것! 무협이 따로 없군.

"문제는 제가 파편 무구를 차지한 뒤에 발생했습니다. 길드에서 심판의 검의 양도를 요구해 왔습니다."

"당연히 양도해야 하는 것 아닌가요?"

"당시 백던에 도전한 길드는 저희 길드를 포함해 여덟 길드에 개인 유저가 여섯이었습니다. 백던을 거치면서 이 성물은 제 개인 것이라는 생각이 강하게 들었습니다."

"흠, 중간 사정을 모르니……."

"감정을 배제하고 응할 수가 없었던 것이, 배틀 중에 속한 길드의 길드 마스터에게 등을 맞았는데 쉽게 내놓을 수는 없잖습니까? 지오님이라면?!"

"어!!"

이거 심상치 않다.

"전 단지 모든 길드원 앞에서 공개 사과할 것을 요구했습니다. 그러면 성물을 길드에 헌납하겠다고. 당연히 길드의 운영위원 자리도 내달라 했습니다."

"사과하지도, 받아들이지도 않았군요."

"길드에서 방출하더니… 이어서 사냥에 나서더이다. 더러워서, 거참."

"끙."

"그들은 제가 리얼 하드코어 유저임을 잘 알고 있었으니까요."

"허!"

"뭐, 저도 가차없이 응징에 나섰죠. 다행히 저에겐 사기 아이템인 심판의 검이 있었고, 히든 클래스 능력이 더해져 간신히 따돌렸죠."

"……."

역시 백던의 생존자는 뭐가 달라도 달랐다.

"이후 지오님도 아시다시피 필드에서 킬러로서 활동했습니다. 안면식도 없는 유저나 파티가 시시때때로 기습을 해오니… 킬러가 되고 싶지 않아도 어느새 킬러가 되더군요."

"……."

다금발이는 겸연쩍은지 어깨를 으쓱했다.

한 사람의 일방적인 이야기지만 약간의 이해도 상승.

"끙, 부자세요?"

"예?"

"아무리 3개월간 심판의 검으로 돈을 모아도 거대 길드가 제시하는 가격이 만만치 않았을 텐데요?"

"솔직히 이야기하겠습니다. 그게 서로를 위해 좋지 싶군요."

"……?"

"저 나름대로 저를 보호해 줄 길드를 물색했습니다. 다 돈으로 심판의 검을 차지하려 했지 길드 운영위원 자리는 줄 수 없다는 게 대다수 길드의 반응이었습니다. 나를 받아들이는 순간, 귀찮은 길드전에 휘말릴 수 있으니까요."

"운영위원 자리가?"

"공부해 보세요. 길드 나름이지만 국회위원보다 낫다는 말이 괜히 나오는 게 아니니까요."

"그, 그런 자리입니까?"

직장을 내팽개칠 만했다.

"본론으로 돌아와… 제가 이번 입찰에서 심판의 검을 차지하는 데 공을 세우면 운영위원 자리를 제공하겠다는 길드가 있다는 겁니다."

"아!"

그림이 그려졌다.

구입 대금은 길드에서 부담할 테고 섭외를 주선한 다금발이는 그저 길드의 운영위원 자리를 얻는 것으로 몫을 챙기는 것이다.

"어떻습니까? 의향이… 저는 지오님이 심판의 검 주인이라는 걸 아직 그들에게 이야기하지 않았습니다. 시간을 오래 끌어 여러 세력들과 현실에서 엮이는 것은 그리 권하고 싶지 않습니다만……."

"생각해 보겠습니다."

어투가 그래서 그렇지 협박은 아니었다. 호감보다는 상당히 이지적인 사람이라는 느낌이 강하게 들었다.

근데 이거 참, 입찰가에서 10퍼센트를 더 주겠다는데 마다하기도 그렇고… 갈등되네.

이건 분명 대한민국 어른들의 특수 스킬인 짜고 치기, 끼리끼리 해먹기.

일종의 협잡에 가담하려니 이도 왠지 찝찝하고.

하나 이 한 방에 떠날 수 있다는 유혹이 강하게 고개를 치켜들었다. 대한민국 탈출 성공률 현재 4퍼센트…….

"아차차, 선물을 드린다는 것을 빠뜨릴 뻔했군요."

"선물?"

너무 잘 보이려 하는군.

"저는 길드에서 범죄자로 낙인찍혀서 마을 창고를 이용할 수 없습니다. 명목이 제가 길드 공동 재산을 탈취했다나요? 암튼 대신 지하 암거래 장터에 제 개인 창고를 마련해야 했습니다. 지상의 창고에 비하면 유지비도 매일 내야 되고 한 달 동안 찾지 않으며 암시장에서 그냥 회수하는 날강도 같은 곳이죠."

"지하 암거래 시장 지하 창고?"

"제가 뱉어놓은 아이템 중 흑색 열쇠를 가지고 지하 창고로 찾아가십시오. 비번은 2848입니다. 좋은 아이템 제법 됩니다."

"에?"

"왜냐고요? 버서커 포션과 즉시 부활을 이용한 전술, 최고였습니다! 순수 동화율만 가지고 개처럼 싸워보긴 정말 오랜만이었습니다. 현실적인 압박감에 간만에 전율했다고나 할까요."

"……."

뭐야? 욕이야, 칭찬이야?

"저는 머리를 쓰는 플레이어를 더 높게 칩니다. 지하 창고로 그냥 흘러가느니 승자인 지오님이 챙기는 게 당연한 순리라 생각합니다."

"혹시 비번 뜻이 이판사판?"

완전 모 아니면 도인 도박 인생, 그 자체.

하긴, 주변에 이런 인생 널렸지.

"하하하, 그렇습니다. 제 플레이 모토입니다. 흠, 선물은 그게 다입니다. 근데 개인적인 부탁을 드려도 될까요?"

"그중에 필요한 아이템이 있으면 넘겨 드리겠습니다. 다 돌려 드릴 수도 있고요."

"천만에요. 게임의 승자는 승자로서 당연히 누려야 할 권리를 누려야 합니다. 대신!"

"대신?"

"지오님의 일곱 캐릭터와 3개월 후에 정식으로 결투를 했으면 합니다. 서로 파편의 무구가 없는 동등한 상태에서. 어

떻습니까, 솔직히 저와 겨루면서 짜릿하지 않았습니까?'

"……."

맞다.

동화율이 서로 엇비슷했기에 분명 그도 느꼈을 것이다.

다금발이의 눈이 활활 타오르며 묘한 열망으로 이글거렸다.

내 고개가 기다렸다는 듯이 끄덕여졌다.

그는 명실 공히 '야당 지존' 아닌가.

석 달 후면 일곱 캐릭들도 어떻게 변해 있을지 알 수 없고, 매서커 지오로 일대일을 겨루어보고 싶은 상대이기에.

그는 지략을 높이 친다지만 나는 몸에 배인 동화율의 발현을 높이 친다. 지략은 무슨, 전부 임기응변인데…….

그의 경매 제안에 대한 답도 이것으로 되어버렸다.

"자, 그럼 갑니다. 직접 뵙는 것은 오늘이 마지막입니다. 연락은 문자로 하겠습니다. 그럼, 친구 등록을 걸겠습니다."

"예."

골든보이님께서 친구 등록을 신청했습니다. 받아들이시겠습니까?

"승락."

친구 등록을 마쳤습니다.

친구 등록을 마치자 그는 휘파람을 낮게 깔면서 로그아웃
했다. 제법 '쿨' 했다.

그러자마자,

매서커의 친구.

그는 학살자의 친구이기에 많은 위기에 놓여질 수밖에 없습니다. 그
가 죽임을 당하면 반드시 당신이 복수를 해야 합니다. 그 어떤 대상이
라도 추격해 끝을 내십시오.

반대로 친구 등록 해제 시 그를 처단해야 합니다.

한번 친구는 영원한 친구입니다.

매서커는 배신자를 용납하지 않습니다.

허걱, 이거 친구 등록도 마음 놓고 하기 힘들게 되었잖아.

그리고,

지오님, 대단한 분이시네요. 든든합니다. ㅎㅎ.

골든보이에게도 내 히든 클래스와 관련된 메시지가 전해
진 것이다.

*　　　*　　　*

두 형제와 의논했다.

다금발이의 제안을 따르는 게 좋다는 결론을 내렸다.

돈이 문제가 아니고, 검의 소유주가 나임을 유일하게 알고 있는 유저의 제안을 쉽사리 거절할 수 없다는 것.

동시에 운영사에 웃돈을 들여 내 개인 정보를 가변 코드로 전환시켰다. 이제는 암기의 달인이 시시각각 변하는 코드를 외워서 나와봤자 아무 의미 없다.

시간은 빠르게 흘러갔고 예상대로 심판의 검이 벌어들이는 수입은 급감했다. 그래도 매일 2, 3만 원은 꾸준히 들어왔는데 그게 어딘가.

욕심이 과하면 안 돼징.

*　　　*　　　*

드디어 경매일, 38개나 되는 거대 길드의 제안서가 쌓인 밀실에 앉아 있다.

봉투를 여는 손이 괜히 떨렸다.

이날을 기다리면서 내내 찜찜했다.

이렇든 저렇든 협잡 제안을 받아들였고, 이는 대한민국의 전문 스킬이기에. 이 스킬의 달콤함을 경험하면 과연 대한민국을 떠날 수 있을까?!

에이, 두 눈 질끈 감자. 폭렙의 순간이잖아.

"어!"

어라? 첫 번째부터 공란이네.

블러디 블레이드, BB길드라는… 이 길드가 다금발이와 유대를 맺은 길드인가 보군.

자, 그럼 도대체 다른 길드는 얼마나 기입해 놓았을까?

최소 일억이라는 금액이 공공연하게 흘러나왔는데 말이다.

"헉!!"

뭐야? 또 공란… 이라니.

다른 봉투를 열어 제안서를 황급히 꺼냈다.

공란, 공란, 또 공란… 모든 길드의 제안서가 공란이었다.

"아뿔싸!"

둘 사이의 정보가 새어나간 게 틀림없었다.

…뽀록났다. 젠장.

경매는 무효 처리되었다.

게임 운영사도 황당한 사건이라 경위를 파악하느라 다음 경매 날짜를 바로 잡아주지 않았다.

이거, 사건이 재미없게 돌아갈 조짐이다.

그러나 한편으로는 다행으로 생각한다.

협잡.

그 스킬의 중독성은 강하고 효과도 커서 헤어 나오기 힘들

다. 게다가 대한민국에선 한번 성공하면 연속 스킬 성공률이
높다.

그렇다.

이 대한민국 전문 스킬을 나도 모르게 습득하면 대한민국
을 떠날 수 없지 싶다.

당당하게 떠나자, 당당하게.

機甲戰記
Massacre
기갑전기 매서커

세상에 비밀이 어디 있나.

다금발이를 운영위원으로 받아들이는 데 불만인 위원이 아는 길드에 이 사실을 흘렸고, 경매 당일 서로 제안서를 교환해 공란을 확인한 다음 제안서를 제출한 것이다.

"그렇게 된 것입니다. 저와 연결된 길드는 저와의 연락을 끊었습니다. 잘못하면 길드 연합에서 제명당할 처지니까요."

"비신사적인 행위니… 뭐라고 화를 낼 수도 없고. 허, 그것 참."

운영위원 자리가 도대체 무엇이건대…….

여관에 마주 앉은 다금발이의 어깨는 좁게 처져 있었다.

"지오님에게 폐를 끼쳤습니다. 면목이 없습니다."

"운영사에서 다음 경매 예정일을 잡아주지 않는 게 그 때문이겠군요."

"휴, 그쪽도 그렇게 되었군요. 거대 길드 연합에서 이 사실을 귀띔했을 겁니다. 개인적으로 나서서 팔지 않으면 안 되게 만들었군요."

"개인적으로 구매자를 알아봐야 한다면… 결국, 똥파리들이 꼬일 확률이 높겠죠?"

"100퍼센트 똥파리들이 모여들 겁니다. 벌써 기다리고 시나리오를 만들고 있을지도요."

"오히려 잘됐어요."

"예?"

"팔려고 해서 생긴 문제입니다. 해결책은 팔지 않으면 되는 겁니다."

"아―"

그렇다. 팔지 않겠다는데 어쩌란 말이랴. 간단한 이치.

"사실 검을 보면 볼수록 팔기가 싫어지더라고요. 꾸준히 들어오는 수입도 괜찮은 편이고, 그 돈으로 유료 던전도 원없이 들락거릴 수 있으니까요. 검을 소유하는 쪽으로 방향을 잡았습니다. 결국 누군가 나를 죽여야 검을 소유하게 되겠지요."

"……!"

"고민없이 게임을 즐기기로 했으면 초심대로 게임을 즐기는 쪽으로… 초심으로 가기로 했습니다."

"초심대로… 라."

다금발이는 한동안 말없이 초심이라는 단어를 되뇌었다.

"좋은 생각입니다. 제 초심은 웃고 즐기는 작은 길드를 만드는 거였죠. 갑자기 운영위원이 되겠다고 아등바등거린 게 우습게 느껴지네요. 후우, 아무것도 아닌 것을… 남에게 폐만 끼친 꼴이니…….."

"하하, 뭐, 게임이라는 게 마음대로 되는 듯하면서도 그렇게 되진 않잖아요. 여기도 엄연히 사람 사는 곳인데."

"허허, 사람 사는 동네가… 그렇긴 하죠."

이후 우리 둘은 검의 처분에 대해선 일체 이야기하지 않았다. 대신, PVP에 대한 서로의 대전 경험에 대해 토론을 나누었다.

나는 한 마디, 그는 열 마디…….

동화율을 올리는 방법까지 게임에 대해서 가장 긴 대화를 나누었다. 그의 노하우는 엄청났다.

그가 내 손을 잡고 딜 타이밍을 헤아리는 그만의 감각을 전해주자,

스킬 '감각적인 인체 시계'를 전수받았습니다.
감각적으로 딜 타이밍을 헤아립니다.

스킬 숙련도가 높을수록 포션, 스킬 딜 타임이 줄어듭니다.

스킬 포인트 2를 획득했습니다.

다른 캐릭들에게 전수가 가능한 스킬입니다. 스킬을 전수하면 친밀도가 높아집니다.

아니나 다를까.

매서커의 동반자.

훌륭한 사람에게는 그만큼 훌륭한 동료가 옆에 있습니다.

외로운 길을 걷는 매서커에게 좋은 상담자이자 친구가 생겼습니다. 상대가 히든 클래스를 부여받을 시 각자의 히든 스킬을 우정의 증표로 교환하십시오.

매서커 스킬 교환자 명단. 골든보이 생성.

세상일이라는 게 묘했다.

싸우다가 돌아서니 동료가 되어 있네, 거참.

그렇게 처음으로 가상의 세계에서 세계관을 가지고 낄낄거릴 수 있는 동료를 만났다.

근데 고민이다. 그가 내가 저지른 만행을 안다면 어떻게 반응할까?

알 수 없는 일인데… 언제 이실직고하지?

스킬 교환은 하고 나서 밝혀야겠다.

*   *   *

다금발이가 로그아웃을 한 뒤, 로그아웃을 하려는데 백색 로브를 걸친 이가 턱하니 앉았다.

급하게 로그아웃을 하려는 유저로 보고 별 생각 없이 로그아웃을 하려는 찰나,

"안녕하세요? 래드 홀은 잘 있죠?"

"아, 예."

이놈의 레드 홀에 대한 인기는… 그러려니 하고 로그아웃을 하려 했다.

"잠깐만요. 저 기억 안 나세요?"

"…뉘신지? 전혀."

눈앞의 상대를 유심히 살펴보아도 전혀 기억이 나지 않았다.

유저 아이디가 '노 글로리'로 낯선 아이디임이 분명했다.

근데 허리춤에 찬 검에서 손에 든 완드로 시선이 옮겨가는 순간, 누군지 기억이 났다. 예사롭지 않은 백색의 완드.

"아—!"

"홍!!"

다금발이에게 완드를 되사고 레드 홀을 팔라고 한 시간 동

안이나 이상야릇한 어휘를 구사해 왔던 여성 유저다.

그때의 아이디가 '루시아'였잖은가.

종국엔 나를 제일 먼저 처치하라고 다급발이에게 요청하기도 했잖은가. 그 덕에 심판의 검을 손에 넣었으니 은인이라 해야 하나, 말아야 하나. 여하튼 하나도, 전혀, 반갑지 않았다.

무시하고 내빼려는 순간,

덥석!

내 손을 붙잡는 게 아닌가?

에, 이러시면 아니 되옵니다. 아니 되고 말고요.

바이오 글러브를 통해 전달되는 감촉이… 이거 상당히 야릇하잖아. 이 누님은 도대체 어떤 모드로 게임을 즐기는 거야?!

동화율은 왜 이리 올라? 흐미—

"왜 이러미잇—!"

"킥!"

아, 젠장, 말까지 이상하게 나오고… 왜 이러지?

할아버지가 보시던 올드 개그를 너무 많이 보았다.

"이야기 좀 하고 가세요. 5분이면 된다고요."

"5분도 좋고 10분도 영광인데 손은 좀 치우시고."

"흥, 안 돼요! 접촉이 떨어지면 바로 로그아웃하려고 그러죠? 내가 모를 줄 알아요?"

앗, 이렇게 예리할 수가!

그렇다는 말은… 나 말고도 이 여자를 피해 달아나야 했던 남성 유저가 꽤 있었다는 이야기.

머릿속에 빨간 경고등이 빠르게 돌았다.

루시아에서 노 글로리… 그렇다는 것은 멀티 트레이너일 확률이 높고 또 다른 캐릭이 더 있음을 의미한다.

멀티 트레이너는 최소 3개의 캐릭을 동시에 성장시키니까.

나이는 가상이니 모르겠고, 전해지는 어감만으론 20대 중반 정도, 아니면 더 들었을 수도 있다. 큰 눈이 약간 처진 것이 이게 현실의 얼굴과 절반만 일치해도 그녀의 부탁을 거절할 남자는 없을 미.인.

"알고 싶은 게 있답니다."

"헤, 알려 드릴 수 있는 것이라면 알려 드릴게요."

일단은 매혹당한 것처럼 큰곰이의 멍한 표정을 흉내 냈다.

"우린 배신자 다금발이를 추적하는 길드원들이에요."

"우리?"

등 뒤로 검은 그림자가 드리워지며 내 어깨에 손을 얹었다.

뭬뭬, 저리 치워.

어디 시커먼 남자 손으로 내 몸에 접촉을. 내 취향은 지극히 노멀이거든.

나에게서 분출된 기세에 내 어깨에 손을 얹은 상대는 겸언쩍어 하며 물러났다. 가상이지만 내 취향과 의지가 강력하게 전달되었을 터.

"킥, 당연하잖아요. 연약한 여자 혼자서 어떻게 야당 지존인 다금발이를 추적해요?"

"흐흠, 그래서요?"

"당신은 다금발이와 꽤 친해 보이더군요."

"누가 대.야.당. 지.존.인 다금발이와 친하다는 겁니까?"

"오홍, 방금 그림은 뭐였죠?"

"그는 다금발이가 아닙니다."

"홍, '골든보이' 는 다금발이가 예전에 했던 게임의 아이디거든요."

"끙."

그 아저씨 네미밍 센스가 왜 그따위야.

"다금발이라 치고, 그래서요?"

"당신이 친한 그 다금발이라는 유저는 악질이에요. 길드의 공동 재산을 탈취한 것도 모자라, 그것을 팔려고 내놓기까지 했거든요."

"거, 나쁜 놈이네. 근데 그거하고 저하고 무슨 상관 있습니까?"

아하, 다금발이가 팔려고 내놓은 줄 알고 있군.

"그가 당신에게 어떤 사기를 칠지 모르는데 그렇게 태평한 답이 나와요?"

"제가 뭐 가진 게 있어야 사기 대상이 될 게 아닙니까?"

"그럼 어떻게 친해진 거죠?"

"난들 압니까? 싸운 것도 인연이라고, 새로운 캐릭을 키우는데 잘 부탁한다고 그럽디다. 나름 듀얼 마니아 아닙니까?"

"아닐 텐데요? 그럼 그가 새로운 캐릭을 키우는 이유는?"

"내가 그 사람 속사정을 어떻게 알아요. 순 자기 마음인데. 필드에서 범죄자로 간당간당하게 플레이하는 게 지쳤을 수도 있지요."

"흐응, 그가 우리 길드에 대해서 이야기했죠? 그렇죠?"

"했을 수도 있고 안 했을 수도 있고, 제가 특별히 대화 내용을 신경 쓰고 기억에 담아두는 편이 아니라서요."

"그가 한 말은 죄다 거짓말이에요."

"근데 이것 좀 놓고 이야기해도 되는데."

나는 어떻게든 그녀가 잡은 손을 빼보려고 용을 썼는데 그녀는 집요하게 잡고는 놓아주지 않았다. 빠르게 이야기하는 내내 손 싸움(?)을 했다.

대상이 남자였으면 죽음이다, 죽음!

"다금발이 캐릭은 어떻게 했대요?"

"낸들 압니까? 던전을 부수고 다니지 않을까요?"

"이보세요, 범죄자는 던전 퀘스트기 원천적으로 거부되거든요."

"오, 그런 사실이……."

내가 발하는 '초짜' 티에 그녀는 난감한 표정을 지었다.

"언제 다시 만날 거죠?"

"언제, 어디서, 우연히 만나겠죠."

"자꾸 왜 이러죠? 우리는 쭈욱 지켜보았어요. 다금발이가 당신을 기다리는 것을. 시치미 떼지 마세요. 둘이 어떤 관계죠?"

완전 형사네, 형사. 눈치도 장난 아니고. 쩝.

"이보세요, 내가 다금발이랑 친한 거 가지고 귀찮게 구시는데, 이거 행.패. 아닙니까? 내가 누굴 만나 웃고 떠들던 무슨 상관입니까?"

"상관 있어요. 우리는 꼭 다금발이가 게임을 관두기 전에 성물을 회수해야 한다고요."

"꼭 그렇게 되도록 응원은 하겠습니다. 제발 이 손 좀 놓으시죠."

"아직, 멀었어요."

"나참, 필드 같았으면……."

"같았으면……?"

"그래, 한 대 쥐어박아 버리겠다. 다금발이한테 당한 분풀이를 왜 엄한 사람 붙들고 하는 거야!"

"뭐, 뭐라고요?!"

그녀에 대한 묵은 감정이 터져 버렸다. 다금발이의 히든 클래스 특징을 이용해 나를 암살자 명단에 의뢰한 당사자이지 않은가? 그러고도 친한 척 이런다는 게 말이 안 되는 거다.

장내 시선이 우리 둘에게 집중된 지는 이미 오래.

"그리고 나 지금 무지……."

"무지……?"

"똥. 마렵거든요ㅡ!!"

"킥킥!"

"하하하!"

여관 안이 웃음바다에 잠겼다.

묘령의 미인 유저랑 실랑이하는 내 모습에 관심을 기울리지 않을 사람이 어디 있겠나? 게다 비밀 대화도 아닌 상태에서 요즘 최고의 인기인인 다금발이의 행방을 놓고 옥신각신했으니 오죽했겠어.

당사자인 '노 글로리'도 얼굴을 숙이고 어쩔 줄 몰라 했다.

그럼에도 엄청 질겨 손을 절대 놓지 않았으니, 낙지 같은 여자다.

"그 말 책임져요."

"에? 뭘 책임지란 말입니까? 당신을? 노골적으로 이러시면 안 되죠."

"……."

"하하하!"

여관 안은 다시금 웃음바다가 되었다.

"이 작자가! 필드에서 만나면 쥐어패겠다는 말!!"

"아항, 당연히!"

"좋아요."

콰광—!

허걱!!

그녀는…….

그렇다.

길드전을 선포할 수 있는 운영위원이었다.

불똥이 소나기처럼 나를 덮치는 환상이 드리웠다.

흐미, 이 일을 어쩐다.

*   *   *

바퀴벌레 근성이 살아났다.

비굴 모드로 전환해 애절한 눈으로 그녀를 쳐다보았다.

눈끝에 눈물이 그렁 맺혔으면 현실에선 딱인데 가상이니 어떤 모양새인지 알 수가 없다.

"누님, 이거 철회해 주십시오. 제가 다금발이를 붙잡는 데 모든 협조를 다하겠습니다."

"누, 누님? 나, 난 댁 같은 동생 둔 적 없거든요? 그리고 이 거 놓으시죠?"

상황은 역전되어 나의 두 손은 그녀의 손을 잡고 부드럽게 손바닥과 손등을 다정스레 쓰다듬고 있다. 어쩌라고.

너무 느슨했기에 아차하는 순간 그녀는 손을 뺐다. 그리곤 로브 사이에 넣고는 불결하다는 듯이 손을 딱았다.

진작에 니글 모드로 손을 잡았으면 달아날 수 있었을 것을.

정보창에 거절이냐, 받아들이것이냐? 를 놓고 커서의 독촉 이 빗발쳤다. 답을 하지 않고는 로그아웃도 안 된다.

한 달간 필드에서 비겁한 지오로 다닐 것인가, 아니면 필드 에서 알지도 못하는 길드원들을 상대로 싸움을 할 것이냐.

젠장, 웬 재복인가 했더니… 줄줄이 터시는 재앙이라.

순간 나를 가소롭게 쳐다보는 그녀를 보니 뇌신경 세포 하 나가 뚝! 하고 분질러졌다.

'좋아, 너희 길드가 얼마나 대단한지 이 지오님이 지켜보

겠어.'

호주머니에 돈이 실리니 없던 뱃심이 생겨서 부리는 객기가 아니다. 다금발이의 이야기를 듣고 보니 별로 이 길드에 대해서 무서운 생각이 들지 않았다.

오죽 칠칠맞고 신의가 없었으면 다금발이 같은 인재가 뛰쳐나갔겠나.

에라, 까짓것 가는 거야!

휘느니 분질러지자.

지오님은 오늘부로 아바타르 길드를 적으로 인정하셨습니다. 지오님과 함께 파티를 맺은 유저들도 적으로 간주됩니다. 그럼, 필드에서 자응을 겨루세요.

질렸다.

여인은 피식, 비웃고는 무리를 이끌고 나가려다 획 돌아섰다.

"똥싸개 왕서방! 얼마나 버티는지 보겠어."

"히익―"

"하하하!"

조것이 그냥, 꽉!

가상에서도 재수없음을 양껏 느낄 수 있는 캐릭이 존재하다니… 근데. 나, 잘한 거 맞지?

길드를 상대로 항복을 받으란다.

하이고, 전쟁을 부채질하는구나, 해.

원래 고생문은 자기가 여는 거다.

절대 남이 열어주지 않는다.

근데 필드에 붉은 점이… 왜 이리 많은 거야?

분홍색은 몬스터 아니면 비스트다. 이 붉은 점이 나랑 이제 필드에서 경쟁해야 할 아바타르 길드의 회원들이라는 이야기.

왜 이리 많은 거야—!

우앙—!!

機甲戰記
Massacre
기갑전기 매서커

　오늘 부점장의 차림이 심상치 않다.

　부점장이 발가벗고 있지 않은 다음에야 나의 관심을 끌 수
가 없다고 단언할 만큼 서로에 대한 무관심이 공통분모로 자
리 잡은 상태에서 신선한 관심이리라.

　나는 아르바이트 규정대로 명찰을 달았기에 그녀가 내 이
름을 알지는 몰라도 내가 그녀에 대해 알고 있는 것이라곤 부
점장이라는 직책뿐.

　새삼스레 왜 남의 차림을 가지고 토를 다냐고?

　이거, 똥파리들이 꼬일 만한 차림이라는 거다.

　그녀가 이른 여름휴가로 싱가폴에 다녀온 걸 가지고 문제

삼는 게 아니다. 그곳에서 자기 돈으로 무얼 하든 상관없다. 자유민주주의 국가에서 부유한 이들이 부유함을 누려야 하는 것은 당연히 용인되고 장려되어야 한다.

말이 길었다만 부점장님께서 싱가폴에서 크게 질렀다는 것.

보석 팔찌와 손목시계가 예사롭지 않다. 하늘거리는 원피스에서 샌달까지. 바로 세트 아이템이 주는 세련미라는 것이지.

자기가 산 것을 착용하지 않을 바에는 살 이유가 없다.

단지, 몇몇 거리의 친구들 눈빛이 번뜩였다는 것이 문제.

공원엔 각양각색의 사람들이 오갈 뿐 아니라 노숙인 텐트 촌도 들어서 있다. 이들도 문제지만 수도권에만 오백만에 달하는 불법체류자들이 있다.

그들은 신분을 증명할 단말기가 없기에 무엇이든 현금을 주고 해결할 수밖에 없다. 그 현금이 한 달간 차곡차곡 쌓이면 어느 물품을 거래하는 상점이든 제법 큰 몫돈이 된다. 아르바이트 월급이 나온다는 매장도 있을 정도다.

아마 그 돈을 모아 부점장은 명품을 질렀나 보다. 다시 본론으로 돌아와서… 하늘거리는 명품 원피스에 잘 어울리는 명품 액세서리다만 현금이 쪼들린 겁없는 애들을 자극하기 충분한 외양이다.

자랑할 데가 그렇게 없나?

우려는 적중했다. 저녁 11시 반경이었다.

계절이 계절인지라 늦게까지 장사를 할 수밖에 없는 시기.

주근깨 아가씨랑 휴학생을 10시 반경에 먼저 보냈다.

늘 양보하는 내가 이제는 늦은 야근까지 마다않자 감동해 마지않는 표정으로 사라졌다. 둘이 사귀나?

어찌 되었든 매장 상호를 밝히는 붉은 조명 아래 부점장님의 얼굴이 은은히 상기되어 고개를 숙이고 하루 매상을 점검할 때였다. 오늘따라 내 옆모습을 왜 그리도 살피시는지.

내가 오로지 관심있는 것은 수북한 현금다발. 그녀의 이번 겨울휴가는 유럽으로 뜰지 모르겠다. 좋겠다.

돈 헤아리는 여자는 죄다 이쁘단 말이 맞아. 은행 여직원들만 보아도 그렇잖아? 오직 돈 헤아릴 때만 이쁜 여자라… 아마 나는 지폐 계수기를 사랑할 수 있을지도 모르겠다.

차라라라락, 척, 백만 원. 다다다다락, 탁, 백만 원!

얼마나 아기자기한 소리로 사랑을 이야기하는지.

현금 계수기와 사랑에 빠지고 싶다.

사랑해, 현금 계수기!

현금 계수기와 사랑하는 망상은 손님의 등장으로 깨져 버렸다.

매장 앞으로 개조된 전동 자전거 다섯 대가 등장했다. 개조했다 함은 어지간한 스쿠터 이상으로 속력을 낼 수 있다는 것.

나는 재빨리 감시 카메라를 정밀 모드로 작동시켜 다섯의 인물 파기를 매장 앞 밝은 조명 아래서 착착 잡아나갔다.

감시 카메라는 간판 안에 숨겨져 있기에 가르쳐 주지 않으면 찾을 수 없다. 종종 한가할 때 냐옹군을 줌으로 당겨 귀여운 모습을 담는 데 자주 이용했다.

전동 자전거에서 내린 청소년들은 낯설었다.

키 크고 날래 보이는, 대략 16세 전후의 또래들이었다. 인상은 명랑하고 다들 말쑥했다. 전동 자전거를 타면서 헬멧도 쓰고 보호대도 규정대로 착용한 게, 중산층 도련님들의 한가한 밤나들이 차림이다.

흐응, 보호구가 조금 과장된 게 방검복을 개조한 것 같기도.

들어와서는 매대에 있는 나를 향해 바로 다가왔다. 다들 팔뚝엔 애들다운 치기로 단장된 요란한 단말기가 채워져 있다.

이것저것 정신없이 시켜댔다.

내가 너무 과민했나?

명랑하게 자기들끼리 찧고 까부는 것이, 전형적인 중산층 소년들이라 긴장이 풀렸다.

다섯 중 의견이 맞지 않은 둘이 투덜거리며 밖으로 나가더니 자전거를 모로 돌렸다. 매장 입구가 자연스럽게 가려졌다. 아이스크림을 고른 소년들은 계산대로 향했다.

"계산요?"

"예~"

띠, 띠익ㅡ!

"어머, 손님. 죄송한데 단말기가 불통이네요. 어디서 충격 받은 적 있으세요?"

"에? 야! 니가 계산해라. 아까 넘어지면서 내 단말기 맛이 갔나 보다."

남색 머리가 다른 두 명에게 계산을 미루며 물러났다.

"또, 그 핑계야? 꺼놓은 거면서. 알았어, 눈 부라리지 마. 계산하면 되잖아."

자기들끼리 옥신각신하더니 일행 중 머리칼을 녹발로 염색한 소년이 계산대 앞으로 나섰다.

"젠장, 자요. 이거면 됐죠?"

"예?"

"시계 끌르고, 계산대 돌려!!"

"아!"

녹발의 소년이 내민 것은 접이식 나이프의 새파란 검날이 었다. 검끝이 독사 혀부림 같은 움직임을 그리며 부점장의 인 중 사이에 사납게 겨누어져 있었다.

사람을 위협할 줄 아는 침착한 자세. 젠장!

소년들은 나이프를 들이밀며 장난 같은 천진한 웃음을 흘 렸다. 외부 시야에 이 위협적인 모습이 가려진 건 두말할 나 위 없다.

나에게도 스포츠머리의 소년 하나가 나이프를 겨누고 장난 치는 것처럼 히죽 웃었다. 어쩌지?

이후 판단은 심플했다.

어느 누구도 저따위 장난감을 내게 겨누는 걸 용납한 적이 없다. 칼날이 앞에 오면 취할 행동은 단 하나.

휘익—

슬쩍 놀라는 척 물러나며 매대를 한 손으로 짚어 뛰어넘었다. 공중에 체공한 두 발로 나를 경계하며 연장(?)을 겨눈 녀석의 가슴을 찼다.

퍼억!!

"허엇!"

놈이 겨눈 나이프에 바지가 찌이익— 하며 종아리까지 찢겨 나갔다. 따끔 시큰한 게 길게 베인 감촉이 느껴졌다. 고통 무시.

넘어진 녀석을 딛고 부점장을 향해 나이프를 겨눈 놈을 눈에 담았다. 자세를 틀기 전에 등 뒤로 내려진 헬멧을 당차게 잡아당겼다.

"커윽!"

와당탕!

"꺄악—!!"

이 이줌마야, 소리 지른다고 달려올 사람 아무도 없네요. 비상벨을 울리라고!

경고말은 질러지지 않았다. 격투 중 호흡을 한 템포라도 흘뜨리면 그만큼 다음 반응이 늦어지기에.

둘을 넘어뜨린 상태에서 매대 옆에 바싹 붙어 있던 녀석이 달려들었다.

"타마드(제기랄이라는 중국 욕설)!"

처음 엉터리 단말기를 들이 밀었던 녀석. 다행히 녀석은 연장을 들고 있지 않았다. 대신 녀석은 자신하는 장기가 따로 있었다. 놈은 과감하게 중간에 놓인 동료를 밟고 도약했다.

"타하앗—!"

날타로운 기합성과 도약.

탁탁, 턱!

놈의 발차기는 전형적인 쿵푸의 발차기로, 짧고 꺾이는 각이 현란했다. 두 개는 흘려보냈지만 결국 기이한 사각으로 꺾여 들어온 발차기에 옆구리를 맞고 말았다.

"윽—"

묵직하지는 않았다.

아직 어려서 체중을 실을 줄 몰랐다. 자란다면 무서운 고수가 될 게 뻔했다.

투다다닥, 놈의 정권과 손기술이 세차게 내 놈에 몰아쳐 들었다.

일부는 막고 일부는 흘리며 거리를 어거지로 좁혀 엉겨 버렸다. 그럴 수밖에 없는 게, 넘어진 둘이 일어나는 낌새도 낌

새러니와 밖에 대기하던 놈들이 뛰쳐 들어왔기에.

"스마?! 타마드!!"

일부러 넘어지며 두 명을 밑에 깔았다. 나를 가격하는 녀석을 같이 끌어당겨 매장 바닥에 뒹굴었다. 추가로 들어온 둘의 시선을 그런 식으로 가렸다. 어떤가? 노련하지 않은가?

그렇다.

나는 고수가 아니다. 단지 '유' 경험자일 뿐.

보에보에 삼보! 일명 '컴뱃 삼보' 라 한다.

러시아 공수부대의 전유물이었다가 소련의 몰락과 함께 전 세계 입식 타격계를 석권한 살상 무예다.

물론 나는 이들에게 이 무예의 대명사인 관절기를 걸지 않았다. 관절기는 치명적인만큼 항복을 얻기까지 시간이 걸린다. 전쟁터에서 한 사람을 제압하는 동안 다른 적이 닥쳐들기에 관절기는 알아도 사용하지 않는다.

나뒹구는 헬멧을 잡았다.

하이바 대용으로 뿌렸다.

퍼억, 뿌악!

나를 올라탔다고 기고만장하던 '쿵푸 보이' 가 비명없이 나가떨어졌다. 비틀거리며 어걱어걱하는 게 턱뼈가 어긋났을 게다.

밖에서 들어온 두 놈이 그제야 정신없이 나를 걷어차댔다. 갈비뼈가 욱신했지만 하이바를 휘둘러 놈들의 정강이와 발등을 사정없이 찍었다.

침착, 침착, 또 침착!

헬멧을 붙잡은 손이 정강이에 부딪친 충격에 찢어졌다. 잡고 휘두르기 힘들어졌다. 헬멧을 사정없이 집어 던졌다.

와장창—!!

매장 유리가 박살 나면서 외부의 시선이 쏠리게 만들었다.

웅성웅성—

광장 너머 산책객들의 관심을 제대로 끌었다. 단말기를 드는 사람도 보였다.

됐다, 이제 된 거다.

부점장이 카운터 아래에 쪼그리고 앉아 오돌오돌 떨고 있는 게 틈새로 보였다. 저 위치라면 그녀는 안전하다. 정강이를 붙들고 경중경중하는 놈들에게 다가섰다.

그들처럼 웃어주었다. 얌마, 웃으려면 이렇게 웃는 거야.

"히익—"

둘은 기이하게 신음성을 발하며 움직임이 굳었다.

"사냥은 이렇게 하는 거다."

아래턱을 차근차근 올려쳤다.

턱턱, 둘 다 머리가 뒤로 휘청이며 픽픽 나가떨어졌다.

이때부터 일어나는 순으로 붙들어 관절기를 걸었다.

간만에 뼈맛을 보는군.

으드득.

"아악—!"

아이들이 처절한 비명을 질렀다.

굿, 실력은 녹슬지 않았다. 제대로 뽑혀졌다.

다 큰 어른이 애들을 상대로 너무 잔인하지 않냐고?

내가 싸운 상대들은 12살 소년병들이 대다수인 그런 곳이었다. 총 들면 똑같은 군인.

게다가 이들은 열여섯 살 즈음으로, 모두들 키가 백칠십은 넘었다. 더 자라겠지만 다 자랐을 수도 있다.

가차없이 응징을 가하는데 유독 쿵푸 소년만이 이리저리 본능적으로 비켜 나갔다. 놈, 팔만 잡으란 법은 없지.

놈의 다리를 붙잡아 발목째 비틀었다.

우뚝.

"아악—!!"

한 달은 제대로 걷지 못하게 만들었다. 두 달이 될지도.

매장 안은 아이들의 고통에 찬 신음으로 가득 찼다.

삐요삐요—!

멀리 공원 경비대가 출동하는 소리가 들렸다.

유리창이 부서지는 순간, 누군가가 신고를 한 것인지 감시 카메라에 잡혔던 것인지 알 수는 없지만 반가웠다.

경비대원들은 우물쭈물거리며 접근을 미뤘다.

아이들의 입에서 흘러나오는 악에 바친 중국어가 부른 마법이리라.

곧이어 경찰이 당도하더니 꺼억꺼억대는 아이들을 구급차에 태웠다. 아이들은 중국말로 경찰들에게 욕을 퍼부어댔다.

하나 이송되는 내내 내 눈을 바라보지 못했다.

'흑자' 들이었다.

불법체류자들이 낳은 이 땅의 새로운 이방인들.

나는 내부 감시 카메라에 담긴 격투 영상을 들고 경찰과 함께 공원 경비대로 향했다. 영상의 백업을 부탁하고 전후 사정을 담담하게 설명했다.

그러면서 의료진에게 부탁해 정강이를 30바늘이나 꿰매고 언제 찍혔는지 모를 팔뚝에 난 자상을 치료했다.

공원 상가 번영회 모임에 참석해 뒤늦게 도착한 사장이 술에 취해 불콰해진 얼굴로 부서진 유리를 어떻게 할 거냐고 혀 꼬부라지는 소리를 해댔다.

모두의 인상을 찌푸리게 만들기 충분했다. 이중유리니 한 칠, 팔십만 원은 손해를 입은 셈이다.

진술을 마치고 돌아와 어지러진 유리를 치웠다.

부점장은 눈이 퉁퉁 부은 채로 울고 있었고, 사장인 점장은 그제야 술이 깨는지 뒤늦게 겸연쩍어 했다.

내가 손님과 시비가 붙어 난투를 벌였다고 생각했단다.

나의 어디가 손님과 시비를 가릴 정도로 사나운 데가 있단 말인가? 변명치고는 한심했다.

전면 거울에 내 모습을 살펴보았다.

피가 엉겨 붙은 청바지, 피로 더러워진 운동화, 팔뚝에 둘둘 말린 붕대, 손에 덕지덕지 붙인 반창고, 땀으로 꼬질꼬질한 얼굴… 오직 살아 있는 것은 반들거리는 검은 눈.

격전을 치른 후 생지옥에서 귀환한 바로 그 모습 그대로.

참으로 반갑지 않은가.

밀대 걸레를 수평으로 들었다. 그리곤 드르륵 갈겼다.

다 치우고 퇴근하려는데 경찰이 다시 찾아와서는 놈들의 전동 자전거를 수거해 갔다. 손잡이에 난 지문도 뜨고 행사가 거창했다.

경찰은 불안해하는 점장에게 친절하게 설명했다.

"이놈들이 악명이 자자한 퍽치기 일당일 가능성이 높습니다. 여기, 머리칼을 파란색으로 물들인 놈이 주범인데 여러모로 일치해요. 신원이 불확실한 혹자들이라 잡기 힘들었는데 지오 군이 용감하게 해낸 겁니다."

"……!"

어라, 내 이름을 어떻게 알았지? 아, 명찰.

퍽치기라…….

점장과 부점장이 흔들리는 두 눈으로 경찰의 설명을 묵묵히 들었다.

경찰은 고민하게 만들던 청소년 강도단을 잡은 게 기쁜지 일반인이 들어선 하등 도움 안 되는 정보를 늘어놓았다.

조직 폭력단의 보복성 방화 사건은 그야말로 압권이었다.

점장이 부르르 몸을 떨었다.

이 아저씨, 경찰 맞아?!

*   *   *

"이해하리라 믿네."

"……."

3일째 되는 날, 출근하자마자 '이해'라는 해고 통보를 받았다.

병원에서 치료받고 있던 꼬마 강도단이 병원에 불을 지르고 탈출했단다. 둘은 달아나고 셋은 다시 붙들렸는데 경찰이 찾아와 보복 가능성을 암시하고 간 뒤였다.

사장의 입장에선 내가 있으면 불안하다는 것이지.

강도단이 달아나지 않아도 마찬가지 아니었을까 싶다.

이해라는 것을 해야 하나, 말아야 하나. 꿰맨 종아리가 따끔거리며 아려왔다.

"치료비는 부담하겠네. 오늘까지 근무한 걸로 돈을 넣었네."

"……."

탁, 들이민 봉투를 치고 아르바이트 복을 천천히 벗었다.

점장은 얼굴이 하얘져서는 주춤 물러섰다.

빙그레 웃으며 별말없이 돌아서 매장 정문을 통해 나갔다.

따져 봐야 소용없는 얼굴을 하고 있었으니.

고민없이 노동부에 가서 부당 해고에 대한 사유서를 제출했다. 내가 획득할 수 있는 데까지 정당한 권리를 찾을 수밖에.

대한민국 공인, 최고 엘리트인 공무원이 나의 치료 기록과 경찰 진술 기록을 조회한 뒤에 내 손을 꼭 잡아주었다.

"우린 이런 부조리와 맞서 싸워야 합니다."

"……."

뭐야? 운동권이야? 신기한 공무원도 다 있군.

아, 맞다. 노동부 공무원은 민원인이 근무 성적을 평가하게 되어 있지? 그거 마음에 든다.

혼이 들어 있는 공무원을 만들려면 이 방법이 최고다.

여하튼 나를 담당한 공무원은 손도 빠르고 열혈이었다.

노동부 출장소를 나서는데 단말기로 점장의 메시지가 바로 떴다. 만나서 이야기하자는 거였다.

할 이야기 없다.

내 사정 봐주지 않는 사람이 그사이에 사정이 좋아졌으면 얼마나 좋아졌을라고.

섭었다.

그리고… 협잡은 어른이 되는 과정이 아님을 알고 있잖

은가.

시간이 걸리더라도 규정대로 해결하겠다고 문자를 날렸다.

규.정.대.로.

점장이 매일 세 번씩 하는 말이다.

단말기가 한 10분간 조용했다.

공무원이셨으니 규정대로 하면 얼마나 자신에게 득이 되는지, 혹은 실이 되는지 잘 판단하겠지.

나중에 안 사실이지만 내가 근무한 아이스크림 매장은 노동부의 블랙리스트에 올라와 있는 업장이었다.

중간중간 그만둔 아르바이트생들의 고발과 투서가 차곡차곡 쌓여져 몇 번의 시정과 경고 조치가 내려졌다는 것.

업주가 공무원 출신자인만큼 가뿐히 시정 조치하겠다는 입에 발린 답신으로 무마했었다. 하나 이제는 된통 번거롭게 된 것이지. 확실한 부당 해고 아닌가?

'어디 법대로 해보자' 는 그다운 문자를 보내왔다. …답군.

좋은 변호사를 구하셨을 테니 제대로 된 보상을 받으려면 한 3년은 기다려야겠지. 어쩌겠나?

터벅터벅 걸어 형제 작업장으로 향했다.

열불 나는데 그나마 위안이 되는 장소가 있어 다행이었다.

게임을 안 했으면 이런 날 어쩔 뻔했겠어?

근데 게임을 하려니 필드에서 아바타르 길드의 공적이라

즐길 수가 있어야지… 에혀.

재복 뒤에 재앙이 따른다지만 나한테는 유독 재복을 누릴 기회도 주지 않은 것 같다.

정말 뉴질랜드로 양을 치러 가고 싶은 심정이다.

*　　　*　　　*

Sold Out!

심판의 검은 팔렸다고 상점에 내걸었다.

물론 오후 6시부터 자정까지 상점에 등장해 소켓 분해 서비스를 실시한다고 안내를 하자 심판의 검을 손에 넣은 유저가 누굴까 라는 의문이 두 형제들에게 쇄도했다.

"시간제 임대 조건으로 아주 저렴하게 팔렸습니다. 누이 좋고 매부 좋은 돈 벌어주는 유일한 아이템 아닙니까?"

"잠깐, 데일리 E-머니 기자입니다. 팔린 금액이 얼마죠?"

"저희도 알 수 없습니다. 전적으로 개인끼리 이루어진 거래라서요."

"……."

심판의 검이 팔렸다는 소식이 전해지자 길드의 운영위원들이 대거 방문해 흥분하며 따져 들었다.

"그 개인 구매자를 소개해 주십시오."

똑같은 대답을 두 형제가 반복해서 해야 했다.

"구매자가 원하지 않으십니다."

"아니, 그래도……."

"알려 드릴 수 없음을 아시지 않습니까? 저희가 들은 바는 3개월 후에 개인 구매자를 물색해 팔 가능성이 있다는 정도입니다."

"왜 길드는 안 된답니까?"

"낸들 그 사람들 사정을 어떻게 알아요? 장사 좀 하게 그만 나가주시죠."

"끙."

제발 3개월만이라도 조용했으면 싶다. 제발, 진짜로.

Act 10
던전 마스터

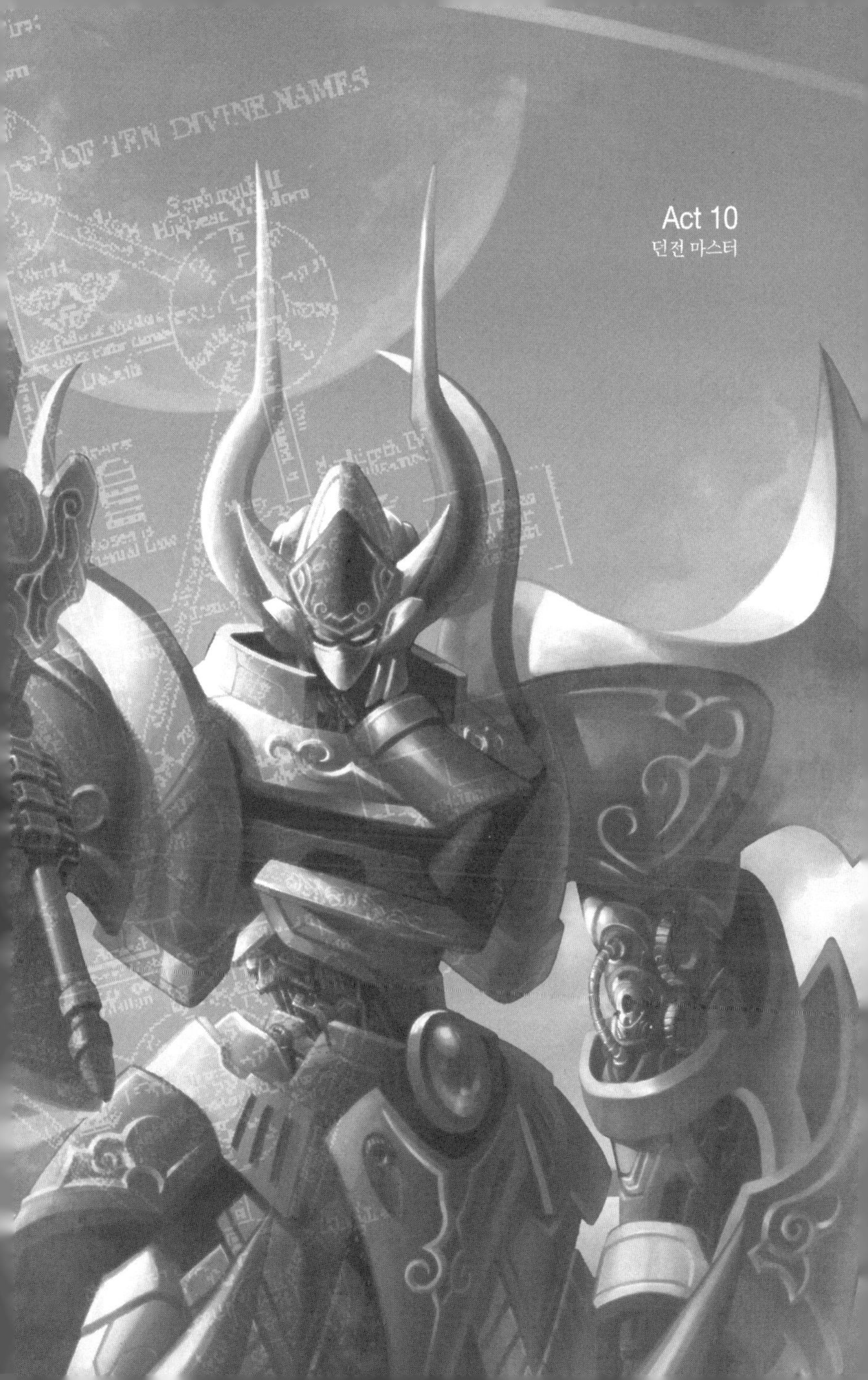

機甲戰記
Massacre
기갑전기 매서커

　새로운 아르바이트 자리를 찾기 전까지 작업장에 와서 게임을 즐기기로 했다. 오직 즐기기로.

　매일 4만 원씩 벌어주는 아이템이 있으니 작게 먹고 길게 가는 거지, 인생 별거 있나.

　인생 역전 없다. 살아 있으면 되는 거다.

　유저들이 붐비는 시간엔 심판의 검을 임대해 놓고 나머지 시간에는 난이도 잦은 유료 퀘스트를 클리어하며 렙업을 하기로 계획을 잡았다.

　실제 필드에 나서자 어찌나 반기(?)는 아바타르 길드원들이 많은지… 눈물 찔끔.

아바타르 길드, 길드 랭킹 상위에 랭크된 거대 길드였을 줄 이야!

이제 게임을 즐기려면 게임 외적으로 거대 길드 성향까지 참고해야 하는 것이다.

레벨 85 이상 몹들이 등장하는 사냥터, 일명 필드는 거대 세력들의 각축장이 되어버렸다.

오픈 필드인데 거대 길드가 선점해 놓고 '클로즈 필드' 화 되어 버린 상냥터의 수가 상당했다. 거대 길드는 일반 유저들 을 상대로 입장료를 거두어 길드 운영비로 충당했다.

게임사나 외주 운영사는 뭐 하냐고? 보고만 있다.

오히려 고의적으로 병목 형식으로 필드 자체를 설계해 내 놓는다. 병목 구간을 선점하기만 하면 입장료 받기 좋도록.

그게 더러워 거대 길드가 선점한 사냥터에 가느니 유료 퀘 스트와 유료 필드를 택하게 되니 게임사 좋고 거대 길드 좋 고.

E&T 온라인.

유저가 만들고 유저가 스토리를 이어가는 게임이라더니… 세력에 들지 못하면 게임을 마음대로 즐길 수 없잖아.

공짜 게임, 이게 좋지 않다.

뭐, 나 역시 그 범주에 벗어나지 못했지만.

마을 지하에 위치한 던전에 도전했다.

75레벨 전후 유저들을 위한 유료 던전으로, 시험 삼아 도전하는 것으론 별 무리 없을 듯했다.

7개의 캐릭에 레드 홀, 그리고 네크로 지오가 채집(?)한 언데드 유저까지 컨트롤하려면 밀폐된 던전이 유리했다.

드디어 던전 입구, 파티 세팅을 점검했다.

현재 지오 캐릭들의 레벨은 매서커 지오가 레벨 80, 나머지 캐릭들은 레벨 82를 찍은 상태.

"흐음, 심판의 검은 매서커 지오가 착용하는 게 맞겠지."

캐릭 중 유일무이한 피통을 지니고 있으니 생존 확률이 그나마 월등하잖아.

심판의 검을 인벤토리에서 꺼냈다.

흑색 손잡이, 흑색 검집, 흑색 검신… 손잡이 끝에 박힌 아이주먹만 한 보석조차 모든 게 검었다.

한데 이렇게 검은 물체임에도 말로 표현하기 묘한 빛이 번지며 주위를 아름답게 드리우는 게 아닌가!

빛이 나는 검은색이라니, 신비로웠다.

승승승스스스— 묘한 음률이 흐르며 마음을 착 가라앉히는 효과음까지.

"후우우웁."

숨을 깊이 들이켰다.

늘 인벤토리 아니면 상점 매대에 있었는데 사냥을 위해 처음으로 캐릭이 착용하는 역사적인 순간.

심판의 검을 매서커 지오의 허리춤에 수평으로 비껴 채웠다.

처컥—

검 자체가 검집째로 휘어지더니 마치 벨트처럼 허리를 휘감아드는 게 아닌가?

"오, 든든한 게 좋은데?"

순간,

콰과과과— 꽈아아앙—!

천둥이 내리치는 듯한 환청이 매서커 지오를 통해 흘러나왔다.

오직 나의 캐릭들에게만 들렸다.

그리고 무엇인지 알 수 없는 검은 환영이 검을 통해 흘러나오더니 파티 전체를 분주히 휘감았다.

"무, 뭐냐?"

헉, 저것은…….

노래하는 아름다운 여인, 사랑스럽고 귀여운 아이, 뿔 피리를 부는 어릿광대의 잔영, 웅장한 악대들의 행진…….

온갖 각양각색의 잔영들이 나를 휘감아 돌았다. 아니, 파티 전체를.

왜 이제 나를 불러내냐는 듯이 흘기는 여인을 통해서 아찔함을 경험했다면 게임을 너무 높이 평가하는 것일까?

솔직히 이 순간, 황홀했고… 흘렸다.

무언가 초월적인 존재에게서 축복받는다는 느낌이 이럴까?!

잔영이 나를 통과하고 뺨을 쓰다듬고 손에 스며들 때면 표현하기 묘한 짜릿함이 전해졌다. 부드럽고 따뜻했다.

악령 따위는 아니다. 그렇다고 암흑의 정령체도 아니다.

"그래, '검은 천사'라 하자."

흑천사!

네크로 지오, 다크 엘레멘탈 리스트 지오, 매드 메이지 지오 캐릭의 경우, 등을 활처럼 휘며 이 흑천사들을 기쁜 얼굴로 자신들의 가슴으로 받아들이고 있다.

그들이 느끼는 환희는 매서커 지오완 또 다른가 보다.

검에 알 수 없는 효과가 더 있음이 분명해지는 순간.

여하튼 흑천사가 사라지고 난 다음 바이오 글러브를 통해 전달되어지는 감촉이 예사롭지 않았다.

무엇이든지 해낼 것 같은 호기까지 느껴졌다면 너무 오버한 것일까? 오버했다 해도 좋다.

이걸 느끼지 못하고 팔았다고 생각하니 아찔했다.

인정하자, 잘 만든 게임임을.

타르타로스, 명계의 빛이 파티를 보호하기 시작했습니다. 어둠 계열 몬스터에 대해 18퍼센트의 추가적인 데미지를 입히며 아이템도 3퍼센트 더 획득합니다.

Item

무기명:타르타로스 심판의 검.

권위의 상징으로, 무기가 아님, 레벨 스텟 제한 없음.

공격력:동화율에 따른다.　　　내구도:무한.

…….

손잡이에 박힌 '타르타로스의 파편'속엔 거대한 무언가 봉인 되어 있다. 봉인을 푸는 방법은 파편들이 모여야 밝혀진다.

이 봉인을 푸는 것은 소유한 자의 숙명이자 사명!

타르타로스 계열 던전 입장 시 5ㅁ퍼센트 할인받을 수 있다.

단, 소유 캐릭이 죽을 시 제일 먼저 떨어진다.

파편의 무구를 모아라!

밝혀지지 않은 효과가 당신을 기다리고 있다.

이는 불행일 수도, 축복일 수도…….

검을 빼 들 일이 생긴다면… 신중하라!

　　위 심판의 검에 대한 상태창은 선주인인 다금발이가 습득하면서 밝힌 내용들이다. 그 이후는 모험을 통해 밝혀야 될 내용이 무궁무진하다는 것.

　　퀘스트성 아이템!

묘하게 가슴이 두근거려 왔다.

저 상태만으로도 거대 길드에서 혈안이 되어 구하려 할 만했다.

이제 던전에 도전할 시기, 검에 대한 생각을 줄였다.

매서커 지오의 상태창의 변화가 극명했다.

늘어난 스텟치만 빠르게 분배했고. 늘어난 스킬치로는 무엇을 배워야 할지 몰라 내버려 두었다.

이후 파티 전원의 상태창을 열고 보너스 스텟치를 늘 그렇듯이 편협(?)하게 분배했다.

파티 전원이 레벨 90에 달하는 능력치를 가지게 된 게 아닌가 짐작되어졌다.

심판의 검.

"안 팔길 잘했지!"

심판의 검이 주는 보너스로 던전 입장도 할인받았으니 이런 도깨비 방망이가 없다.

던전이 열리는 표시인 빛의 회오리가 나타났다.

드디어 던전 입장.

치이이이잉― 특유의 효과음이 울리며 던전에 대한 설명이 이어졌다.

심판의 검을 지닌 자.
당신이 '심판의 검'의 주인으로 능력이 있는지 증명하십시오.

"얼라?"

심판의 검으로 할인을 받으니까 이런 식으로 퀘스트를 던지네?

Quest

지하 도시 주민들을 위한 봉사.

지하 도시 하수구의 이유없는 역류로 거리가 오물로 더렵혀져 주민들이 불쾌해합니다. 더불어 역류 시 등장하는 몬스터들로 주민들이 불안해하고 있으며 이미 많은 주민들이 떠났습니다.

당신은 하수도의 역류 원인을 찾아 제거하고 지하 도시를 활성화시키십시오.

참고로 추후 퀘스트 진행과 보상에 대해서는 클리어 정도에 따라 차등 지급됩니다.

단독 퀘스트!

물론 이 게임엔 오로지 한 사람만을 위한 단독 퀘스트는 없다. 하나 이 퀘스트를 오직 나만을 위한 퀘스트라 말할 수 있다.

내가 이 퀘스트를 클리어하지 않으면 심판의 검을 소유한 다른 유저에게 이 퀘스트가 제공될 터이다. 다른 심판의 검을 소유한 '고귀한' 유저께서 범죄자가 드글거리는 지저분한 지하 도시를 위해 감히 행차해 퀘스트에 도전할까?

아마 이런 지하 도시가 있는지도 모를 것이다.

그러니 이 퀘스트는 나만을 위한 단독 퀘스트라 생각해도 틀리지 않는 것이다.

던전에 대한 기대를 가득 품고 파티는 서서히 어두워지는 어둠 속을 따라 걸어 들어갔다. 아치형 하수도 내부는 눅눅한 회색 이끼가 바닥까지 흘러내려져 있었다.

헤쳐 나가는 내내 어깨를 눅눅하게 건드리는 게, 여간 불쾌한 게 아니다. 늘어진 이끼들이 빛을 모두 삼켜 버렸다. 드디어 완벽한 어둠이 공간을 지배하기 시작했다.

빛의 마력체를 투사하려는 찰나, 허리에 두른 심판의 검에서 변화가 먼저 일어났다.

사라라라랑— 장님 차림의 흑천사가 나타나 캐릭들을 휘감고는 검 속으로 사라졌다.

검의 기호인지 효력인지 눈앞이 환한 녹색으로 바뀌었다.

"오—!"

마법체나 정령체의 유도 없이도 물체를 판별할 정도는 되었다.

이거 적외선 야시경을 착용한 상태와 흡사한데?

그렇게 검의 효과에 만족할 찰라, 하수구 천장에서 무언가 툭, 떨어졌다.

첨벙—

"앗, 깜딱이야!"

꾸우우우욱—

중간 크기의 개만 한 괴생명체가 겅중 뛰어 달려드는 게 아닌가.

매서커 지오가 파티 앞을 막고는 새로 장만한 라운드 쉴드로 괴생명체를 튕겨냈다.

투둥—

둔중한 진동이 방패를 통해 왼 손목을 통해 어깨까지 전달되었다.

"데미지는?"

없었다. 단지 손목에 불쾌감이 오래 남았다. 이놈의 바이오 글러브는… 불평할 때가 아니다.

쿠으으으우—

괴생명체는 신음을 길게 빼면서 자세를 돌려 잡더니 재도약을 해왔다. 놈, 반응이 빨랐다.

오른손에 들고 있는 한 손 '워해머' 로 반쯤 도약한 괴생명체를 후려쳤다.

쉬이이이잉— 뿌억!

꾸에엑— 철푸덕.

손에 전달되는 감촉이 고무 타이어를 야구방망이로 치는 느낌. 해머에 강타당한 괴물체는 얕게 흐르는 하수구 도랑에 배를 드러내 놓고는 꿈질꿈질거리더니 축 늘어졌다.

단 한 방에 데드.

"휴, 별것도 아닌 게 사람 놀래키고 있어."

그저 깜짝 놀랄 만한 등장이 다인 걸까?

놈은 개구리인지 두꺼비인지 몹시 수상한 외관의 생물체다. 입도 없고, 눈도 없다. 어디로 먹고 어디로 싼다는 설정이지?

생김새는 원래 몬스터 마음 아니면 개발자 마음이니 레벨부터 찍어보았다.

65레벨의 변종 파충류에 혼하지 않은 성장형 몬스터라…….

"변종이 아니라 변태겠지."

배를 드러내 놓고 죽은 놈을 뒤집어보았다.

등 부위는 흉측한 돌기들로 가득 덮여 있는 게 두꺼비와 흡사했다. 돌기가 까끌까끌하며 올록볼록하며 거칠거칠한 표면이 녹슨 철판을 만지는 기분이 들었다.

집중력을 높이려면 이 정도 수고는 필수로, 전 캐릭이 놈의 사체를 만지며 '재질 감정' 스킬을 익혀갔다.

"호오, 이 등가죽은 제법 쓸 만하겠는데?"

등가죽을 통통, 두드리니 철판 두드리는 느낌이 그대로 전해졌다.

도약 중에 강타당한 배가 놈의 약점인 게 분명했다.

'유저 메이드' 아이템이 더 높은 능력치와 보너스를 부가하는 게 E&T의 세계관이니 이런 잡종 생물체의 부산물도 버릴 게 없었다.

뒤따르는 캐릭들로 하여금 배를 가르고 가죽을 분리시켜 챙기도록 했다.

천장 위 회색 이끼 무리 속이 놈들의 은신처로 짐작되어졌다.

천천히 이동하며 천장과 바닥을 동시에 주시해야 했다.

툭툭, 떨어졌지만 간단하게 20마리가량 잡을 수 있었다.

"이 등가죽, 보면 볼수록 괜찮네."

놈들의 등껍질은 검이나 칼 등, 날이 있는 무기로는 상하지 않는 묘한 재질이었다. 반면 뱃가죽은 늘었다 줄어드는 탄력이 고무공과 같은 탄성을 자랑했다. 이런 특질이 반영되어 지독한 마법 내성까지 지니고 있었다.

오로지 근육 캐릭들의 물리력만이 능률적으로 상대할 수 있는 종류다. 특히 둔기질만이 놈의 내부 깊숙이 뒤집어 손쉽게 해치울 수 있는 무기였다. 매서커 지오 덕을 톡톡히 보았다.

갈림길이 나타났다.

물이 흘러가는 방향으로 방향을 잡았다.

하수도 물길따라 상층부 유저들이 버린 온갖 쓰레기들이 둥둥 떠서 내려갔다.

"저러니 막히지……."

무릎까지 오는 하수도를 걸어야 하는 나로서는 가상이라 다행이라는 감상이 절로 들었다.

물의 흐름이 느려지며 많은 갈림길이 나타났고, 그 갈림길에선 좀 더 덩치가 큰 녀석들이 갑작스럽게 등장하며 파티의 관심을 끌었다. 깊이 들어갈수록 덩치가 커졌다.

레벨 75 정도 되는 변종 파충류도 나타났는데, 덩치가 허리치에 닿는 대형견만 했다. 몸집까지 크니 징그럽기 그지없다만 가죽은 쏠 만했다.

덩치 큰 놈들은 매드 메이지의 정신 공격에 동작이 둔해지는 순간, 둔기로 내부를 뒤흔드는 방법으로 해치웠다.

나중 일이다만 이 변종 두꺼비는 사냥하는 데 무기 수리비가 감당이 안 되는 기피 몬스터로 분류되어 있었다.

허허, '간지'는 없어도 둔기가 짱이라니까.

그렇게 차근차근 몬스터들을 해치우면서 쉽게 나아가나 했는데…….

여러 갈래의 하수도가 모이는 작은 광장 크기만 한 둥근 하수도에 도착해서였다.

"이건 뭐야? 어쩌라고!"

장난 아니다. 모여 있는 것은 죄다 변종 파충류 무리인데 개체수가 너무 많잖아! 게임하고 난 후 이렇게 많은 동종의 몬스터가 모여 있는 것은 처음 보네.

큰 놈, 작은 놈 모두 합쳐 삼백 마리는 됨직했다.

이런 무리가 집하장에 모여 있으니 하수도가 역류를 하지.

알도 둥둥 떠다니는 것이, 틀림없이 놈들의 부화장이리라.

지오 파티의 등장을 알아채고는 첨벙첨벙 물을 튀기며 떼로 몰려왔다. 천장에 부딪쳐 울리는 괴성에 소름이 돋아 올랐다.

꾸우우웅웅—!!

한두 마리가 아니다. 수십 마리가 떼로 몰려들었다.

이거 어쩐지 쉽다 했다.

물러나야 하나, 말아야 하나?

생각할 시간을 벌려면 떼로 달려드는 놈들과 거리를 벌리는 게 급선무.

멘탈 지오로 하여금 둔기에 바람의 정령을 담도록 했다.

사라라라랑, 스팟—!

백색의 중급 정령체가 해머 머리에 스며들었다.

검은 해머 머리가 새파랗게 발광했다. 효과를 감상할 틈이 없다. 놈들은 바로 코앞이다.

"으라차차—!"

해머를 수면에 스치듯이 횡으로 휘둘렀다.

쒸이익— 츠— 파아아앙!!

해머 끝이 떨어진 지점을 중심으로 1미터 높이의 파도가 일며 덤벼오는 놈들을 그대로 덮쳤다.

쏴아아아— 쿠우우우우—

파티를 덮치려는 놈들이 파도에 밀려 둥둥 떠밀려 가는 모습은 보기 드문 장관이었다.

"떨어져라—!"

이것이야말로 인공 파도가 아니고 무엇이랴?

현실에서 위락지 워터 파크에서나 볼 수 있는 인공 파도와 같은 효과를 일으킨 셈, 단지 더 거칠고 사납다는 게 다를 뿐.

순간적인 파도에 배를 뒤집은 채 허우적대는 놈들이 둥둥 떠다녔다. 덩치가 큰 놈일수록 중심을 더 못 잡고 허우적거렸다.

그러나 중심부에 자리 잡은 덩치 큰 놈들을 중심으로 다시금 접근해 왔다. 거리가 멀어 레벨이 찍히지는 않았지만 황소만 한 놈도 간간이 섞여 있었다.

뭉쳐 있고 덩치가 덩치인만큼 파도의 영향을 덜 받은 녀석들이다. 더 큰 파도를 일으켜야 했다.

다시금 둔기를 수면에 스치듯이 휘둘러 성난 파도를 일으켰다.

그렇게 접근하는 족족 파도를 일으켜 거리를 벌렸다.

놈들의 대열은 파도가 불러온 효과로 흩어졌지만 수는 줄지 않았다. 물러나야 하나, 말아야 하나?

파티가 감당하기에는 수가 너무 많은 게 문제.

"삼백여 마리나 망치질을 일일이 어떻게 다하라고!"

손가락에 쥐.난.다.

지오들을 물기가 미치지 않는 하수도 양가에 만들어진 공간으로 올려보냈다.

에이, 몰라. 해보는 데까지 해보는 거지.

메이지 지오의 동화율을 높여 전격 마법을 준비케 했다. 엠통의 반을 소모시킨 광역 마법이 발현할 만큼 오물 파도를 일으켜 거리와 시간은 벌어놓은 상태.

완드를 치켜든 메이지 지오의 입에서 마법 영창이 터져 나왔다.

"라이트닝 필드—!!"

새파란 구형의 전격 다발이 메이지 지오의 완드 끝에서 점점 커지더니 떨어져 나갔다. 그 전격의 구체는 원형의 하수도 중앙에 작렬하며 물 위로 새파란 전격 다발을 방전하기 시작했다.

파자자자작—!

먹혀라, 제발 먹혀라. 먹혀야 해!

꾸우우우우우—

놈들은 그들만의 특이한 기성을 지르며 퍼득거렸다. 도대체 입이 없는데 어디로 소리가 나오는 거야!

아무튼 기대대로 이 한 번의 마법을 견뎌지 못하고 배를 드러내며 널브러지는 변종 파충류가 부지기수였다. 그런데,

"응?"

죽은 놈은 미미했으니… 대다수가 출렁거리는 파도를 이용해 다시 자세를 잡는 것이 아닌가! 죽어 널브러진 것들은 발로 걷어차 잡을 수 있는 크기의 것들로, 300마리 중 고작 30마리 정도.

"제, 젠장!"

놈들의 등가죽이 강한 마법 저항력을 자랑함을 다시금 증명했다.

파도야 원래 안 먹히는 것이고, 물에 떨군 전격 마법까지 안 먹히니 어쩌라고. 놈들의 가죽은 무슨 생고무라도 된단 말인지?

"남은 건 레드 홀인가……."

'레드 홀' 의 투입을 염두에 두고 있는데 하수도 중앙에서 변화가 일어났다. 전격 구체가 여전히 잔여 방전을 하고 있는 곳이었다. 전격 마법이 하수도에 가라앉은 무언가를 깨운 것이다.

시커먼 거대한 무언가가 떠올랐다.

"헛!"

저렇게 거대한 놈도 있다니… 오픈 필드에서도 보기 힘든 거체다. 얼마나 크냐고?

코끼리 두 마리를 붙여놓은 것만 했다.

놈이 등장하자 비교해서 작은 녀석들은 분분히 모서리 부위로 비켜났다. 그 모습은 포식자를 두려워하는 발버둥과 흡사했다.

푸우우우—

거대한 놈의 등 위로 작은 물기둥이 솟았다.

"뭐야? 지가 고래야?"

놀라운 광경은 이게 다가 아니었다.

옆구리 양쪽이 쫘악 열리며 주변에 물러났던 작은 놈들을 물과 함께 들이켜기 시작했다.

츄우우우웁, 으쩍, 우그득.

"오옷—!!"

변종 파충류의 입은 옆구리에 있었다. 하나가 아니고 둘이었다.

코끼리 둘만 한 덩치가 팽팽하게 부풀어 올랐다. 못생긴 고무풍선이 부풀어 오르는 모양새로, 그 부피만 처음 등장했을 때의 두 배를 넘어섰다.

"저놈이었군!"

하수도 바닥에 자리 잡고 물길을 막고 있는 진정한 원흉이.

놈이 순식간에 먹어치운 변종 파충류의 수는 무려 20여 마리에 달했다.

녀석은 그렇게 작은 변종 파충류들을 섭취하고는 파티 쪽

으로 방향을 서서히 틀었다. 타깃팅이 절로 잡히며 놈에 대한
정보가 주르륵 올라왔다.

"레벨이 99?"

이건 사기야! 75레벨 퀘스트에 99레벨 몬스터가 등장하다
니!

이놈이 하수도에 죽치고 앉아 동족을 잡아먹으며 렙업을
하기라도 했단 말인가?

순간적인 예상은 적중했다.

긴급 공지!!
레벨 85로 설정된 보스 몬스터가 너무 오랫동안 도전자가 없던 관계
로 '자체 성장'을 했습니다. 버그는 아니지만 퀘스트는 무효화하실 수
있습니다. 무효화 선택 시 격벽으로 분리되며 캐릭들을 안전하게 보호
됩니다.

이런 게 버그가 아니면 무엇을 버그라 한단 말야?

그리고 본 퀘스트는 95레벨 퀘스트로 자동 전환되었습니다. 도전하
시면 변종 파충류의 유일무이한 가죽을 획득하며 변이를 일으킨 알 수
없는 '힘의 원천'도 같이 주어집니다. 지하 도시에 대한 알려지지 않은
정보를 추가로 얻으실 수 있습니다.

어? '힘의 원천'이라고 붉게 표시되는 게 심판의 검을 표시할 때 나타나는 효과와 같은 색이었다.

던전 이용료는 자동 반환되었습니다. 퀘스트를 무효화하시겠습니까?

"무효화? 당연히 못하지!"

시간이 흘러 95레벨 퀘스트라고 도전했는데 놈은 108레벨이 되어 어떤 조화를 부릴지 어떻게 알고.

내가 심판의 검을 들고 있으면 언젠가는 맞붙어야 할 놈이다.

필드에 나가지 못하는 마당에 성장형 몬스터에게 잡아먹히는 것도… 화끈하잖아.

그리고 제일 중요한 건데… 지금부터 공짜래—!

퀘스트 계속을 선택.

음, 용감한 당신에게 행운이 함께하기를……

영 못 미더운가 보다.

마지막 뉘앙스는 누군가가 나를 지켜보는 게 아닌가 의심이 살짝 드는 대꾸였지만 잡생각에 빠질 틈이 없었다.

그르르르릉—쿵, 그르르르릉—쿵!

등 뒤로 격벽이 내려오는 소리가 울렸다. 역시 던전답게 퇴로 차단은 기본이라 이건가?

"에라, 모르겠다."

지체없이 놈에게 먼저 정신 마법을 시도했다.

챠라라라랑, 띠잉이이ㅡ

놈의 움직임이 뚝 멎었다. 너무 손쉬운 반응.

끄르르르륵! 하며 거대한 놈의 표피에서 기이한 소음이 흘러나오기 시작했다. 작은 놈들관 뭔가가 달라도 달랐다.

등짝에 난 돌기가 소라 고동의 뿔처럼 삐죽 자라나더니 파티원들을 향해 겨누는 게 아닌가.

그 자라난 돌기엔 무언가 위험한 내용물이 가득 든 느낌.

"에? 설마……"

그 설마가 사람, 아니, 지오들을 잡았다.

뿌빠빠빠바바바ㅡ방!

씨시시시싱ㅡ 시ㅡ잇!

돌기에서 강한 물줄기와 함께 검은 물체들이 튀어나와 파티를 향해 무차별적으로 퍼부어졌다.

"쉴드ㅡ!!"

투다다타ㅡ탕!!

간발의 차로 발현된 쉴드가 태풍 맞은 돛처럼 흔들렸다.

"…뭐, 이런!"

메이지 지오와 매드 메이지 지오가 동시에 쉴드를 치지 않왔다면 파티는 그야말로 걸레로 변했을 터이다.

99레벨 몬스터다운 비기였다.

사나운 집중사격(?)이 멈추었다.

놈의 몸은 이 한 번의 공격에 크기가 줄어 처음으로 돌아왔다.

다시 옆구리에 난 입을 벌리고는 하수도 물을 양껏 빨아들이기 시작했다.

우거거거거걱—

죽은 동족의 사체와 전격 마법의 여파에서 벗어나지 못한 놈들이 다시금 놈의 입속으로 구정물과 같이 빨려 들어갔다.

"놈은 동족을 먹어서 탄환으로 전환시키는 건가?"

들이켠 물 중 일부는 등장 때처럼 등 위에 난 숨구멍으로 쭈욱 뱉어냈다.

푸우우웃— 파하!

다시금 시작되는 무차별 난사.

뿌빠빠방—!

씨—잇, 타타타타타탕!!

쉴드를 급히 보강했는데도 엄청난 에너지로 쉴드가 뒤흔들렸다. 쉴드를 유지하는 메이지 캐릭 둘의 완드 끝이 떨렸다.

게다가 일곱 캐릭 전원이 이 두드리는 소음에 노출되었으니 홀로 운용하는 나는 이루 말할 수 없는 음향 효과에 시달려야 했다.

하나 견뎌냈다.

내가 두 번이나 버텨내자 놈은 쿠우우웅—! 하며 기분 나쁘다는 의사를 표해왔다.

입이 그렇게 큰데 그따위로밖에 소리가 안 나오냐?

저… 지금 퀘스트 무효화하면 안 될까요?

놈은 무거운 몸을 이끌고 파티를 잡으러 다가올 필요가 없었다. 들이켜고 발사하고, 들이켜고 발사하고를 반복했다.

마법 캐릭들은 쉴드를 유지하는 데 급급했고, 정령을 부리는 캐릭들로서는 놈의 뚜꺼운 가죽을 뚫기에는 역부족이었다.

매서운 정령체를 날려 데미지가 먹힌다 싶으면 놈은 금세 피를 채웠다. 이 비정상적인 반응은 '힘의 원천'이 부리는 조화가 분명했다.

놈의 약점으로 짐작되어지는 부위는 있었다. 시도하기 위해서는 접근해야 하는데, 저 무시시한 탄막을 뚫고 접근하기는 불가능이나 마찬가지. 레드 홀을 풀어보았자 한입에 집어삼켜질 것 같았고 퇴로도 없다.

현재 파티는 메이지들의 쉴드가 부서지고 공격을 전담하던 멘탈 지오 둘이 발휘하는 정령의 가호로 버티고 있는 중.

가만히 서서 먹힐 바에는 먼저 움직이는 쪽으로 결심을 굳혔다. 놈이 다시금 동료를 빨아들이는 타이밍이었다.

매서커 지오를 하수도 물속으로 몸을 던졌다.

첨벙―

가상이니까 가능한 선택. 실제로 하라면 못해, 절대로!

놈의 거대한 아가리가 크게 벌어진 채 주변의 동족들을 마구마구 빨아들이는 중이다.

놈의 만행에 동족들이 멀리 달아난 상태라 처음보단 오래도록 물을 빨아들이고 있다.

성장하며 다리가 퇴화된 큰 놈들이 놈의 가당찮은 흡인력을 못 이기고 물과 함께 놈의 입속으로 빨려 들어갔다.

엄청난 흡인력에 나까지 빨려 들어갈 뻔.

> 위기! 더 이상 숨을 참기 어렵습니다. 움직임이 부자연스러워집니다. 3초 후부터 생명력이 줄어듭니다.

"젠장!"

간신히 바닥에 워해머의 돌기 부위를 찍어 위기를 모면할 수 있었다. 차근차근 놈의 배 밑까지 간신히 접근했다.

생명력이 줄어드는 것을 감수하며 놈이 발포하기를 기다렸다.

이 한 번의 공격을 막고 나면 이제 파티를 보호할 수단은 그 어디에도 없다.

거대한 놈의 발포가 시작되었다.

뿌바바바바박―! 가일층 강도가 거세진 것이 물의 진동으로 고스란히 느껴졌다. 난사가 멎자마자 몸을 일으켰다.

"차핫!"

흡입하려고 벌어진 옆구리를 딛고 놈의 몸 위로 뛰어올랐다. 40인승 버스에 오른 기분.

놈의 약점을 짐작한 부위를 찾았다. 저기다.

물과 공기를 뱉어내던 주먹만 한 숨구멍이 조개처럼 다물어져 있었지만 색깔이 달랐다.

허리띠로 두른 심판의 검을 꺼냈다.

츄―앙!

네놈도 이걸 원하는 거지.

"자, 그래. 먹어라, 먹어!"

심판의 검을 놈의 숨구멍에 박아 넣었다.

쓰컥!!

쿠웨에에에엑―!

놈은 흡입을 멈추고 양 옆구리에 난 입으로 방금 들이켠 물과 동족을 마구 토해냈다.

약점이 맞았다.

놈은 검을 밀어내려고 등가죽의 근육이 요동쳤다.

뱉어내지 못하게 혼신을 다해 밀어 넣었다.

"안 들어가? 이런 수도 있다!"

위해머로 심판의 검 손잡이 끝을 사정없이 내려쳤다.

그 타르타로스의 '파편'이 박혀 있는 바로 그 부위를 가차 없이 가격한 것이다.

쩡— 쩡—!

일반 유저들이 이 광경을 보았다면 기절할 일이 아니고 무엇이랴? 소켓을 초기화시켜 주는 그 고마운 부위가 무참하게 유린당하는 그림을 어느 누가 상상이라도 했을까.

생존을 위해선 사용할 수 있는 모든 자원을 아끼지 말아야 한다!

이 철칙에 충실한 순간이 가상에서까지 존재할 줄이야.

우르르르르르릇—

어?! 놈의 움직임이 예사롭지 않았다.

타르타로스의 검이 한 치, 두 치 놈의 내부로 파고들수록 놈은 전혀 힘을 쓰지 못하는 게 느껴졌다.

지오들에게 쉴드를 해제하고 포션을 들이켠 후 휴식을 취하게 했다. 심판의 검이 완벽하게 놈의 내부에 파고들어 이제 보이는 것은 손잡이뿐이었다.

놈은 저항의 수단을 달리했다.

파티를 향해 돌출했던 돌기가 줄어들고 등 위의 매서커 지오를 향해서 서서히 자라기 시작했다.

12개의 총부리가 지금 매서커 지오를 위협하며 자라나고 있다. 자라나며 정확한 조준도 같이 이루어졌다.

내부에 남은 동족의 잔여 찌꺼기를 이 열두 개의 돌기로 보내는 게 꿀렁꿀렁하는 움직임을 통해 느껴질 정도다.

총구가 겨누어지는 것을 뻔히 보면서도 달아날 수 없었다.

놈이 숨구멍을 막을 심판의 검을 밀어내는 움직임도 병행하고 있어서다. 놈이 밀어내면 해머로 밀어낸 만큼 두들겨 밀어 넣기를 반복했다.

에혀, 매서커 지오는 죽는 복은 타고났다니까.

놈의 대응이 먼저였다.

뿌바바바방―!

투타타닥탁!

"으헉!!"

매서커 지오를 향해 탁구공만 한 쇠공이 날아들었다.

와우, 바이오 글러브에 전달되어지는 진동이 전동 안마기 저리 가라다.

피통이 주르륵 내려앉아 오분지 일 수준밖에 남지 않았다.

5골드짜리 최상급 포션을 들이켜 피통 반을 단숨에 채웠지만 다음번 공격을 버틸 만한 양은 아니다.

'으득, 반드시 네놈의 가죽으로 갑옷을 만들어 입고 말리라.'

마음속 오기는 거기까지.

놈의 돌기가 다시금 조준을 마치는 것을 지켜보면서 끝이라는 생각이 들었다. 돌기 끝에 긴장이 느껴졌다.

"젠장."

뿌바바박!

응? 에?!

이게 뭐야? 온몸에 끈적한 진액으로 범벅이 되어버렸다.

"……!!"

그렇다. 놈은 탄환으로 쏠 재료가 바닥난 것이다.

숨구멍에 박힌 심판의 검이 대부분 밀려 올라와 있었다.

"너, 죽었어!"

다시금 해머로 두들겨 놈의 숨구멍을 틀어막았다.

꿈틀꿈틀, 놈의 고통스러운 몸부림이 전해지며 놈의 피통이 팍팍 빠져나갔다.

1,000씩 데미지가 들어가다 200, 300씩 피통이 다시 채워지는 싸움이 지루하게 이어졌다.

한 시간으로 느껴지는 단순 반복식 망치질이 3분간 이어졌다.

팔의 피로도가 게임을 시작하고 최고조에 달했다.

놈의 피통은 줄여도 다시 차고 줄여도 다시 차는 마르지 않는 샘물. 이 능력… 괜찮은데.

그사이 다른 캐릭들이 원기를 회복했다.

메이지 지오가 엠통을 전부 소모해 단일 마법 중 극강인 마법체를 발현했다. 타깃 포인트는 놈의 숨구멍을 막은 심판의 검.

메이지 지오의 완드에 아기자기한 크기의 청색의 검이 맺혔다.

"라이트닝 소드!!"

쐐애애애애엑—

전류 덩어리가 검의 형상을 유지한 채 심판의 검 손잡이 끝에 박힌 타르타로스의 파편을 따라 들어갔다.

빠자자작작!

새파란 전격체가 놈의 몸속을 누비며 새파란 전격 다발을 방전하는 게 고스란히 보였다.

내가 원하던 효과는 이게 아니었지만 효과는 대만족이었다.

다음으론 매드 메이지 지오의 차례!

"라이트닝 스피어!"

쑤에에에에에—

그런 식으로 멘탈 지오 둘도 발현할 수 있는 최대의 정령체를 소환해 심판의 검을 통로로 놈의 내부에 스며들게 했다.

심판의 검이 연약한 내부를 헤집을 수 있는 완벽한 통로가 되었다.

마지막은 네크로멘시 지오.

"생기 탈취!"

스스스스스—

2개의 마법체에 2개의 정령체가 놈의 내부를 뒤흔들고 1개체가 생기를 흡입하자 놈의 피는 더 이상 차오르지 못했다.

보스 몬스터의 위기임에도 동족들의 방해나 위협은 없었다.

당연하지. 보스 몬스터에게 일백 마리나 되는 동족들이 잡아먹혔으니 구석에 무리를 지어 나올 생각을 못하는 것이다.

그런데 놈의 피통은 3,000에서 더 이상 줄지 않았다. 무수한 마법체와 정령체들이 놈의 몸속을 배회하며 뒤흔들었음에도 그 이하로는 절대 줄지 않았다.

"힘의 원천!"

그렇다. 놈의 몸 어딘가에 있는 힘의 원천이 발휘하는 능력이 분명했다.

힘의 원천을 적출해 내지 않는다면 놈은 절대 죽지 않을 것 같았다.

타르타로스의 검을 상하로 흔들어 놈의 등을 가르기 시작했다.

갈리지 않으면 해머로 치는 식으로 범위를 벌려 나갔다.

시작이 어려웠다. 탄력을 받기 시작하자 놈의 등이 두 쪽으로 분리되기 시작했다.

온갖 몬스터들의 사체를 해체한 경험을 살려 놈의 심장 부위를 찾아냈다. 전격체가 누빌 때 놈의 장기 구조는 이미 파악한 뒤다. 이미 버린 몸, 벌어진 틈 속으로 파고들었다.

끈적한 체액의 늪 속을 헤치며 놈의 심장을 찾았다.

시뻘건 형광빛으로 번뜩이는 곳이 느껴졌다.

힘의 원천을 품은 장소임을 알 수 있었다.

파앗—!

심판의 검으로 수박통만 한 심장을 갈랐다.

심홍색 핏덩이가 매서커 지오의 몸에 뿜어졌다.

엘리시온의 정기가 녹아든 피.

'힘의 원천'이 녹아든 피의 세례를 받았습니다. 피의 세례를 받은 캐릭에게 보너스로 스텟 포인트 1이 주어지며 [EN 포인트도 2가 주어집니다.

보너스를 무얼 주든 상관없다.

심장 속에 심홍색의 구슬이 영롱하게 빛나고 있었기에. 도취할 만한 아름다움이 있었다.

덥석, 구슬을 취하는 순간 놈이 요동치기 시작했다.

놈은 죽었다. 대신 놈의 장기들이 힘의 원천을 되찾기 위해 아우성치며 전신을 압박해 들어왔다.

전신이 조여들었다.

절박한 위기! 움직일 수가 없습니다.

죽은 놈의 장기 조직에 조여 죽는 건가? 순간,

심판의 검에서 빛이 터졌다.

화랏—!

빛을 중심으로 폭주하는 장기들이 화들짝 물러났다.

검을 휘둘렀다. 검은빛이 폭주하는 장기들을 갈랐다.

오직 심판의 검만이 자유자재로 압박하는 조직들을 가르고 벨 수 있었다.

간신히, 정말 간신히 놈의 거대한 입으로 튀어나올 수 있었다. 그리고 놈의 완전한 죽음.

"헉헉, 뭐 이런……."

Quest

원인 제거.

놈의 몸이 막고 있던 하수도의 구멍이 뚫렸습니다. 고인물이 빠져나가기 시작합니다. 지하 도시 C, D, E 세 구역이 하수 범람 지구에서 벗어났습니다.

놈의 몸이 생기를 잃어버리며 쭈글쭈글해졌다. 놈의 몸 바로 아래 하수도 바닥에 작은 소용돌이가 여럿 생기며 고인물이 빠져나가기 시작했다.

물이 빠져나가며 알들까지 빨려 들어가자 그제야 구석에 대피한 놈들이 등장했다.

하나 다리가 퇴화된 녀석들이라 물의 흐름에 몸을 싣지 못해 버둥거리는 게 태반이었고, 그나마 통통 튀는 녀석들은 발로 차도 되는 녀석들이다.

싱거운 학살이 벌어졌다.

한 손에 해머를, 다른 한 손에 심판의 검을 들고는 덩치 큰 놈들을 처치했다. 아무리 많아도 보스 몹을 처치하는 것에 비하면 장난이라는 기분이었다. 학살 파티가 끝이 나고…….

그드드등— 하는 소음과 함께 하수도로 연결되었던 격벽이 위로 올라갔다.

퀘스트 이행도 ⅯⅡ퍼센트.
당신은 심판의 검을 소유할 최소한의 자질이 있음을 증명했습니다.
당신을 시험할 난관은 이제 시작입니다. 분발하십시오.

"메, 뭐야?"

이게 시작이라니…… 아참, 기기 막히다 못해 질리는구나, 질려.

이 게임은 유저 학대 게임임이 분명하다.

헹, 준다고 한 거나 주시지.

물이 빠진 하수도 바닥에 빛나는 궤가 등장했다.

고전적이기는. 궤를 열었다.

찌그등, 짜잔—

Quest

퀘스트 보상 목록.

1. 지하 도시 C, D, E 지역의 구역도와 지하 수로 지도.

—다음 퀘스트 시작점인 다른 하수도와의 연결 지점이 표시 되어 있다. 퀘스트 추가 할인 15퍼센트.

2. 구역장의 감사 표시.

—구역장을 찾아 수로 지도를 보여주세요. 그들은 게임 시간으로 매달 1ㅁㅁ골드씩 당신의 구좌로 보낼 것이다. 이는 당신이 게임을 그만둘 때까지 유효합니다.

3. 힘의 원천 조각.

—엘리시온에서 떨어진 편린(1/6).

무기 장착, 방어구 장착 가능하며 효과는 알 수 없습니다.

소환수 복용 시 성장이 빨라지고 감당키 어려운 변이를 일으키기도…….

팁:타르타로스의 파편에 가져다 대십시오.

타르타로스의 무기에 감추어진 효능 하나를 밝혀줄 것입니다.

ㄴ. 변종 파충류 가죽 가공 비법서.

一놈들의 가죽은 버릴 게 없습니다. 갑옷 등 방어구를 만들 수 있는 고대 비법서를 드립니다. 비법서를 통해 놀라운 방어구를 만들어보십시오.

팁:지하 도시의 성질 더러운 대장장이를 찾아가세요.

그에게 가죽과 비법서를 공개하면 당신을 위해 최고의 방어구를 만들어줄지도 모릅니다.

5. 경험치.

一1ㅁ퍼센트의 경험치 부여.

'힘의 원천'이 보관되었던 궤를 소유할 수 있습니다.

궤의 용량은 ㄹㅁ×ㄴㅁ칸입니다.

당신의 도전이 계속되기를 바랍니다.

"푸짐하잖아!"

투덜거린 거 미안해.

퀘스트를 안 할 수 없게 만드는군.

이 한 번의 퀘스트를 통해 모든 캐릭들이 1레벨씩 성장했다.

당연한 거 아닌가?

이따위 버그성 퀘스트를 소리 소문 없이 해결해 주었으
니.

그러고 보니 나만 도전할 수 있는 퀘스트였지?

機甲戰記
Massacre
기갑전기 매서커

　　지하 도시로 나와 제일 먼저 성질 더러운 대장장이를 수소
문했다.

　　"아, 나으리, 그 괴팍한 장인요? 이 길을 따라 쭈욱 올라가
면 제일 큰 대장간이랍니다."

　　게임상에서 누군가를 찾고 싶거나 길을 물어볼 때는 길거
리에 구걸하는 거지 NPC를 붙들고 물어보면 된다.

　　물론 쿠퍼는 던져 줘야 하지. 기분 좋아서 실버 한 닢!

　　"허이구, 나으리, 큰 복 받으십시오!"

> 베거와의 호감도가 증가했습니다.

> 지하 도시 주요 상점의 위치도를 받으셨습니다. 베거와의 호감도를
> 증가시키면 암시장의 정보를 추가적으로 알려줍니다.

어라, 상가 지도가 자세하게 나오네?

거지라고 무시할 게 못 되는군. 종종 이용해야겠어.

그렇게 안내대로 '최고 아니면 만들지 않아!' 라는 간판을 건 대장간을 찾을 수 있었다. 간판이 유저답다고나 할까?

어떻게 일반 유저와 유료 퀘스트를 연계시켰는지 그 속사정은 알 수가 없다만 대장간은 제법 규모가 컸고, 많은 유저들이 들락거렸다.

물건을 구입하고 나오는 이들의 얼굴에 만족한 미소를 보니 장인의 실력은 알 만했다.

차례를 기다렸다 들어서는데 문 앞에 경고문이 떡하니 붙어 있었다.

길드 가입 요청, 절대 사절!

까칠한 내용이다.

그러니 지하 도시에 자리를 틀었겠지.

마침 들어서니 '헉스' 라는 대장장이 차림의 유저가 복장이 통일된 세 명의 유저들을 상대로 실랑이를 벌이고 있었다.

"형, 나 알잖아. 우리 길드에 가입해서 힘 좀 실어달라고."

"길드째 들어다 다른 길드와 합쳐 버릴 때는 언제고 이제 와서 따로 떨어져 나와 길드를 만들겠다고? 내가 경고했지. 그렇게 이용만 당할 거라고."

"정말 그렇게 될 줄 몰랐어. 우리 다시 시작하자, 응?"

"난 더 이상 길드 활동은 하지 않으련다."

"혀엉ㅡ"

"애들하고는 더 이상 안 놀기로 했어. 지금처럼 일반 유저들 도우면서 조용히 즐기련다. 그렇게 알고 돌아가."

"103렙 전사를 이렇게 썩힐 거야? Part 2는 형 같은 캐릭을 위한 거라고."

"욕 나오기 전에 나가ㅡ!"

"못 가!"

"이놈이?"

"오늘은 대답을 들어야겠어. 형은 가입만 하면 운영위원이라니까."

"그딴 거 필요없어, 저리 비켜."

"고집불통 같으니ㅡ"

헉스는 모루 위에 붉은 쇳덩어리를 올려놓고 신경질적으로 망치질을 해댔다.

땡땡땡ㅡ! 팟팟!

불똥이 사방으로 튀며 잘 차려입은 유저들의 망토 위로 튀었다.

그들은 분분히 물러났지만 대장간 빈 모서리로 자리를 옮겼을 따름, 그들의 얼굴을 보니 전혀 물러날 생각이 없어 보였다.

내 차례가 되었다.

"저……."

"물건이 필요하면 주욱 둘러보고 고르시구려. 거래는 책정된 가격에서 한 푼도 에누리 없소이다. 물건을 고르신 후 이 모루에 거래 신청하면 거래가 이루어질 거요."

나참, 반말 찍찍에 급한 성질하고는.

여하튼 완벽한 일인 가게를 구축해 놓고 있는 셈.

"제작 의뢰입니다. 이것으로 갑옷 좀 만들어주셨으면 합니다."

"…응? 이건!!"

헉스는 주섬주섬 자신의 재료 주머니에서 무언가를 꺼내 내가 보인 것과 크기와 재질을 비교했다.

헉스 것이 큰 손바닥만 하다면 내 것은 어지간한 돼지 가죽을 펼친 것같이 넓었다.

"어디서?"

"제 영업 비밀입니다."

"휴우, 재료는 탐은 납니다. 하지만 내 기술로는 손바닥만 한 놈들을 이어 붙이는 게 다인지라 괜찮은 방어구를 만들기는 힘듭니다."

그때 모서리에 있던 자들이 참견해 왔다.

"아니, 형이 다루지 못하는 재료도 있답니까?"

"그래, 이게 바로 그 재료다. 강한 마력 저항을 가진 몬스터의 가죽이지. 이 녀석의 가공법을 알아내려고 별별 생산 퀘스트를 다 해보고 나름의 퀘스트를 걸기도 했지만… 별수가 없더라. 고무 같은 연성에 쇠 같은 강도를 지닌 최고의 재료인데……."

땡강땡강! 망치로 쇠 두드리는 소리가 나며 퀘스트를 알려왔다.

Quest

갑옷 장인 헉스의 오래된 고민.
변종 파충류의 가죽 가공법을 알려주면 그에게 한 가지 요구를 할 수 있습니다.
장인 헉스와 인연을 맺으시겠습니까?

오호라, 한 가지 요구를 할 수 있다?

아이디어가 퍼뜩 떠올랐다.

"이 재료의 가공법은 제가 가지고 있습니다."

"뭐, 뭐요?"

"정말입니다."

"가르쳐 주시오. 최고의 무구로 보답하리다."

> 헉스님의 퀘스트를 접수했습니다.

"비밀 글로 이야기를 나누었으면 합니다."

그러자,

"정말 방법이 있군요. 좋습니다."

이후 대화는 우리 둘만 들리고 주변의 손님이나 길드 가입을 권유하는 헉스의 후배들은 듣지 못하게 진행되었다.

다들 뚱한 표정이다.

"이게 고대의 비법서입니다. 몇 가지 방어구를 만드는 방법이 적혀 있습니다."

"오―! 이런 게 있을 것이라 짐작은 했는데 반년 만에 나타날 줄이야."

"그럼 제 요구를 들어주시는 겁니다?"

"당연히! 길드에 가입하라면 길드에라도 가입하겠습니다."

"저 자신이 길드에 가입되어 있지 않은데 그런 요구를 할리 있겠습니까? 저의 관심은 오로지 '돈' 입니다."

"음."

너무 노골적이라 충격받은 얼굴이다.

"끄응, 보시다시피… 아는 유저들만 오는 공방인지라 벌이가 시원찮은데……."

　물론 당신의 불친절도 한몫해서겠죠.

　무슨 큰돈을 요구할까 싶어… 쫄긴.

　"그게 아닌데, 제가 너무 직설적으로 이야기했군요."

　"예?"

　"그러니까, 일시적인 동업 관계죠."

　"동업 관계?"

　"제가 재료를 공급하겠습니다. 한동안 할 일이라고는 하수
도 청소 일밖에 없으니까요."

　"하수도 청소?"

　"큼, 요점은 헉스님이 만든 방어구나 무구를 지상의 도시
에 있는 제 상점에서 독점적으로 판매하고 싶다, 이겁니다."

　"아!"

　그도 그런 제의를 여러 차례 받아서인지 무슨 말인지 단번
에 알아들었다.

　신생 길드일수록 생산 기술이 마에스트로 급인 헉스의 능
력을 절실히 필요로 한다. 길드 자체 내에서 생산과 수리, 그
리고 판매가 이루어져야 길드다운 길드니.

　그기 고개를 끄딕이는 섯을 보며 하수도에서 수거한 궤를
끄집어내 열어 보였다.

　변종 파충류의 가죽들이 수북하게 쌓여 있었다.

　"허, 대단합니다. 한 1개월은 매달릴 분량이군. 나는 비법

서의 스킬을 익히고, 지오님은 그 가공품을 팔아 이문을 보시
겠다는 제의를 받아들이겠습니다."

"딜?"

"딜!"

우리는 악수를 하고 손등을 세 번 마주쳤다.

땅땅! 망치가 모루를 두드리는 소리가 나며,

Quest

헉스의 은거를 깨뜨리다!

'머리가 빠개질 것 같아. 더 이상 성취가 오르지 않다니… 이것으로
내 가상 세계와의 인연이 끝이 나려는가…….'

헉스는 히든 클래스 수행을 위해 은거 중이었습니다.

매서커 지오님이 그의 히든 클래스 수행을 위한 필수 레시피를 제공
해 수행의 걸림돌을 순식간에 제거했습니다.

보상:전사로서의 헉스가 순수 전투 스킬 포인트 1개를 양도했습니
다.

오직 당신과 거래를 할 것입니다.

전사로서의 모험 일지를 열람할 수 있습니다.

그는 웨폰 마스터입니다.

오오, 이 아저씨, 장난이 아니다.

Quest

은거 전사 헉스와의 친교.

헉스에게 레시피를 연구할 필수 재료를 제공했습니다.

당신의 후원을 그는 마다하지 않을 것입니다.

그와의 인연을 소중히 가꾸십시오. 그리고 그의 히든 클래스 성장을

지원하십시오.

…그의 전투 스킬은 무시무시합니다.

얼른 스킬 교환자 명단에 헉스를 등록했다.

매서커 스킬 교환자 명단. 은거 전사 헉스 생성.

헉스 역시 마다하지 않았다.

그는 고대의 비법서에 재료까지 뭉텅이로 얻자 만족한 표
정이었다.

어떤 물건이 나올지 자못 궁금했다.

*　　　　*　　　　*

나는 세 명의 NPC임이 분명한 구장들을 찾아다녔다. 지하
도시의 거리의 주거지는 지상에 비하면 무척 한산했다. '구
장'이라 불리는 구역장들을 만나 지하 수로의 지도를 보여주
고 퀘스트의 대가를 챙겼다.

　게임 시간으로 매달 10골드면 현실 시간으로 40골드로, 세
구역에서 매달 120골드가 들어오는 셈이다.

　대가가 그리 많은 편은 아니다. 유료화가 되었을 때 이런
벌이가 있는 유저일수록 공짜로 게임을 즐길 수 있는 토대.

　여하튼 구장들은 나를 하늘에서 내려온 천사처럼 응했다.

　"하수도가 역류할 때마다 유저님들이 얼마나 들들 볶아대
는지 말도 못할 정도였습니다. 그 원인을 찾지 못해 애를 먹
었는데, 그런 사정이 있었군요. 구역 주민들을 대표해 지오님
에게 감사의 인사를 드립니다."

> 구역장들과의 친밀도가 3ㅁ에 달합니다. 당신이 요구하는 구역 내
> 정보는 무엇이든지 알려줄 것입니다. 구역장 회의를 통해 당신에 대한
> 좋은 평판이 퍼져 나갈 것입니다.

　글쎄, 이들을 통해 내가 알고 싶은 게 뭐 있을라고.
　평판이라… 쓸데없는 수치에 목매달 필요없지.
　구장들과의 면담을 마치고 지하 도시의 한산한 거리로 나

섰다.

지상의 도시와 인접한 암시장과 비밀 창고가 있는 구역만이 붐볐고, 일반 주거 지역은 유저들이 전혀 입주하지 않아 빈집이 부지기수였다. 특히 침수가 잦은 일층은 텅텅 비어 있는 곳이 대부분.

마지막으로 만난 구장이 푸념을 늘어놓았다.

Quest

지하 도시 구장들의 고충.

지하 도시에 대한 불미스러운 사건과 소문으로 사람들이 찾지 않습니다. 많은 주민들이 떠났고 상권은 흐지부지 사라졌습니다. 특히 빈집 거래가 이루어지지 않아 투자가들의 원성이 자자합니다. 이로 인해 다음 구장 선거에 선출되지 않을까 고민이 큽니다.

최악은 침수 지역의 부동산 매물이 골칫거리입니다.

구장들은 지오님의 작은 도움을 기다리고 있습니다. 도움을 주어 평판과 친밀도를 높이십시오.

이들은 '타르타로스 지하 도시의 전설' 연계 퀘스트에 대한 정보를 알고 있습니다.

심판의 검이 있는 이상 타르타로스 계열 던전에 대한 정보

만 제공될 게 뻔했다.

"생각해 보겠습니다."

> 퀘스트 대기 상태, 도움을 주는 즉시 평판과 친밀도가 높아집니다.
> 그들은 많은 것을 바리지 않습니다. 천천히 시간을 들여서 도움을 주십
> 시오.
>
> 타르타로스의 도시는 당신의 방문을 기다리며 떠돌고 있습니다.

지하 도시의 전경에 절로 눈이 갔다.

누런 바위를 깎고 파내서 만든 환상적이고 매력적인 장소
건만 유령이 출몰할 것같이 을씨년스러웠다.

자기 집을 구입해 꾸미는 유저들의 수요도 만만치 않은데
잦은 하수도의 범람과 몬스터의 귀찮은 출몰로 전혀 인기가
없었다. 게다 지상과의 연결도 번거롭지……

"아, 그래!!"

또다시 아이디어가 번뜩였다.

현실에선 불가능하지만 가상이니까 가능한 게 있다.

내가 가진 정보가 있어야 가능한 것.

그것은…….

　　　　　*　　　　*　　　　*

두 형제가 주력으로 밀고 있는 철괴의 매집은 순조롭지 못했다. 거대 길드에서 길드원들에게 강제 할당 형식으로 대량 매집에 나선 결과다.

그나마 근자에 개인이 운영하는 상점으로써 양옆으로 두세 칸씩 점포를 늘인 건 두 형제가 운영하는 상점이 유일했다.

다 심판의 검을 이용하고 아이템을 맡긴 유저들이 꾸준히 늘어서다. 다행히 점포가 양옆으로 늘어나자 아이템의 위탁 판매를 의뢰하는 유저들도 더욱 안심하고 아이템을 꾸준히 맡겨왔다.

"햐, 심판의 검이 없었으면, 이거 점포 유지하기도 힘들 뻔했다."

큰곰이의 말에, 작은곰이가 말을 받았다.

"그래, 지오야. 유저들이 대거 유입되면서 오히려 배를 불리는 쪽은 꾸준히 터를 닦아놓은 길드들 같아. 그치들끼리 상가 주도권을 놓고 벌이는 알력이 장난이 아니야."

어감 속엔 점포는 늘었다만 거대 길드들의 아니꼬운 텃세는 여전함을 알 수 있었다.

"형들, 철괴 매집한 게 얼마 정도 되요?"

"한 2만 5천 개는 될걸? Part 2의 중요한 재료라는 소문이 거의 확정적이라 다들 팔지 않고 비축하는 편이지. 그 때문에 가격이 많이 올랐어. 어서 빨리 Part 2로 이행하든지 해야지······."

"그거 전부 팝시다."

"웅? 팔아서 뭐 하게?'

"그러니까 제 예측이 맞다면······."

두 형제에게 내가 가진 정보를 공개했다.

갸웃하다가 그럴 법하다는 판단을 두 형제는 결정을 내렸다.

그들도 수도권에서 5대째 살고 있으니 도시의 역사에 대해선 나보다 해박했으면 했지 처지지는 않을 터.

현실에선 도저히 불가능하지만 가상이니까 가능한 또 다른 사재기. 매집한 철괴는 개당 4실버씩 소량 판매로 제값을 톡톡히 챙겼다.

그렇게 마련된 골드와 현금으로 전환되지 않은 골드를 전부 모아 지하 도시의 구장들을 만나러 다녔다.

"오, 지오님 아니십니까!!'

구장들은 겁나게 반가워했다.

"집을 찾으신다고요?! 이렇게 기쁠 데가. 앞장서겠습니다."

그들의 중재로 단 하루 만에 20여 채의 집을 살 수 있었다.

지상 도시의 한 채 값으로 20채를 산 셈.

거의 거저다.

모두 침수가 빈번한 지역의 일층 주택으로, 상가로의 용도 변경이 가능한 것들이었다.

구장들을 통하니 거래가 단박에 이루어졌다.

그들의 인공지능도 빈집을 용납 못하게 설정되어 있어서
구장 좋고 나 좋은 거래였다.

Quest

구장들의 고충 해소.

팔리지 않은 집들을 샀습니다. 도시 정비에 돈을 투자한 투자가들의
독촉에서 구장들은 시간을 벌었습니다.

지오님에 대한 지하 도시의 평판이 3ㅁ 증가했습니다. 구장들과의 친
밀도가 급상승했습니다. 하지만 아직 전설을 들려줄 정도는 아닙니
다. 아직 많은 구장들이 당신에 대해 회의적입니다. 그들과 어서 빨리
안면을 트십시오.

"윈윈."

조용하고 은밀히 지하 하수도 퀘스트를 완수하는 족족 그
지역 구장들과 친밀도를 높여 나갔다. 그런 식으로 그들을 통
해 좋은 목에 자리한 일층 집들을 소개받았고, 매집했다.

들어오는 수입의 전부를 현금으로 전환하지 않고 선부 지
하 도시의 집들을 사재기하는 데 투입했다.

유저들에게 지하 도시는 여전히 범죄자들의 소굴로 인식
되는 기피 지역. 나와 두형제들이 벌이는 사재기를 눈치 챈

유저는 없었다.

정보가 빠르다는 거대 길드조차 알지 못했다.

게임을 지배하는 것은 경제다.

경제하면 자본주의, 자본주의의 꽃은 투기.

특히 투기의 최고봉은 부동산 투기이지 않은가?

내가 하니까 투자다. 남이 하면 그건 투기다, 암.

매일 현금으로 각각 5만 원씩 15만 원이나 되는 거금을 될지 안 될지 모르는 투자(?)에 돈을 밀어 넣었다.

로망, 투기의 로망이 가상의 세계에 존재하길 기원하며…….

성공해야 되는데…….

부동산 투기!

그렇게 대한민국의 대다수 국민들을 절망에 빠뜨린 스킬을 가상의 세계에 발휘했다.

『기갑전기 매서커』 3권에 계속…

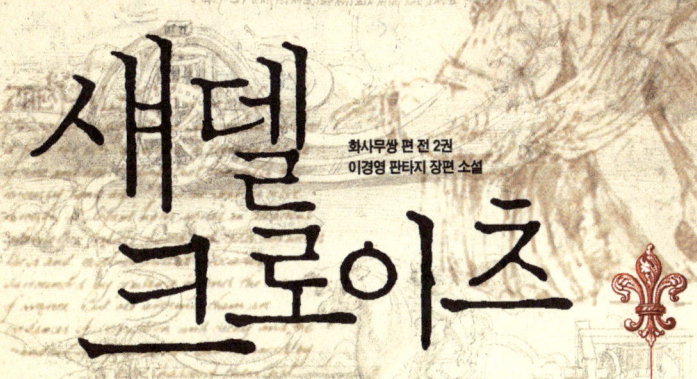

섀델
크로이츠

화사무쌍 편 전 2권
이경영 판타지 장편 소설

『가즈나이트』의 명성과 신화를 넘어설
이경영의 판타지의 새로운 상상력!

자신만의 독특한 세계관을 창조한 작가
이경영의 새로운 도전과 신선한 충격.

바란투로스의 특수부대 섀델 크로이츠의 리더 파렌 콘스탄.
야만족을 돕는 안개술사를 물리치기 위해 아시엔 대륙에서 온
불을 뿜는 요괴 소녀 카샤.
너무나 다른 두 사람이 운명의 길에서 만나다.
친구란 이름으로 시작된 모험, 그 앞에 놓인 난관과 운명의 끈은
어떻게 될 것인지……

"질투가 날 만도 하지.
요괴가 산신령을 엄마로 두는 건 흔한 일이 아니거든.
괜찮아, 파렌. 본좌가 아는 요괴들 전부 본좌를 질투하고 부러워하니까."
소녀는 손에 잔뜩 받은 빗물을 훌짝 마셨다.
파렌은 그 순수함에 웃음을 흘렸다.
그는 지금까지 자신이 봤던 그녀의 기이한 행동들을 어렴풋이나마 이해할 수 있을 것 같았다.
그렇게 친구가 된 둘은 그 길로 긴 여행을 떠나게 된다.

본문 중에-

세상을 보는 또 하나의창 - inthebook.net
유행이 아닌 자유추구 - chungeoram.net

Book Publishing CHUNGEORAM

학교에서는 가르쳐주지 않는
10대들을 위한 인생수업

작가 : 이빙 | 역자 : 김락준

10대들을 위한 나침반 같은 인생 교과서!
사회 초입에 들어서게 될 청소년들에게 들려주는
100가지 인생 이야기

내 인생의 방향잡기!
여행길에 오르기 전에 접해보자!

100가지 이야기, 100가지 명언

사람은 태어나면서부터 각기 다른 모습으로 각기 다른 사고로 "인생" 이라는
여행길에 오르게 된다. 내가 지금 서 있는 이 위치에서 그리고 사회라는 공간에서
한 사람의 몫을 당당하게 해낼 수 있는 역량을 키워나가기 위해서는 어떠한 생각을
가지고 있어야 하는 걸까.

늦지 않게 준비하자! 스스로의 마음가짐이 자신의 미래를 결정한다!

설레는 마음으로 떠난 길일지라도 기존에 생각하고 있던 것과는 다르게 흘러가는
사회의 모습에 당혹스럽기도 할 것이다.

그러한 곳에 발을 들여놓기 위해 첫 발걸음을 막 뗀 청소년이라면 학교에서는
미처 배우지 못한 상황에 더욱이 큰 혼란스러움을 느낄 수밖에 없다.
시간이 흐를수록 사회가 한 인간에게 요구하는 것은 다양하고 세밀해지고 있다.
그러한 사회 속에서 자신만이 앞으로 나아가지 못해 제자리걸음을 하게 된다면 어떠할까.
미리 대비를 하지 않는다면 당신 역시 그러한 현상에 빠지는 또 한 명의 사람이 되고 말 것이다.

책장을 넘기는 순간, 책과 당신의 공감대가 형성된다!

적응을 위해 도움이 될 만한
인생의 지혜와 경험, 깨달음이 한가득 담겨있다.
그 속에 담긴 100가지 이야기 그리고 그와 관련된 100가지의 명언은
가슴 깊이 새겨 놓고 되뇌어 보기에 충분하다.

Book Publishing CHUNGEORAM

세상을 보는 또 하나의 창 - inthebook.net
유행이 아닌 자유추구 - chungeoram.net

공부하는 감각의 차이가 자녀의 미래를 결정한다.
이 시대가 필요로 하는 명품 인재 만들기!

❖ 똑소리 나는 부모의 똑소리 나는 자녀 교육법!

어린 시절의 습관은 평생을 결정한다.
제대로 바로잡지 못한 나쁜 습관은 자녀의 미래에 검은 그림자를 드리울 수도 있다.
대부분의 부모들은 아이의 잘못된 습관을 발견하면 언성을 높이는 경향이 있다.
하지만 그것이 문제 해결의 방법이 아님을 당신은 이미 알고 있을 것이다.
지금 당신은 적절한 대안을 찾지 못해 힘겨워 하고 있지는 않은가.
내 아이가 명품 인생으로 살아가길 희망하는 부모라면 이 책에 귀를 기울여 보자.

❖ 내 아이가 세상의 중심에 우뚝 설 수 있게 하는 방법!

이 책은 잘못된 공부습관과 대인관계 형성 등의 문제 등을
87가지 이야기를 통해 알아보고 그에 걸맞는 올바른 해결책을 제시해주고 있다.
이 한 권의 책을 통해 똑소리 나는 부모가 되어보자.
그리고 내 아이가 최고의 명품으로 거듭날 수 있도록 노력해보자.
이 책은 분명 당신에게 꼭 맞는 효과적인 자녀교육서가 될 것이다.

세상을 보는 또 하나의 창 - inthebook.net
유행이 아닌 자유추구 - chungeoram.net

Book Publishing CHUNGEORAM

Rhapsody Of Cardinal

카디날 랩소디

송현우 판타지 장편 소설

놀라운 경험(the enormous experience)!

He created a completely new world.
It is a place who have never known and where never been able to imagine.
This splendid world will introduce the enormous experience for the
person only who reads.
그 누구에게도 알려진 것이 없으며 상상조차 할 수 없었던 새로운 세계를
작가는 완벽하게 창조해내었다.
이 멋진 세계는 독자들만이 체험할 수 있는 놀라운 경험으로 인도할 것이다.

판타지는 허구다? 아니다. 판타지는 일상이다.
우리의 삶은 연속된 판타지의 연장선상에 놓여 있고,
상상은 우리의 일상을 더욱 살찌운다.
『카디날 랩소디(Rhapsody of Cardinal)』를 경험하는 독자들은
더욱 풍부한 일상 속에서 새로운 삶을 경험할 것이다.
멋진 만남! 흥미로운 경험! 이것이 『카디날 랩소디』가 가진 장점이며,
작가 송현우가 독자들에게 바라는 꿈이다.

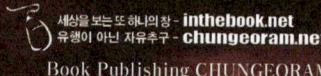
세상을 보는 또 하나의 창·inthebook.net
유행이 아닌 자유추구·chungeoram.net
Book Publishing CHUNGEORAM